자긍심

야망

교묘함

# 해리 포터 시리즈

**읽는 순서:**
해리 포터와 마법사의 돌
해리 포터와 비밀의 방
해리 포터와 아즈카반의 죄수
해리 포터와 불의 잔
해리 포터와 불사조 기사단
해리 포터와 혼혈 왕자
해리 포터와 죽음의 성물

**라틴어로도 읽을 수 있는 책:**
해리 포터와 마법사의 돌
해리 포터와 비밀의 방

**웨일스어, 고대 그리스어, 아일랜드어로도 읽을 수 있는 책:**
해리 포터와 마법사의 돌

**함께 읽을 책**
신비한 동물 사전
퀴디치의 역사
(코믹 릴리프와 루모스를 돕고자 출간되었음)
음유시인 비들 이야기
(루모스를 돕고자 출간되었음)

**이 세 권은 또한 다음의 시리즈로 출간되었습니다:**
호그와트 라이브러리
(코믹 릴리프와 루모스를 돕고자 출간되었음)

**일러스트 에디션**
*짐 케이 일러스트*
해리 포터와 마법사의 돌
해리 포터와 비밀의 방
해리 포터와 아즈카반의 죄수
해리 포터와 불의 잔

*올리비아 L. 길 일러스트*
신비한 동물 사전

*크리스 리델 일러스트*
음유시인 비들 이야기

J.K. ROWLING

HARRY POTTER

# 불의 잔

## 4

**J.K. 롤링** 지음 | **강동혁** 옮김

문학수첩

**HARRY POTTER & THE GOBLET OF FIRE**

First published in Great Britain in 2000 by Bloomsbury Publishing Plc
This edition Published in October 2020
Text © J.K. Rowling 2000
Cover and interior illustrations by Levi Pinfold © Bloomsbury Publishing Plc 2020
Wizarding World is a trade mark of Warner Bros. Entertainment Inc.
Wizarding World Publishing and Theatrical Rights © J.K. Rowling
Wizarding World characters, names and related indicia are TM and © Warner Bros.
Entertainment Inc. All rights reserved.
Korean translation copyright © 2022 by Moonhak Soochup Publishing Co., Ltd.

리들리 씨를 추모하며

피터 롤링에게,

또한 해리가 벽장에서 나올 수 있게 해 준

수전 슬래든에게.

# CONTENTS

기숙사 에디션 일러스트 by 레비 핀폴드

## 29장

## 꿈

"결국 둘 중 하나야." 헤르미온느가 이마를 문지르며 말했다. "크라우치 장관이 빅토르를 공격했거나, 빅토르가 안 보는 사이에 다른 사람이 그 둘을 공격했거나."

"크라우치가 그랬겠지." 론이 곧바로 말했다. "그러니까 해리와 덤블도어가 도착했을 때 사라진 거야. 도망친 거라니까."

"내 생각은 달라." 해리가 고개를 저으며 말했다. "정말로 허약해 보였어. 순간이동이고 뭐고 할 수 없을 정도로."

"호그와트 교내에서는 순간이동을 할 수 없다고 몇 번을 말해야 해?" 헤르미온느가 말했다.

"알았어……. 이런 가설은 어때?" 론이 흥분해서 말했다.

"크룸이 크라우치를 공격한 거야. 아니, 잠깐만…… 그런 다음에 자기 자신한테 기절 마법을 건 거지!"

"그럼 크라우치 장관은 증발했다 이거야?" 헤르미온느가 싸늘하게 말했다.

"아, 그렇구나……."

동이 틀 무렵이었다. 해리, 론, 헤르미온느는 아주 이른 시간에 기숙사를 나와 서둘러 함께 부엉이장으로 올라갔다. 시리우스에게 편지를 보내기 위해서였다. 지금 그들은 안개 자욱한 교정을 내다보며 서 있었다. 밤늦도록 크라우치 장관 얘기를 하느라 셋 모두 눈이 퉁퉁 붓고 얼굴이 하얗게 질려 있었다.

"다시 말해 봐, 해리." 헤르미온느가 말했다. "크라우치 장관이 뭐라고 했다고?"

"말했잖아, 말이 안 되는 소리였어." 해리가 말했다. "덤블도어 교수님한테 무슨 경고를 하고 싶다고 했어. 버사 조킨스에 대해서도 확실히 언급했는데, 그 사람이 죽었다고 생각하는 것 같았어. 계속 자기 잘못이라고 말했고…… 아들 얘기도 했어."

"뭐, 그건 그 사람 잘못이 맞지." 헤르미온느가 냉정하게 말했다.

"정신이 나가 있었어." 해리가 말했다. "어쩔 땐 아내와 아들이 아직 살아 있다고 생각하는 것 같더라. 계속 퍼시한 테 일 얘기를 하면서 지시를 내리기도 했어."

"음…… '그 사람'에 대해서 뭐라고 했는지 다시 말해 줄 래?" 론이 머뭇거리며 말했다.

"말했잖아." 해리가 멍하니 반복했다. "그자가 점점 강해 지고 있다고 했어."

짧은 침묵이 흘렀다.

잠시 후 론이 씩씩한 척 꾸며 낸 목소리로 말했다. "하지 만 네 말대로 정신이 나가 있었잖아. 그러니까 아마 절반 정도는 그냥 헛소리일 거야."

"볼드모트 얘기를 할 때 가장 정신이 멀쩡했어." 해리는 론이 움찔거리는 것을 못 본 체하고 말했다. "크라우치는 단어 두 개를 연결하는 것도 무척 힘들어했어. 하지만 그 얘기를 할 때는 자기가 어디에 있는지, 뭘 하고 싶은지 아 는 것 같았어. 계속 덤블도어 교수님을 만나야 한다는 말만 하더라."

해리는 창문에서 눈을 돌려 서까래들을 올려다보았다. 그 많은 횃대가 절반쯤 비어 있었다. 밤 사냥을 마치고 돌 아온 부엉이와 올빼미가 이따금씩 부리에 쥐를 물고 날아들었다.

"스네이프 때문에 시간을 지체하지만 않았어도." 해리가 분한 듯 말했다. "늦지 않게 도착할 수 있었을 거야. '교장 선생님은 바쁘시다, 포터……. 이건 무슨 헛소리지, 포터?' 그냥 길을 비켜 주면 되잖아?"

"네가 거기 들어가는 걸 바라지 않았을지도 몰라!" 론이 재빨리 말했다. "어쩌면…… 잠깐, 스네이프가 숲까지 가는 데 얼마나 걸렸을까? 너랑 덤블도어를 앞질러서 먼저 도착할 수 있었으려나?"

"박쥐로 변신하거나 그러지 않았으면 불가능할걸." 해리가 말했다.

"스네이프라면 그럴 수도 있어." 론이 중얼거렸다.

"무디 교수님을 만나 봐야 해." 헤르미온느가 말했다. "무디 교수님이 크라우치 장관을 찾았는지 알아봐야지."

"도둑 지도를 가지고 있으면 찾기 쉬울 거야." 해리가 말했다.

"크라우치가 이미 학교를 벗어나지만 않았다면 말이지." 론이 말했다. "도둑 지도는 학교 안만 보여 주잖아. 학교 밖은……."

"쉿!" 헤르미온느가 갑자기 말했다.

누군가가 부엉이장을 향해 계단을 오르고 있었다. 서로 다투는 두 목소리가 점점 가까이 다가왔다.

"······그건 협박 편지야. 맞잖아. 엄청 골치 아파질 수 있다고."

"······예의는 차릴 만큼 차렸어. 이젠 우리도 그 사람처럼 지저분하게 굴 때야. 그 사람도 마법 정부가 자기가 한 짓을 알게 되는 건 바라지 않을걸."

"말했잖아. 그 얘기를 넣으면 협박 편지가 된다니까!"

"그래, 하지만 우리가 두둑한 보상을 받으면 너도 불평하지 않을 거잖아?"

부엉이장 문이 벌컥 열렸다. 문턱을 넘어오던 프레드와 조지가 해리, 론, 헤르미온느를 보고 얼어붙었다.

"여기서 뭐 해?" 론과 프레드가 동시에 물었다.

"편지 보내려고." 해리와 조지가 똑같이 말했다.

"뭐? 이 시간에?" 헤르미온느와 프레드가 합창했다.

프레드가 씩 웃었다. "좋아. 너희가 묻지 않으면, 우리도 너희한테 뭘 하고 있느냐고 묻지 않을게." 그가 말했다.

그는 봉인된 봉투를 손에 들고 있었다. 해리는 그 봉투를 힐끗 봤지만 우연인지 고의인지 프레드가 손을 움직여 봉투에 적힌 이름을 가렸다.

"뭐, 우리 때문에 시간 낭비하실 것 없습니다." 그가 놀리듯 허리를 꾸벅 숙이며 말하더니 문을 가리켰다.

론은 그 자리에 서서 움직이지 않았다. "누구한테 협박 편지를 보낼 건데?" 그가 물었다.

프레드의 얼굴에서 미소가 사라졌다. 조지가 프레드를 힐끔 보더니 론을 향해 싱긋 웃었다.

"바보 같은 소리 하지 마. 그냥 농담이었어." 그가 아무렇지도 않게 말했다.

"아닌 것 같던데." 론이 말했다.

프레드와 조지는 서로 시선을 주고받았다.

프레드가 불쑥 말했다. "전에도 말했잖아, 론. 지금 모습을 그대로 유지하고 싶으면 남 일에 참견하지 말라고. 대체 왜 그러는지 모르겠지만……."

"형들이 누군가한테 협박 편지를 보내고 있다면 그건 내 문제이기도 해." 론이 말했다. "조지 말이 맞아. 그런 일을 했다간 결국 엄청 곤란해질 거야."

"말했잖아, 농담한 거라고." 조지가 말했다. 그는 프레드에게 다가가 그의 손에서 편지를 빼내 가장 가까운 곳에 있던 외양간올빼미의 다리에 묶기 시작했다. "동생아, 너 우리 사랑하는 형님과 좀 비슷해지는 것 같다. 진짜야, 론. 계속 그러다가는 반장이 되겠는걸."

"아니야!" 론이 열을 내며 말했다.

조지는 외양간올빼미를 뻥 뚫린 창으로 데려가 밖으로 휙 날려 보냈다.

그는 몸을 돌려 론에게 씩 웃어 보였다. "뭐, 그럼 더는 이래라저래라 하지 마. 나중에 보자."

그러고 나서 조지와 프레드는 부엉이장을 나갔다. 해리, 론, 헤르미온느는 멍하니 서로를 바라보았다.

"저 두 사람도 이 모든 일에 대해 뭔가 아는 것 같지 않아?" 헤르미온느가 속삭였다. "크라우치나 그 밖에 다른 일들 말이야."

"아닐걸." 해리가 말했다. "그렇게 심각한 일이었으면 누구한테든 말했겠지. 덤블도어 교수님이라든가."

하지만 론은 찜찜한 표정이었다.

"왜 그래?" 헤르미온느가 물었다.

"그게……." 론이 천천히 입을 열었다. "과연 그렇게 할까 싶어서. 형들은…… 저 둘은 요즘 돈 버는 일에 집착하고 있거든. 형들하고 어울릴 때 알아차렸어. 그러니까 언제냐면……."

"우리가 서로 말 안 할 때." 해리가 론 대신 문장을 맺어 주었다. "그래, 하지만 협박 편지라니……."

"장난감 가게를 생각하는 거야." 론이 말했다. "난 형들이 그냥 엄마를 화나게 하려고 그런 말을 하는 줄 알았는데 진심이더라고. 가게를 열고 싶어 해. 형들은 호그와트에 다닐 시간이 1년밖에 안 남았잖아. 이제 미래를 생각해야 할 때인데 아빠는 형들을 도와줄 수 없고 시작하려면 돈이 필요하다고 계속 그러더라."

이제는 헤르미온느도 불편해하는 얼굴이었다. "그래, 하지만…… 돈을 벌겠다고 법을 어기지는 않겠지?"

"과연 그럴까?" 론이 회의적인 표정으로 말했다. "난 모르겠다……. 형들은 규칙을 어기는 걸 딱히 신경 쓰지 않잖아."

"그래도 이건 법이잖아." 헤르미온느가 살짝 겁먹은 얼굴로 말했다. "무슨 시시한 교칙 같은 게 아니라고……. 협박 편지를 보내면 방과 후 징계보다 훨씬 심한 벌을 받게 돼! 론, 어쩌면 퍼시한테 얘기하는 게 좋을……."

"너 미쳤냐?" 론이 소리쳤다. "퍼시한테 얘기하라고? 그럼 퍼시는 크라우치 같은 짓을 할걸. 형들을 고발할 거라고." 그는 프레드와 조지의 올빼미가 날아간 창 쪽을 바라보다가 말했다. "가자. 가서 아침이나 먹자."

"무디 교수님을 만나러 가기에는 너무 이른 시간일까?"
나선형 계단을 내려가면서 헤르미온느가 물었다.

"응." 해리가 말했다. "이런 새벽에 깨웠다간 무디 교수
님이 우리를 문 밖으로 날려 버릴걸? 잠자는 틈을 노려 공
격하려는 줄 알고 말이야. 쉬는 시간까지 기다리자."

마법의 역사 시간은 오늘따라 유독 느리게 흘러갔다. 해
리는 결국 고장 난 손목시계를 버리고 계속 론의 시계를 확
인했지만, 그 시계도 고장 난 게 틀림없다고 생각될 정도로
매우 느리게 움직였다. 세 사람은 너무 지쳐서 기꺼이 책상
에 머리를 대고 잠들 수 있을 지경이었다. 심지어 헤르미온
느조차 평소처럼 필기를 하는 대신 턱을 괴고 앉아 초점 없
는 눈으로 빈스 교수를 바라보고 있었다.

마침내 종이 울리자 그들은 서둘러 복도로 나가 어둠의
마법 방어법 교실로 향하다가 무디 교수가 교실에서 나오
는 모습을 보았다. 그는 세 사람만큼이나 피곤한 모습이었
다. 멀쩡한 쪽 눈꺼풀이 축 처져서 평소보다도 얼굴이 심하
게 비뚤어져 보였다.

"무디 교수님!" 해리가 소리쳤다. 셋은 사람들을 헤치고
그에게 다가갔다.

"잘 잤느냐, 포터?" 무디가 걸걸한 목소리로 말했다. 그

의 마법 눈이 지나가는 1학년생 두어 명을 쫓아갔다. 1학년들은 긴장한 얼굴로 발걸음을 빨리했다. 마법 눈은 무디의 뒤통수 쪽으로 돌아가더니 1학년 아이들이 모퉁이를 돌아가는 모습을 끝까지 지켜보았다. 그가 다시 입을 열었다. "들어와라."

무디는 물러서서 그들을 빈 교실에 들여보낸 다음, 그들을 따라 절뚝거리며 들어와 문을 닫았다.

"찾으셨어요?" 해리가 단도직입적으로 물었다. "크라우치 장관님요."

"아니." 무디가 말했다. 그는 책상으로 다가가 앉더니 희미한 신음 소리를 내며 나무다리를 뻗고 휴대용 술병을 꺼냈다.

"지도는 써 보셨어요?" 해리가 물었다.

"물론이다." 무디가 술병에 든 것을 한 모금 마시며 말했다. "네 흉내를 내 봤다, 포터. 소환 마법으로 내 연구실에 있던 그 지도를 불러와서 숲으로 가지고 갔지. 크라우치는 어디에도 없었다."

"그럼 순간이동을 한 건가요?" 론이 물었다.

"학교 안에서는 순간이동을 할 수가 없다니까, 론!" 헤르미온느가 소리쳤다. "크라우치가 모습을 감출 다른 방법들이 있는 거죠, 교수님?"

헤르미온느에게 머문 무디의 마법 눈이 파르르 떨렸다.

"오러의 자질을 갖춘 사람이 여기 또 하나 있었군." 그가 말했다. "머리가 잘 돌아가는구나, 그레인저."

헤르미온느는 기쁨에 얼굴을 붉혔다.

"음, 크라우치가 눈에 안 보이게 되지는 않았을 거예요." 해리가 말했다. "지도에는 눈에 보이지 않는 사람들도 나타나거든요. 그렇다면 학교를 떠난 게 틀림없어요."

"근데 자기 의지로 떠났을까?" 헤르미온느가 열성적으로 말했다. "아니면 다른 사람이 떠나게 만들었을까?"

"그래, 다른 사람이 그랬을 수 있어. 크라우치를 빗자루에 태우고 날아간 거야. 어때요?" 론이 재빨리 말하더니 기대감에 차서 무디를 바라보았다. 자신에게도 오러의 자질이 있다는 말을 듣고 싶은 듯했다.

"납치 가능성도 배제할 수는 없다." 무디가 으르렁거리듯 말했다.

"그럼……." 론이 말했다. "교수님은 크라우치 장관이 호그스미드 어딘가에 있다고 생각하세요?"

"어디에든 있을 수 있지." 무디가 고개를 저으며 말했다. "확실하게 알 수 있는 건 그자가 여기에 없다는 것뿐이야."

그는 입을 쩍 벌리고 하품을 했다. 흉터가 죽 늘어나면서 비뚤어진 입에서 이가 빠진 자리들이 드러났다.

그가 말했다. "그래, 덤블도어 교수 말로는 너희 셋이 탐정 놀이를 좋아한다던데. 하지만 너희가 크라우치에게 해줄 수 있는 일은 아무것도 없다. 이제는 정부에서 크라우치를 찾을 거야. 덤블도어 교수가 정부에 알렸으니까. 포터, 너는 그냥 세 번째 과제에만 집중해라."

"네?" 해리가 말했다. "아, 네……."

그는 어젯밤 크룸과 함께 미로를 떠난 이래로 그 생각은 한 번도 하지 않았다.

"이번 과제는 너에게 딱 맞을 거다." 무디가 눈을 들어 해리를 바라보면서, 흉터투성이에 수염이 까칠한 턱을 긁적거렸다. "덤블도어 교수한테 듣기로 너는 이런 일을 수없이 헤쳐 나갔다던데. 1학년 때 마법사의 돌을 지키는 장애물들을 돌파했다지?"

"우리가 도와줬어요." 론이 재빨리 말했다. "저랑 헤르미온느가요."

무디가 씩 웃었다. "흠, 이번에도 연습하는 것을 도와줘라. 그러면 포터가 이기지 못하는 게 아주 놀라운 일이 되겠지." 그가 말했다. "동시에…… 지속적인 경계를 해라,

포터. 지속적 경계." 그는 술병에 든 것을 또 한 번 벌컥벌 컥 들이켰다. 그의 마법 눈이 창문으로 휙 돌아갔다. 창밖 으로 덤스트랭 배의 꼭대기에 달린 돛이 보였다.

"너희 둘은⋯⋯." 무디의 정상적인 눈이 론과 헤르미온 느에게 향했다. "포터 곁에서 떨어지지 마라. 알겠느냐? 내 가 지켜보고 있겠지만, 그래도 마찬가지다⋯⋯. 지켜보는 눈은 많을수록 좋지."

시리우스는 다음 날 아침 부엉이 편으로 답장을 보냈다. 그 부엉이가 푸드덕거리며 해리 옆에 앉는 것과 동시에, 《예언자일보》를 부리에 문 황갈색올빼미 한 마리가 헤르미 온느 앞에 내려앉았다. 헤르미온느가 신문을 받아 앞의 몇 장을 훑어보고는 말했다. "하! 크라우치 소식은 못 들었나 보지!" 그러더니 그녀는 론, 해리와 함께 시리우스가 그저 께 밤에 벌어진 이상한 사건들에 대해 쓴 내용을 읽었다.

해리, 빅토르 크룸과 둘이서 금지된 숲에 들어가다니 무 슨 터무니없는 생각이냐? 다음번 답장에 다시는 밤에 다른 사람과 산책을 나가지 않겠다고 맹세해 다오. 호그와트에 아주 위험한 인물이 있어. 내 생각에 그자들은 크라우치가 덤블도어를 만나는 걸 막고 싶어 했던 것 같다. 너랑 얼마 떨어지지 않은 곳에서 어둠 속에 숨어 있었던 게 분명해. 넌 죽을 수도 있었어.

네 이름이 불의 잔에 들어간 건 우연이 아니야. 누가 너를 공격하려 한다면 그자에게는 이번이 마지막 기회다. 론, 헤르미온느와 꼭 붙어 있고 정해진 시간이 지나면 그리핀도르 탑에서 나가지 말거라. 세 번째 과제 준비도 단단히 해야 돼. 기절 마법과 무장해제 마법을 연습해 둬라. 몇 가지 공격 마법도 도움이 될 거다. 크라우치와 관련해서는 네가 할 수 있는 일이 없어. 눈에 띄는 짓은 삼가고 너 자신을 돌보도록 해라. 다시는 도를 넘어선 행동을 하지 않겠다고 약속해라. 편지 기다리마.

시리우스

"누가 누구한테 도를 넘어섰다고 훈계를 하는 거야?" 해리는 살짝 화를 내면서 시리우스의 편지를 접어 로브 속에 집어넣었다. "자기는 학교 다닐 때 별짓을 다 해 놓고!"

"걱정되니까 그렇지!" 헤르미온느가 날카롭게 소리쳤다. "무디랑 해그리드처럼! 말 좀 들어!"

"1년이 지나도록 누구한테서도 공격받은 적 없어." 해리가 말했다. "나한테 무슨 짓을 한 사람은 아무도 없단 말이 야……."

"네 이름을 불의 잔에 넣은 걸 빼면." 헤르미온느가 말했다. "그런 짓을 한 데는 틀림없이 이유가 있을 거야, 해리. 멍멍이 말이 맞아. 어쩌면 때를 기다리고 있는 건지도 몰라. 어쩌면 이번 과제를 노리고 있는 것일 수도 있고."

"나 원." 해리가 짜증을 내며 말했다. "멍멍이 말이 맞다고 치자. 누가 크룸에게 기절 마법을 건 다음 크라우치를 납치했다고 말이야. 뭐, 그럼 그자들은 숲속에서 우리 근처에 있지 않았겠어? 하지만 그자들은 내가 그곳에서 떠날 때까지 기다렸다가 행동을 개시했어. 그러니까 그자들의 표적은 내가 아니었던 거지. 안 그래?"

"금지된 숲에서 널 죽이면 사고처럼 꾸밀 수가 없잖아!" 헤르미온느가 말했다. "하지만 네가 과제를 치르다가 죽으 면……."

"크룸을 공격할 때는 조심하지 않았잖아." 해리가 말했다. "왜 동시에 나까지 해치우지 않았지? 크룸이랑 내가 결투를 벌였다거나, 뭐 그렇게 꾸밀 수도 있었을 텐데."

"해리, 그건 나도 잘 모르겠어." 헤르미온느가 절박한 목소리로 말했다. "내가 아는 건 그저 이상한 일이 잔뜩 벌어지고 있다는 것뿐이야. 그게 마음에 안 들어……. 무디 교수님 말이 맞아. 멍멍이 말이 맞아……. 넌 세 번째 과제에 대비해서 연습해야 해. 지금 당장. 그리고 꼭 멍멍이한테 답장을 보내서, 다시는 혼자 몰래 돌아다니지 않겠다고 약속해."

실내에 있어야 하는 지금보다 더 호그와트 교정이 매혹적으로 보였던 적은 없었다. 이후 며칠 동안 그는 자유 시간 전부를 헤르미온느, 론과 함께 도서관에서 공격 마법에 관한 책을 찾거나, 그들과 함께 빈 교실에 몰래 들어가 연습을 하면서 보냈다. 해리는 기절 마법에 집중했다. 전에는 한 번도 써 본 적 없는 주문이었다. 문제는 이 주문을 연습하려면 론과 헤르미온느의 희생이 어느 정도 뒤따른다는 점이었다.

"노리스 부인을 납치하면 어떨까?" 월요일 점심 식사 시간에 일반 마법 교실 한가운데 벌렁 드러누워 있던 론이 제안했다. 방금 해리가 그에게 기절 마법을 연속으로 다섯 번 걸었다가 깨운 뒤였다. "그 고양이를 잠깐 기절시키자. 아니면 도비를 써도 되잖아, 해리. 도비는 널 돕는 일이라면 뭐든지 할걸. 내가 불평을 한다거나 뭐 그런 건 아닌

데……." 그는 등을 문지르면서 조심스럽게 일어섰다. "온 몸이 아파서……."

"그거야 네가 계속 쿠션 바깥으로 쓰러지니까 그렇지!" 헤르미온느가 쫓아 버리기 마법을 연습할 때 썼던 쿠션 더미를 다시 정리하면서 답답하다는 듯 말했다. 플리트윅 교수가 캐비닛 안에 넣어 두었던 쿠션들이었다. "그냥 뒤로 넘어지려고 해 봐!"

"일단 기절 마법에 걸리면 조준이 잘 안 된단 말이야, 헤르미온느!" 론이 화를 내며 말했다. "네가 해 보지 그래?"

"뭐, 내 생각에는 해리가 이젠 이해한 것 같아." 헤르미온느가 재빨리 말했다. "그리고 무장해제 마법은 걱정할 필요 없어. 그건 해리가 아주 오래전부터 할 줄 알았던 거니까……. 오늘 저녁에는 이 공격 마법 중 몇 가지를 시작해야 할 것 같아."

그녀는 도서관에서 만들어 온 목록을 내려다보았다.

"난 이게 좋아 보이는데." 그녀가 말했다. "방해 마법. 너를 공격하려 드는 건 무엇이든 느려지게 만든대, 해리. 이것부터 시작하자."

종이 울렸다. 그들은 황급히 쿠션들을 플리트윅 교수의 캐비닛에 던져 넣고 살금살금 교실을 빠져나왔다.

"저녁 식사 시간에 만나!" 헤르미온느는 그렇게 말하고 숫자점 교실로 향했다. 해리와 론은 북쪽 탑에 있는 점술 교실로 갔다. 높은 창문을 통해 눈부신 황금빛 햇살이 복도로 쏟아지고 있었다. 바깥의 하늘은 광택이라도 낸 것처럼 아주 밝은 파란색이었다.

"트릴로니 교실은 푹푹 찌겠구나. 그놈의 불을 절대 안 끄니까." 론이 말했다. 그들은 은사다리가 걸린 뚜껑문을 향해 계단을 올라갔다.

론의 말이 맞았다. 어슴푸레하게 밝혀진 방은 찌는 듯이 더웠다. 향료를 넣은 벽난로 불은 어느 때보다도 짙은 향내를 풍겼다. 커튼을 친 창문 쪽으로 다가가던 해리는 머리가 핑핑 돌 지경이었다. 트릴로니 교수가 등불에 걸린 숄을 푸느라 다른 곳을 보는 사이 그는 창문을 살짝 열고 친츠 안락의자에 앉아 편히 기댔다. 부드러운 산들바람이 얼굴을 간지럽혔다. 아주 편안했다.

"얘들아." 트릴로니 교수가 교실 앞 윙백 안락의자에 앉아 기묘하게 확대된 눈으로 모두를 둘러보며 말했다. "점성술 공부는 거의 마쳤단다. 하지만 오늘은 화성의 영향력을 살펴볼 훌륭한 기회가 될 거야. 지금 화성이 아주 흥미로운 곳에 자리 잡고 있거든. 모두 이쪽을 봐 주겠니? 조명을 좀 줄이마…….”

그녀가 마법 지팡이를 흔들자 등불들이 꺼졌다. 이제 빛이 나오는 곳은 벽난로뿐이었다. 트릴로니 교수는 허리를 구부리고 의자 밑에서 유리 돔에 들어 있는 작은 태양계 모형을 꺼냈다. 아름다운 물건이었다. 불타는 태양과 아홉 개의 행성 주위를 맴도는 위성들이 각자의 자리에서 빛났다. 그 모든 것이 유리 돔 속 공중에 떠 있었다. 해리는 트릴로니 교수가 화성과 해왕성이 이루고 있는 매혹적인 각도를 짚어 내기 시작하는 모습을 나른하게 지켜보았다. 짙은 향기가 그를 덮쳤고 창문으로 불어 들어온 산들바람이 그의 얼굴을 간지럽혔다. 벌레 한 마리가 커튼 뒤에서 조용히 윙윙거리는 소리가 들렸다. 눈꺼풀이 감기기 시작했다…….

수리부엉이의 등에 올라탄 그는 맑고 푸른 하늘을 날아올라 언덕 위에 높이 자리한, 담쟁이덩굴로 뒤덮인 낡은 집을 향해 날아가고 있었다. 고도를 점점 낮추자 해리의 얼굴에 기분 좋은 바람이 불어왔다. 해리와 수리부엉이는 2층에 있는 어둡고 깨진 창문을 통해 집으로 들어갔다. 이제 그들은 음침한 복도를 따라 맨 끝 방을 향해 날아가고 있었다……. 그들은 문을 지나 널빤지로 창문을 막은 어두운 방에 들어갔다.

해리는 부엉이의 등에서 내렸다……. 그는 이제 그 부엉이를 지켜보고 있었다. 부엉이는 푸드덕거리며 방을 가로질러 해리를 등지고 있는 의자로 날아갔다……. 의자 옆 바닥에 두 개의 어두운 형체가 있었다……. 둘 다 몸을 꿈틀거리고 있었다…….

하나는 거대한 뱀이었고…… 다른 하나는 웬 남자였다. 키가 작고 머리가 벗겨지기 시작한, 축축한 눈에 뾰족한 코를 가진 남자. 그는 벽난로 앞 깔개 위에서 쌕쌕거리면서 흐느끼고 있었다.

"운이 좋구나, 웜테일." 부엉이가 내려앉은 의자 깊숙한 곳에서 차갑고 높은 목소리가 말했다. "그야말로 운이 좋아. 네 실수가 모든 걸 망쳐 놓지는 않았으니. 그자는 죽었다."

"주인님!" 바닥의 남자가 숨을 들이켰다. "주인님, 저는…… 저는 무척 기쁩니다……. 그리고 죄송합니다……."

"내기니." 차가운 목소리가 말했다. "너는 운이 없구나. 결국 네게 웜테일을 먹이로 주지 못하게 됐으니……. 하지만 걱정 마라, 걱정 마……. 아직 해리 포터가 있다……."

뱀이 쉿 소리를 냈다. 해리는 뱀의 혀가 날름거리는 것을 보았다.

"자, 웜테일." 차가운 목소리가 말했다. "네 실수를 더 참아 주지 않는 이유를 상기시켜 줘야겠구나……."

"주인님…… 안 됩니다……. 이렇게 빌겠습니다……."

의자 깊숙한 곳에서 튀어나온 마법 지팡이 끝이 웜테일을 겨눴다. "크루시오." 차가운 목소리가 말했다.

웜테일은 온몸의 세포 하나하나가 불타는 것처럼 비명을 지르고 또 질렀다. 그 비명이 해리의 귀를 가득 채웠다. 동시에 이마의 흉터가 불로 지지는 것처럼 아팠다. 해리도 비명을 지르고 있었다……. 볼드모트가 그 소리를 듣게 될 것이다. 그가 어디에 있는지 알게 될 것이다…….

"해리! 해리!"

해리는 눈을 떴다. 그는 손으로 얼굴을 감싼 채 트릴로니 교수의 교실 바닥에 누워 있었다. 흉터가 아직도 심하게 타들어 가는 듯해서 눈에 눈물이 고였다. 그 고통은 현실이었다. 학생 모두가 그의 주위에 서 있고, 론은 겁에 질린 표정으로 그의 옆에 무릎을 꿇고 앉아 있었다.

"괜찮아?" 론이 물었다.

"괜찮을 리가 없지!" 트릴로니 교수가 굉장히 흥분한 얼굴로 말했다. 그녀의 큼직한 눈이 해리 위에 쓱 나타나더니 그를 뚫어지게 응시했다. "왜 그러니, 포터? 예감? 환영?

뭘 본 거니?"

"아무것도 아니에요." 해리는 거짓말을 했다. 그는 몸을 일으켜 앉았다. 온몸이 덜덜 떨렸다. 해리는 끊임없이 주위를 둘러보면서 등 뒤의 어두운 구석을 힐끔거렸다. 볼드모트의 목소리가 너무 가깝게 들렸다…….

"너는 흉터를 움켜쥐고 있었단다!" 트릴로니 교수가 말했다. "흉터를 움켜쥐고 바닥을 뒹굴고 있었어! 자, 포터. 나는 이런 문제에 경험이 많단다!"

해리는 그녀를 올려다보았다.

"병동에 가 봐야 할 것 같아요." 그가 말했다. "두통이 심해서요."

"얘야, 너는 내 교실에서 나오는 특별한 예지력의 진동에 자극을 받은 게 틀림없어!" 트릴로니 교수가 말했다. "지금 떠나면 여태껏 봐 온 것보다 더 멀리 볼 기회를 잃어버릴지도 모른……."

"두통약 말고는 아무것도 보고 싶지 않은데요." 해리가 말했다.

그는 자리에서 일어섰다. 학생들이 길을 비켜 주었다. 모두가 불안해하는 표정이었다.

"나중에 보자." 해리는 론에게 작은 소리로 말한 뒤, 방금 엄청난 호의를 거절당했다는 듯 노골적으로 낙담한 표정을 짓고 있는 트릴로니 교수를 무시한 채 가방을 들고 뚜껑문으로 향했다.

하지만 사다리 밑으로 내려온 해리는 병동으로 가지 않았다. 사실 그는 병동에 갈 생각이 전혀 없었다. 시리우스는 다시 흉터가 아프면 뭘 해야 하는지 말해 주었다. 해리는 그의 조언을 따라 곧장 덤블도어의 연구실로 갈 생각이었다. 그는 성큼성큼 복도를 걸어가면서 꿈에서 본 장면을 떠올렸다……. 그것은 프리빗가에서 그를 깨웠던 꿈처럼 생생했다. 확실히 기억하기 위해 그는 그 자세한 광경을 머릿속에서 재빨리 훑어보았다……. 볼드모트가 웜테일에게 실수를 저질렀다고 비난하는 소리가 들렸다……. 하지만 부엉이가 실수는 바로잡혔고 누군가 죽었다는 좋은 소식을 가져왔다……. 따라서 웜테일은 뱀의 먹이가 되지 않을 것이다……. 그가, 해리가 대신 먹이가 될 테니까…….

해리는 덤블도어의 연구실 입구를 지키고 있는 가고일 석상을 무심코 지나쳤다. 눈을 깜빡이며 주위를 둘러본 그는 자기가 무엇을 했는지 깨닫고 발걸음을 되짚어 석상 앞에서 멈췄다. 그때 암호를 모른다는 사실이 떠올랐다.

"셔벗 레몬?" 그는 머뭇거리며 말해 보았다.

가고일은 움직이지 않았다.

"좋아." 해리가 가고일을 쏘아보며 말했다. "배 드롭(서양 배 모양의 눈깔사탕—옮긴이). 어…… 감초 지팡이. 피징 위즈비. 드루블의 엄청 잘 불어지는 풍선껌. 버티 보트의 모든 맛이 나는 강낭콩 젤리…… 아, 아니다. 그건 싫어하시지? ……아, 그냥 좀 열릴 수 없어?" 그가 화를 내며 말했다. "진짜로 교수님을 만나야 한다고. 급해!"

가고일은 여전히 움직이지 않았다.

해리는 석상을 걷어찼지만 엄지발가락의 극심한 통증 말고는 아무것도 얻지 못했다.

"개구리 초콜릿!" 그가 한 다리로 서서 화를 내며 소리쳤다. "설탕 깃펜! 바퀴벌레 과자!"

가고일이 갑자기 살아나더니 옆으로 펄쩍 비켜섰다. 해리는 눈을 깜빡거렸다.

"바퀴벌레 과자?" 그가 놀라서 말했다. "그냥 장난으로 말해 본 건데……."

그는 재빨리 벽이 열린 틈으로 들어가 나선형 돌계단에 올라섰다. 등 뒤에서 문이 닫히자 계단은 천천히 위로 올라가 그를 놋쇠 손잡이가 달린 반들반들한 오크나무 문 앞에 데려다주었다.

연구실 안에서 목소리들이 들렸다. 움직이는 계단에서 내려선 해리는 망설이다가 귀를 기울였다.

"덤블도어, 미안하지만 나는 연결 고리를 찾을 수가 없소. 전혀 모르겠소!" 마법 정부 총리, 코닐리어스 퍼지의 목소리였다. "루도 말로는 버사가 길을 잃었을 가능성이 아주 높답니다. 지금쯤이면 버사를 찾았어야 한다는 데는 나도 동의하지만, 그렇더라도 살인이 벌어졌다는 증거는 없소, 덤블도어. 그럼, 없고말고. 버사의 실종과 바티 크라우치의 실종이 서로 연관되어 있다는 증거도 마찬가지요!"

"그럼 바티 크라우치에게는 무슨 일이 일어난 거라고 생각하십니까?" 무디의 으르렁거리는 목소리가 들렸다.

"나는 두 가지 가능성이 있다고 보네, 앨러스터." 퍼지가 말했다. "크라우치가 마침내 무너져서…… 크라우치의 개인사를 생각하면 아주 가능성 높은 일이라는 데는 다들 동의할 걸세. 그렇게 정신이 나가서 어딘가를 헤매고 다닌 것이든지……."

"만약 그렇다면 굉장히 빠르게 헤매고 다니나 보군요, 코닐리어스." 덤블도어가 담담하게 말했다.

"그게 아니라면, 뭐……." 퍼지의 목소리에는 당황한 기색이 역력했다. "글쎄, 그 사람이 발견된 장소를 보기 전에는 판단을 보류하겠소만, 보바통 마차 근처라고 했나? 덤블도어, 그 여자가 무엇인지 알고 있소?"

"아주 유능한 교장으로 보고 있다오. 춤 실력도 훌륭하고." 덤블도어가 조용히 말했다.

"덤블도어, 이러지 마시오!" 퍼지가 화를 내며 말했다. "해그리드 때문에 그 여자도 좋게만 보이는 것 아니오? 그들 모두가 무해한 존재인 건 아니란 말입니다. ……물론, 이것도 해그리드를 무해하다고 할 수 있을 때의 얘기지만. 괴물에 대한 해그리드의 집착을 보면……."

"나는 해그리드만큼이나 막심 교장을 믿소." 덤블도어가 똑같이 태연한 목소리로 말했다. "편견을 가진 건 오히려 당신인 것 같소만, 코닐리어스."

"이 얘기는 그만 마무리하는 게 어떻습니까?" 무디가 으르렁거리듯 말했다.

"그래, 그래. 그럼 교정으로 가 봅시다." 코닐리어스 퍼지가 조바심을 내며 말했다.

"아니, 그게 아닙니다." 무디가 말했다. "포터가 교장 선생님과 얘기하고 싶어 합니다만, 덤블도어. 지금 문 앞에 있습니다."

## 30장

# 펜시브

연구실 문이 열렸다.

"잘 있었느냐, 포터." 무디가 말했다. "어서 들어와라."

해리는 안으로 들어갔다. 그는 예전에도 한 번 덤블도어의 연구실에 들어온 적이 있었다. 전직 호그와트 교장들의 초상화가 쭉 걸려 있는 아주 아름다운 둥근 방이었다. 초상화 속 교장들은 모두 가슴을 부드럽게 들썩거리면서 깊이 잠들어 있었다.

코닐리어스 퍼지는 평소처럼 가는 세로줄무늬 망토를 입고 연두색 중산모자를 든 채 덤블도어의 책상 옆에 서 있었다.

"해리!" 퍼지가 해리에게 다가오며 아주 쾌활한 목소리로 말했다. "잘 지냈니?"

"네." 해리는 거짓말을 했다.

"크라우치 장관이 교내에 나타난 날 밤 얘기를 하고 있었단다." 퍼지가 말했다. "크라우치를 발견한 사람이 너였지?"

"네." 해리는 그렇게 말한 다음, 그들의 말을 엿듣지 않은 척해 봐야 아무 의미가 없다는 생각에 덧붙였다. "하지만 막심 교장은 어디에도 보이지 않았어요. 막심 교장이 몸을 숨기는 건 보통 일이 아닐 텐데요?"

덤블도어가 퍼지의 등 뒤에서 싱긋 미소 지었다. 그의 두 눈이 반짝거렸다.

"그래, 뭐." 퍼지가 당황한 표정을 지으며 말했다. "우리는 교정을 잠깐 둘러볼 참이었단다, 해리. 이만 가 봐야 할 것 같은데……. 그냥 교실로 돌아가는 게…….."

"드릴 말씀이 있어요, 교수님." 해리가 덤블도어를 바라보며 재빨리 말했다. 덤블도어는 살피는 듯한 눈으로 해리를 빠르게 훑었다.

"여기서 기다려 다오, 해리." 그가 말했다. "교정을 살펴보는 일은 오래 걸리지 않을 거다."

그들은 말없이 그를 지나쳐 가서는 문을 닫았다. 잠시 후 무디의 나무다리가 바닥에 부딪치는 소리가 아래층 복도를 향해 점점 희미해져 갔다. 해리는 주위를 둘러보았다.

"안녕, 폭스." 그가 말했다.

덤블도어 교수의 불사조인 폭스가 문 옆 황금 횃대에 앉아 있었다. 멋진 진홍색과 황금색 깃털을 가진 그 백조만 한 새는 긴 꼬리를 휙 움직이며 해리를 향해 온순하게 눈을 깜빡였다.

해리는 덤블도어의 책상 앞 의자에 앉았다. 그는 몇 분 동안 방금 들은 이야기에 대해 생각하며 역대 교장들이 액자 안에서 졸고 있는 모습을 지켜보았다. 손가락으로 흉터를 만져 보았다. 이제 흉터는 아프지 않았다.

조금 있으면 덤블도어에게 꿈 얘기를 하게 되리라는 것을 알고 덤블도어의 연구실에 있자니 왠지 훨씬 침착한 기분이 들었다. 해리는 책상 뒤의 벽을 올려다보았다. 여기저기 기워 놓은 낡은 기숙사 배정 모자가 선반 위에 놓여 있고, 그 옆 유리 상자에는 칼자루에 큼직한 루비 여러 개가 박힌 훌륭한 은제 검이 들어 있었다. 해리가 2학년 때 직접 기숙사 배정 모자에서 꺼냈던 그 검이었다. 한때 그 검은 해리가 속한 기숙사의 창립자인 고드릭 그리핀도르가 소유했던 물건이었다. 모든 희망이 사라졌다고 생각했을 때 그 검이 어떤 도움을 주었는지 생각하며 바라보는데, 유리

상자 위에서 춤추듯 어른거리는 은색 빛줄기가 보였다. 그
빛이 어디서 나오는지 보려고 주위를 둘러보던 해리는 등
뒤에 있는 검은색 캐비닛 안에서 흘러나오는 밝게 빛나는
은색 빛줄기를 발견했다. 캐비닛 문이 제대로 닫혀 있지 않
았던 것이다. 해리는 망설이다가 폭스를 힐끗 보고 자리에
서 일어나 연구실을 가로질러 가서는 캐비닛 문을 열었다.

캐비닛 안에는 돌로 만든 얕은 대야가 놓여 있었다. 대
야 가장자리에는 해리가 알아볼 수 없는 룬문자와 기호 같
은 이상한 무늬가 새겨져 있었다. 은색 빛줄기는 대야 안에
서 흘러나오고 있었다. 그 안에 있는 것은 해리가 지금까지
본 어떤 것과도 달랐다. 액체인지 기체인지도 알 수 없었
다. 그것은 흰색에 가까운 밝은 은색이었으며 끊임없이 움
직이고 있었다. 그 표면은 바람에 일렁이는 수면처럼 잔물
결을 일으키더니 다음 순간 구름처럼 흩어져 부드럽게 휘
돌았다. 빛을 액체로 만들었거나, 혹은 바람을 고체로 만든
것 같았다. 어느 쪽으로도 단정할 수 없었다.

해리는 촉감이 어떨지 만져 보고 싶었지만 마법 세계에
서 보낸 4년에 걸친 경험 덕분에 미지의 물질로 가득 찬 그
릇에 손을 집어넣는 건 매우 멍청한 짓임을 알고 있었다.
그래서 해리는 로브 속에서 마법 지팡이를 꺼내 들고 초조

하게 연구실을 둘러본 다음, 다시 대야의 내용물을 바라보며 쿡 찔러 보았다. 대야 속 은색 물질의 표면이 아주 빠르게 소용돌이치기 시작했다.

해리는 머리를 캐비닛 안에 집어넣고 더 가까이 몸을 구부렸다. 은색 물질은 유리처럼 투명해져 있었다. 해리는 돌대야의 바닥이 보일 거라고 생각하면서 그 안을 들여다보았다. 하지만 신비한 물질 아래 보이는 것은 거대한 방이었다. 해리는 마치 천장에 난 둥근 창문을 통해 그 방을 들여다보고 있는 것 같았다.

방이 어슴푸레하게 밝혀져 있어서 해리는 그곳이 지하일지도 모른다고 생각했다. 창문이 없고, 호그와트의 지하벽에 꽂혀 있는 것과 같은 횃불들만 있었기 때문이다. 코가 유리 같은 물질에 닿을락 말락 할 정도로 얼굴을 갖다 댄 해리는 벽을 빙 둘러 층층이 나열된 긴 의자에 줄지어 앉아 있는 마법사들을 보았다. 방 한가운데 빈 의자가 놓여 있었다. 왠지 불길한 느낌이 드는 의자였다. 거기에 앉는 사람을 보통 묶어 놓는 듯 의자 팔걸이에 쇠사슬이 묶여 있었다.

여기가 어디지? 호그와트는 분명히 아니었다. 해리는 성안에서 이런 곳을 본 적이 없었다. 게다가 대야 밑바닥 이

상한 방 안에 있는 사람들은 모두 어른이었다. 호그와트에
저렇게 많은 선생들이 있을 리 없었다. 그들은 다들 뭔가를
기다리는 것 같았다. 해리의 눈에는 뾰족 모자의 꼭대기만
보였을 뿐이지만 모두 한 곳을 바라보는 듯했다. 이야기를
주고받는 사람은 아무도 없었다.

대야는 둥글고 그가 지켜보고 있는 방은 사각형이었으므
로, 해리는 방의 구석에서 무슨 일이 벌어지는지 볼 수 없
었다. 그는 그쪽을 보려고 머리를 바짝 기울인 채 더 가까
이 다가갔다…….

해리의 코끝이 그가 들여다보던 이상한 물질에 닿았다.

덤블도어의 연구실이 크게 휘청거렸다. 해리는 대야에
담긴 물질 속으로 머리부터 내던져졌다…….

하지만 그의 머리는 돌바닥에 부딪치지 않았다. 그는 뭔
가 얼음처럼 차갑고 새까만 것을 뚫고 떨어지고 있었다. 마
치 캄캄한 소용돌이 속으로 빨려 들어 가는 것 같았다…….

갑자기 해리는 어느새 대야 속 방 안 구석진 곳의 의자에
앉아 있었다. 그 의자는 다른 사람들이 앉은 것보다 높이
솟아 있었다. 그는 높은 돌 천장을 올려다보았다. 그가 조
금 전까지 들여다보던 둥근 창문이 보일 거라고 생각했지
만 그곳에는 어둡고 단단한 돌뿐이었다.

해리는 거칠게 숨을 헐떡거리면서 주위를 둘러보았다. 그 방에 있는 마법사들(적어도 200명은 되는 것 같았다)가운데 누구도 해리를 쳐다보지 않았다. 방금 열네 살짜리 소년이 천장에서 그들이 있는 곳 한가운데로 떨어졌다는 사실을 알아차린 사람은 아무도 없는 듯했다. 해리는 옆자리에 앉아 있는 마법사 쪽으로 고개를 돌렸다가 깜짝 놀라 큰 소리로 비명을 질렀다. 그의 비명이 고요한 방 안에 메아리쳤다.

알버스 덤블도어가 바로 옆에 앉아 있었다.

"교수님!" 해리가 목멘 소리로 속삭였다. "죄송합니다. 일부러 그런 게 아니고요, 전 그냥 교수님 캐비닛에 있는 대야를 보고 있었는데…… 제가…… 근데 여기가 어디죠?"

하지만 덤블도어는 움직이지도, 입을 열지도 않았다. 그는 해리를 전혀 못 본 척하고 있었다. 의자에 앉아 있는 다른 마법사들과 마찬가지로 방 건너편 구석을 응시하고 있을 뿐이었다. 그곳에는 문이 하나 있었다.

해리는 어찌할 바를 모르고 덤블도어를 뚫어지게 쳐다보다가, 조용히 지켜보는 사람들을 둘러본 다음 다시 덤블도어를 보았다. 그리고 깨달았다…….

전에도 해리는 누구도 그를 보지 못하고 그가 내는 소리를 듣지 못하는 곳에 가 본 적이 있었다. 그때 그는 마법에 걸린 일기장의 페이지 속으로 떨어져 곧장 다른 사람의 기억 속으로 들어갔다. 그가 단단히 착각한 게 아니라면 지금도 그와 비슷한 일이 다시 일어나고 있었다.

해리는 오른손을 들고 망설이다가 덤블도어의 얼굴 앞에 힘차게 흔들어 보았다. 덤블도어는 눈을 깜빡이지도, 해리를 돌아보지도 않았다. 사실상 아예 움직이지 않았다. 이것으로 확실해졌다. 덤블도어는 그런 식으로 해리를 무시하지 않을 것이다. 해리는 기억 속에 들어와 있었으며, 이 사람은 현재의 덤블도어가 아니었다. 하지만 그렇게 오래전일 리는 없다. 지금 그의 옆에 앉아 있는 덤블도어는 현재의 덤블도어와 똑같이 은발이었다. 그런데 여기는 어딜까? 이 마법사들은 모두 무엇을 기다리는 걸까?

해리는 방을 더욱 주의 깊게 살펴보았다. 위에서 내려다보면서 생각한 것처럼, 지하에 있는 방이라는 건 거의 확실했다. 방이라기보다는 지하 감옥에 가까운 것 같았다. 음산하고 으스스한 분위기가 감돌았으며, 벽에는 그림 하나 걸려 있지 않았고, 장식품도 전혀 없었다. 그저 방을 빙 둘러 층층이 놓인 긴 의자들만 있을 뿐이었다. 그 의자들은 하나같이 팔걸이에 쇠사슬이 달린 방 한가운데의 의자를 확실히 볼 수 있도록 배치되어 있었다.

　해리가 아직 이곳이 어딘지 결론을 내리지 못하고 있을 때 여러 명이 내는 발소리가 들렸다. 방 한구석에 있는 문이 열리더니 세 사람이 들어왔다. 아니, 적어도 한 명은 사람이었다. 그 사람의 양옆에 있는 것은 디멘터들이었다.

　해리는 가슴속이 싸늘해지는 것을 느꼈다. 키가 크고 후드로 얼굴을 가린 디멘터들이 썩어 가는 죽은 손으로 그 사람의 팔을 양쪽에서 붙들고 방 한가운데 있는 의자를 향해 천천히 미끄러져 갔다. 디멘터들 사이에 있는 남자는 금방이라도 기절할 것처럼 보였다. 해리는 그를 나무랄 수 없었다. 해리는 제아무리 디멘터라 하더라도 옛 기억 속에서는 자신을 건드릴 수 없다는 것을 알고 있었지만 그들의 힘은 생생하게 기억났다. 디멘터들이 남자를 쇠사슬 달린 의자에 앉히자 지켜보던 사람들이 움찔했다. 디멘터들이 나가자 문이 홱 닫혔다.

　해리는 이제 의자에 앉아 있는 남자를 내려다보았다. 그는 바로 카르카로프였다.

　덤블도어와 달리 카르카로프는 훨씬 젊어 보였다. 머리카락과 염소수염이 검은색이었다. 그는 반들반들한 털옷이 아니라 얇고 해진 로브를 걸친 채 부들부들 떨고 있었

다. 해리가 지켜보고 있으려니 의자 팔걸이에 달린 쇠사슬
이 갑자기 황금빛으로 번쩍이면서 카르카로프의 팔을 뱀
처럼 기어올라 그를 묶었다.

"이고르 카르카로프." 해리의 왼쪽에서 무뚝뚝한 목소리
가 들렸다. 해리는 고개를 돌렸다. 옆에 있는 긴 의자 한가
운데에서 크라우치 장관이 일어났다. 크라우치는 머리카
락이 검었고 얼굴에는 주름이 훨씬 적었으며, 건강하고 기
민해 보였다. "너는 마법 정부에 증거를 제공하고자 아즈
카반에서 이송되었다. 본 법정은 네가 우리에게 줄 중요한
정보가 있다고 전한 것으로 알고 있다."

카르카로프는 의자에 꽉 묶여 있는 상태에서 최대한 몸
을 곧게 세웠다.

"그렇습니다, 장관님." 그가 말했다. 목소리는 매우 겁에
질려 있었지만, 특유의 번드르르한 어조는 여전했다. "저
는 정부에 보탬이 되고 싶습니다. 협조하고 싶습니다. 저,
저는 정부가…… 어둠의 왕의 마지막 추종자들을 마저 잡
아들이려 한다는 사실을 알고 있습니다. 제가 할 수 있는
어떤 방법으로든 도울 수 있기를 간절히 바랍니다……."

의자들 사이에서 웅성거림이 일었다. 몇몇 마법사는 흥
미로운 눈으로 카르카로프를 살펴보았고, 어떤 사람들은

불신을 드러냈다. 그때 덤블도어의 반대쪽 옆에서 귀에 익은 성난 목소리가 들렸다. "쓰레기 같은 놈."

해리는 몸을 앞으로 기울이고 덤블도어의 옆자리를 바라보았다. 매드아이 무디가 앉아 있었다. 다만 지금의 모습과는 굉장히 눈에 띄는 차이가 있었다. 마법 눈이 아닌 멀쩡한 두 눈을 갖고 있었던 것이다. 두 눈 모두 카르카로프를 내려다보고 있었고, 둘 다 강렬한 혐오감에 가늘어져 있었다.

"크라우치는 저놈을 풀어 줄 겁니다." 무디가 덤블도어에게 나직이 속삭였다. "저놈과 거래를 했어요. 저놈을 추적하는 데 여섯 달이 걸렸는데, 크라우치는 저놈이 새로운 이름만 충분히 대면 내보내겠다는 거지요. 어디 한번 들어 보기는 해야지. 그런 다음 바로 디멘터들에게 다시 던져 버리면 좋겠지만."

덤블도어는 찬성할 수 없다는 듯 길고 구부러진 코로 작은 소리를 냈다.

"아, 깜빡했군요⋯⋯. 그러고 보니 디멘터들을 좋아하지 않으시지요, 알버스?" 무디가 냉소를 띠고 말했다.

"그렇다네." 덤블도어가 담담하게 말했다. "미안하지만 나는 그들을 좋아하지 않아. 난 오래전부터 정부가 그런 생명체와 동맹을 맺은 건 잘못된 일이라고 생각해 왔네."

"하지만 저런 쓰레기한테는……." 무디가 중얼거리듯 말했다.

"우리에게 알려 줄 이름이 있다고 했는데, 카르카로프." 크라우치 장관이 말했다. "어디 들어 보지."

"먼저 한 가지 이해해 주셔야 합니다." 카르카로프가 다급히 입을 열었다. "이름을 말해서는 안 되는 그 사람은 언제나 아주 비밀스럽게 움직였습니다. 그자는 우리가…… 제 말은, 그의 추종자들이란 뜻입니다만, 지금 저는 그런 자들과 어울린 일을 아주 깊이 후회하고 있습니다."

"빨리 얘기나 하시지." 무디가 코웃음 쳤다.

"……우리가 동지들 하나하나의 이름을 결코 알지 못하게 했습니다. 오직 그자만이 모두를 정확히……."

"현명한 행동이지. 카르카로프 너 같은 인간이 모두를 고발하지 못하게 막으려고 그런 것일 테니까." 무디가 중얼거렸다.

"하지만 우리에게 알려 줄 이름이 몇 개쯤은 있겠지?" 크라우치 장관이 말했다.

"이, 있습니다." 카르카로프가 숨을 헐떡거렸다. "이들이 추종자들 중에서도 주요 인물이었다는 사실을 명심하셔야 합니다. 그자의 명령을 실행하는 것을 제 눈으로 직접 본 사람들입니다. 제가 그자를 완전히 저버렸다는 증표로 이 정보를 제공합니다. 너무나 깊은 회한이 제 마음속을 가득 채우고 있다는 증표…….”

“그래서, 이름은?” 크라우치 장관이 날카로운 목소리로 물었다.

카르카로프는 깊은 숨을 들이마셨다.

“안토닌 돌로호프입니다.” 그가 말했다. “저, 저는 그자가 수많은 머글과 어, 어둠의 왕을 따르지 않는 자들을 고문하는 걸 봤습니다.”

“그리고 그걸 도왔지.” 무디가 중얼거렸다.

“돌로호프는 이미 체포했다.” 크라우치가 말했다. “네가 잡힌 직후에 잡혔다.”

“정말입니까?” 카르카로프가 눈을 휘둥그렇게 뜨며 말했다. “그, 그렇다니 정말 기쁘군요!”

하지만 얼굴은 전혀 기뻐 보이지 않았다. 해리는 이 소식이 카르카로프에게 큰 충격을 안겨 주었다는 사실을 알 수 있었다. 그가 대려던 이름 중 하나가 쓸모없어진 것이다.

“다른 자들은?” 크라우치가 차갑게 물었다.

“아, 네…… 로지어가 있었습니다.” 카르카로프가 얼른 대답했다. "에번 로지어요."

"로지어는 죽었다." 크라우치가 말했다. "그자도 네가 잡힌 직후에 체포됐다. 조용히 연행되기보다 맞서 싸우는 쪽을 선택했고, 전투 중에 사살됐다."

"내 몸 일부도 같이 가져갔지만." 해리의 오른쪽에서 무디가 나직이 중얼거렸다. 해리는 다시 한 번 고개를 돌려 무디를 바라보았다. 그는 덤블도어에게 살점이 뭉텅이로 떨어져 나간 코를 보여 주고 있었다.

"로, 로지어는 마땅한 벌을 받은 겁니다!" 카르카로프가 말했다. 그의 목소리에는 이제 진정 공포가 깃들어 있었다. 그는 자신이 가진 정보가 정부를 상대로 아무런 역할도 못하게 될까 봐 걱정하기 시작했다. 카르카로프의 눈이 구석에 있는 문으로 빠르게 향했다. 저 문 뒤에서는 분명 디멘터들이 여전히 서서 기다리고 있을 것이다.

"더 없나?" 크라우치가 물었다.

"있습니다!" 카르카로프가 대답했다. "트래버스가 있습니다. 트래버스는 매키넌 가족을 몰살하는 데 가담했습니다! 물키베르는, 그자는 임페리우스 저주의 전문가로, 무수한 사람을 조종해서 억지로 끔찍한 일들을 저지르게 만들었습니다! 룩우드는 첩자였고요. 다른 곳도 아닌 정부에 있으면서 이름을 말해서는 안 되는 그 사람에게 유용한 정보를 빼돌렸습니다!"

이번에는 카르카로프가 대성공을 거두었다고 말할 수 있었다. 지켜보던 사람들이 일제히 웅성거리기 시작했던 것이다.

"룩우드?" 크라우치 장관이 앞에 앉아 있는 마법사에게 고갯짓을 하며 말했다. 그녀가 양피지 위에 뭔가를 휘갈겨 쓰기 시작했다. "미스터리부의 오거스터스 룩우드 말인가?"

"바로 그 사람입니다." 카르카로프가 열의를 띠고 말했다. "저는 그자가 정부 안팎으로 적재적소에 배치된 마법사들의 네트워크를 활용해 정보를 수집해 왔다고 믿습니다."

"하지만 트래버스와 물키베르는 이미 잡혔다." 크라우치 장관이 말했다. "좋다, 카르카로프. 그게 네가 아는 전부라면 우리가 결정을 내리는 동안 아즈카반으로 돌아가서……."

"아직입니다!" 카르카로프가 아주 처절한 표정으로 소리쳤다. "잠깐만요, 더 있습니다!"

해리는 횃불 빛 아래 땀을 흘리는 그의 모습을 보았다. 새하얀 피부가 머리카락과 턱수염의 검은색과 극명한 대조를 이뤘다.

"스네이프요!" 그가 소리쳤다. "세베루스 스네이프!"

"스네이프는 위원회의 판단에 따라 혐의를 벗었다." 크라우치가 차가운 목소리로 말했다. "알버스 덤블도어가 그자의 보증인이다."

"아닙니다!" 카르카로프가 자신을 묶은 쇠사슬을 바짝 당기며 소리쳤다. "제가 보증합니다! 세베루스 스네이프는 죽음을 먹는 자입니다!"

덤블도어가 자리에서 일어났다. "이 문제에 대해서는 제가 이미 증거를 제시했습니다." 그가 침착하게 말했다. "세베루스 스네이프는 실제로 죽음을 먹는 자였습니다. 그러나 그는 볼드모트 경이 몰락하기 전에 우리 편에 가담해 첩보원 임무를 수행했습니다. 개인적으로 큰 위험을 감수하면서 말이죠. 제가 죽음을 먹는 자가 아닌 것처럼 세베루스도 더 이상 죽음을 먹는 자가 아닙니다."

해리는 매드아이 무디를 돌아보았다. 그는 덤블도어의 등 뒤에서 회의감 짙은 표정을 짓고 있었다.

"좋다, 카르카로프." 크라우치가 차갑게 말했다. "네 정보가 도움이 되었다. 네 사건을 다시 검토하겠다. 그동안 아즈카반으로 돌아가서……."

크라우치 장관의 목소리가 점점 작아졌다. 해리는 주위를 둘러보았다. 지하 감옥이 연기로 만들어진 것처럼 스르르 사라지고 있었다. 모든 것이 흐려지면서, 해리는 오로지 그 자신의 몸만 볼 수 있었다. 그 밖에 모든 것은 그저 소용돌이치는 어둠이었다…….

바로 그때, 지하 감옥이 다시 나타났다. 해리는 다른 자리에 앉아 있었다. 여전히 가장 높은 좌석이었지만 이번에는 크라우치 장관의 왼쪽이었다. 분위기가 상당히 달랐다. 긴장이 풀려 있었고 심지어 쾌활하기까지 했다. 벽을 따라 앉아 있는 마법사들은 무슨 스포츠 경기라도 보러 온 것처럼 담소를 나누고 있었다. 건너편 의자 중간쯤에 앉아 있는 한 여자 마법사가 해리의 눈길을 끌었다. 짧은 금발에 자홍색 로브를 걸친 그녀는 형광 녹색 깃펜 끝을 쪽쪽 빨고 있었다. 잘못 보려야 잘못 볼 수 없는 사람, 젊은 시절의 리타 스키터였다. 해리는 주위를 둘러보았다. 다른 로브를 입은 덤블도어가 이번에도 그의 옆에 앉아 있었다. 크라우치 장관은 더욱 피곤해 보였고, 왠지 더 사나워지고 야윈 듯했다. 해리는 왜 그런지 알았다. 이것은 다른 기억, 다른 날의 기억…… 다른 재판이었다.

구석의 문이 열리고 루도 배그먼이 걸어 들어왔다.

하지만 이 사람은 한창때를 넘긴 루도 배그먼이 아니라 퀴디치 선수로 이름을 날리던 전성기 때의 몸매를 확실히 갖추고 있는 루도 배그먼이었다. 코도 부러지지 않았고 큰 키에 호리호리했으며 근육질의 몸을 갖고 있었다. 그는 초조한 표정으로 쇠사슬이 달린 의자에 앉았지만 쇠사슬은 카르카로프가 앉았을 때처럼 그를 의자에 묶지 않았다. 이 사실에 용기를 얻었는지 배그먼은 자신을 지켜보는 사람들을 힐끗 둘러보고 그중 두어 명에게 손을 흔들더니 간신히 슬쩍 미소 지어 보였다.

"루도 배그먼, 피고는 죽음을 먹는 자들의 활동과 관련된 혐의에 응답하기 위해 마법 정부 사법위원회에 불려 나왔다." 크라우치 장관이 말했다. "우리는 피고에게 불리한 증거를 청취했으며, 곧 판결을 내리려는 참이다. 우리가 판결을 내리기 전 진술에 덧붙일 내용이 있나?"

해리는 자신의 귀를 의심했다. '루도 배그먼이 죽음을 먹는 자였다고?'

"전 그냥……." 배그먼이 어색한 미소를 지으며 입을 열었다. "그게…… 저도 제가 멍청했다는 건 아는데요……."

주위에 둘러앉아 있던 마법사 두어 명이 너그러운 미소를 지었다. 그러나 크라우치 장관은 그들과 같은 감정을 느끼지 않는 듯했다. 그는 극도의 엄격함과 혐오감을 담은 표정으로 루도 배그먼을 내려다보았다.

"그보다 더 정직한 말은 해 본 적이 없겠지, 저 녀석." 누군가가 해리 뒤에서 덤블도어에게 건조한 말투로 중얼거렸다. 해리는 뒤를 돌아보고 이번에도 무디가 그곳에 앉아 있는 것을 보았다. "저 녀석이 원래부터 어리석다는 걸 몰랐다면, 나는 저 녀석이 블러저에 하도 맞아서 뇌에 영구적 손상을 입었다고 생각했을 겁니다⋯⋯."

"루도빅 배그먼, 너는 볼드모트 경의 추종자들에게 정보를 전달하다가 붙잡혔다." 크라우치 장관이 말했다. "이에 대해, 나는 아즈카반 징역형을 구형하는 바이다. 형기는 최소⋯⋯."

하지만 방청석에서 분노 섞인 고함이 터져 나왔다. 마법사 몇 명이 고개를 설레설레 저으며 자리에서 일어났고 심지어 크라우치 장관에게 주먹을 휘둘러 대기도 했다.

"하지만 말씀드렸잖아요, 아무것도 몰랐다고요!" 배그먼이 동그랗고 푸른 눈을 휘둥그레 뜬 채 사람들이 떠드는 소리 너머로 호소했다. "전혀 몰랐어요! 룩우드 아저씨는 우리 아빠의 친구였어요⋯⋯. 그분이 '그 사람' 편일 거라곤 꿈에도 생각 못 했어요! 저는 그냥 우리 편을 위해서 정보를 수집하는 줄 알았어요! 게다가 룩우드는 계속 저한테 나중에 정부에 자리 하나를 얻어 주겠다고 했어요. ……뭐, 제 퀴디치 선수 생활이 끝나면 말입니다. ……그러니까, 저도 남은 평생 블러저만 맞고 살 수는 없잖아요?"

사람들이 키득거렸다.

"투표로 결정할 것이다." 크라우치 장관이 차갑게 말했다. 그는 지하 감옥 오른쪽으로 고개를 돌렸다. "위원단은 손을 드시오. 수감에 찬성한다……."

해리는 지하 감옥 오른쪽을 돌아보았다. 단 한 사람도 손을 들지 않았다. 방청석에 둘러앉은 마법사 여럿이 손뼉을 치기 시작했다. 위원단의 한 여자 마법사가 자리에서 일어섰다.

"발언하시오." 크라우치가 쏘아붙이듯 말했다.

"우리는 지난주 토요일 터키와의 퀴디치 경기에서 배그먼 선수가 잉글랜드를 위해 거둔 그 놀라운 승리를 축하하고 싶습니다." 마법사는 단숨에 말을 내뱉었다.

크라우치 장관은 무척 화가 난 것 같았다. 지하 감옥은 이제 박수갈채로 떠나갈 듯했다. 배그먼이 자리에서 일어나 활짝 웃으며 꾸벅 인사했다.

"야비한 놈." 배그먼이 지하 감옥에서 나가자, 크라우치 장관이 자리에 앉으며 덤블도어에게 내뱉었다. "룩우드가 실제로 저자에게 일자리를 주긴 했소. 루도 배그먼이 마법 정부에서 일하게 되는 그날이 정부에게는 아주 슬픈 날이 되겠군요."

지하 감옥이 또 한 번 스르르 사라졌다. 지하 감옥이 다시 나타나자 해리는 주위를 둘러보았다. 그와 덤블도어는 이번에도 크라우치 장관 옆에 앉아 있었지만, 분위기는 전혀 달랐다. 크라우치 장관 옆에 앉아 있는 허약하고 가냘픈 여자 마법사의 메마른 흐느낌만이 완전한 침묵을 간간이 깨뜨릴 뿐이었다. 그녀는 떨리는 손으로 손수건을 꽉 쥔 채 입에 대고 있었다. 해리는 크라우치를 올려다보고, 그가 전보다 훨씬 수척해지고 머리카락도 희끗희끗해졌다는 사실을 알았다. 그의 관자놀이가 움찔거렸다.

"데리고 오도록." 크라우치가 말했다. 그의 목소리가 고요한 지하 감옥에 메아리쳤다.

구석의 문이 다시 한 번 열렸다. 이번에는 디멘터 여섯이 네 사람을 끌고 들어왔다. 방청석 사람들이 고개를 돌려 크라우치 장관을 올려다보았다. 그중 몇 명은 귓속말을 주고받았다.

디멘터들은 지하 감옥 바닥에 놓인 쇠사슬 달린 네 개의 의자에 네 사람을 각각 앉혔다. 그중 체격이 떡 벌어진 남자가 크라우치를 멍하니 올려다보았다. 그보다 마르고 좀 더 신경질적으로 보이는 남자는 눈으로 방청석을 빠르게 훑고 있었다. 풍성하고 윤기 나는 검은색 머리카락에, 눈꺼풀이 축 처져 반쯤 눈을 감은 것 같은 여자는 쇠사슬 달린 의자가 왕좌라도 되는 것처럼 앉아 있었다. 말 그대로 마비된 것처럼 보이는 10대 후반의 소년도 보였다. 밀짚 색깔 머리카락이 주근깨 박힌 우윳빛 얼굴을 뒤덮고 있는 그 소년은 부들부들 떨고 있었다. 크라우치 옆의 가냘픈 여자 마법사가 자리에 앉은 채 앞뒤로 몸을 흔들며 손수건으로 입을 막고 흐느끼기 시작했다.

크라우치가 일어섰다. 눈앞의 네 사람을 내려다보는 그의 얼굴에는 순수한 증오가 어려 있었다.

"너희는 우리의 판결을 받기 위해 마법 정부 사법위원회에 불려 나왔다." 그가 또렷한 목소리로 말했다. "너희가 저지른 극악무도한 범죄는⋯⋯."

"아버지." 밀짚 색깔 머리카락의 소년이 말했다. "아버지⋯⋯ 제발요⋯⋯."

"⋯⋯일찍이 이 법정에서도 들은 바가 없다." 크라우치가 아들의 목소리를 누르며 더욱 큰 소리로 말했다. "우리는 너희에게 불리한 증언을 청취했다. 너희 넷은 오러 프랭크 롱보텀이 너희의 추방당한 주인, 이름을 말해서는 안 되는 그 사람의 현 소재를 알고 있을 거라 믿으며 그를 사로잡아 크루시아투스 저주를 건 혐의로 이 자리에⋯⋯."

"아버지, 전 아니에요!" 아래쪽에서, 쇠사슬에 묶인 소년이 소리쳤다. "전 아니에요, 맹세해요, 아버지. 저를 디멘터들한테 돌려보내지⋯⋯."

"너희는 또한!" 크라우치 장관이 소리쳤다. "프랭크 롱보텀이 정보를 넘기려 하지 않자 그의 아내에게 크루시아투스 저주를 사용한 혐의를 받고 있다. 너희는 이름을 말해서는 안 되는 그 사람의 힘을 되찾아서, 그자가 강력하던 시절에 너희가 누렸을 것이라 짐작되는 폭력적인 인생을 다시 누리고자 획책했다. 이에 본 법정은 위원단에게⋯⋯."

"어머니!" 소년이 비명을 지르자 크라우치 옆의 왜소한 마법사가 앞뒤로 몸을 흔들며 더 큰 소리로 흐느끼기 시작했다. "어머니, 막아 주세요, 어머니, 제가 안 그랬어요, 제가 한 게 아니에요!"

"이에 위원단에게 요청한다." 크라우치 장관이 말했다. "나와 마찬가지로 저들의 죄가 아즈카반에서의 종신형을 받을 만하다고 생각한다면 손을 들어 주시오."

지하 감옥 오른쪽에 나란히 앉아 있던 마법사들이 일제히 손을 들었다. 방청석에 앉은 사람들이 배그면 때처럼 박수를 치기 시작했다. 그들의 얼굴은 잔혹한 승리감으로 가득했다. 소년이 비명을 지르기 시작했다.

"안 돼! 어머니, 안 돼요! 제가 안 그랬어요. 제가 한 짓이 아니에요! 전 모르는 일이에요! 저를 그곳으로 보내지 마세요! 아버지를 막아 주세요!"

디멘터들이 방으로 미끄러지듯 들어왔다. 소년의 동료 셋은 조용히 자리에서 일어났다. 눈꺼풀이 처진 여자가 크라우치를 올려다보고 소리쳤다. "어둠의 왕께서는 다시 일어나실 거다, 크라우치! 얼마든지 아즈카반에 넣어 봐, 우린 기다릴 것이다! 그분께서는 다시 일어나 우리를 구하러 오셔서, 어떤 추종자들보다도 우리에게 더 큰 보상을 내리실 거야! 우리만이 충성을 지켰다! 우리만이 그분을 찾으려고 했어!"

하지만 소년은 디멘터들을 떨쳐 내려 애쓰고 있었다. 생기를 빨아내는 그것들의 무시무시한 능력이 눈에 띌 정도로 소년에게 영향을 미치기 시작했음에도. 눈꺼풀 처진 여자가 지하 감옥 밖으로 끌려 나가고 소년이 계속 몸부림치는 동안 방청석에서 야유가 터져 나왔고 몇몇은 자리에서 일어났다.

"난 당신 아들이야!" 그가 크라우치에게 소리쳤다. "당신 아들이라고!"

"너는 내 아들이 아니다!" 크라우치 장관이 돌연 눈을 부릅뜨며 소리쳤다. "나한텐 아들이 없어!"

그의 곁에서 가냘픈 마법사가 숨을 크게 들이켜더니 자리에 털썩 널브러졌다. 기절한 것이다. 크라우치는 눈치채지 못한 것 같았다.

"데려가라!" 크라우치가 디멘터들에게 고함을 질렀다. 그의 입에서 침이 튀었다. "데려가서, 썩을 때까지 가둬 놓도록!"

"아버지! 아버지, 나는 관계없어요! 안 돼요! 안 돼요! 아버지, 제발!"

"해리, 이제 내 연구실로 돌아올 시간인 것 같구나." 조용한 목소리가 해리의 귀에 대고 말했다.

해리는 깜짝 놀랐다. 그는 주위를 둘러보았다. 그런 다음 자신의 양옆을 번갈아 보았다.

해리의 오른쪽에는 알버스 덤블도어가 앉아, 크라우치의 아들이 디멘터들에게 끌려가는 모습을 지켜보고 있었다. 그리고 그의 왼쪽에는 해리를 똑바로 바라보고 있는 알버스 덤블도어가 있었다.

"가자." 왼쪽의 덤블도어가 말하더니 해리의 팔짱을 꼈다. 해리는 몸이 공중에 붕 떠오르는 것을 느꼈다. 주위의 풍경이 스르르 사라졌다. 한순간 모든 것이 암흑으로 변하더니 곧이어 슬로모션으로 공중제비를 돈 것 같은 기분이 들었다. 갑자기 그의 발이 평평한 바닥에 닿았다. 그는 햇빛이 비치는 덤블도어의 연구실에서 눈부신 빛을 받으며 서 있었다. 돌 대야가 눈앞의 캐비닛 안에서 어스레하게 빛났다. 알버스 덤블도어가 그의 옆에 서 있었다.

"교수님." 해리가 더듬거렸다. "그러면 안 된다는 건 아는데…… 제가 일부러 그런 게 아니라요…… 캐비닛 문이 약간 열려 있어서……."

"충분히 이해한다." 덤블도어가 말했다. 그는 대야를 들어 올려 자신의 책상으로 가져가더니 반들반들한 책상 위에 올려놓고 의자에 앉았다. 그가 해리에게 맞은편에 앉으라고 손짓했다.

해리는 돌 대야를 뚫어지게 바라보면서 자리에 앉았다. 대야 속의 물질은 원래의 은백색 상태로 돌아가 그의 시선 아래에서 소용돌이치며 물결치고 있었다.

"그게 뭐예요?" 해리가 떨리는 목소리로 물었다.

"이것 말이니? 펜시브라고 한단다." 덤블도어가 말했다. "가끔 머릿속에 너무 많은 생각과 기억이 욱여넣어진 것 같은 기분이 들 때가 있지 않니."

"저······." 해리가 어물거렸다. 그는 사실 그런 기분을 느껴 본 적이 없었다.

"그럴 때 나는 펜시브를 쓴단다." 덤블도어가 돌 대야를 가리키며 말했다. "그냥 넘치는 생각을 머릿속에서 뽑아내 대야 안에 옮긴 다음, 여유가 있을 때 살펴보는 거지. 이런 형태로 저장하면 반복되는 형식이나 연결 고리를 찾기가 더 쉽거든."

"그럼······ 저게 교수님의 생각이라고요?" 해리가 대야 안에서 소용돌이치는 하얀 물질을 뚫어지게 바라보면서 물었다.

"그렇고말고." 덤블도어가 대답했다. "한번 보여 주마."

덤블도어는 로브 속에서 마법 지팡이를 꺼내더니 그 끝을 관자놀이 근처 은빛 머리카락 속에 갖다 댔다. 그가 마법 지팡이를 떼자 그 끝에 머리카락이 붙어 있는 것처럼 보였다. 하지만 해리는 곧 그 반짝거리는 머리카락 같은 것이 펜시브를 채우고 있는 이상한 은백색 물질 한 가닥이라는 사실을 알아차렸다. 덤블도어가 이 새로운 생각을 대야에 넣자 해리는 자신의 얼굴이 대야 속 물질 표면에 떠다니는 광경을 깜짝 놀라 바라보았다.

덤블도어는 마치 사금을 채취하는 사람이 금을 찾듯 긴 손으로 펜시브 양쪽을 붙잡고 흔들었다. 다음 순간 해리는 대야 속에 비친 자신의 얼굴이 스네이프의 얼굴로 서서히 바뀌는 것을 보았다. 스네이프가 입을 벙긋거리며 천장을 향해 말했다. 그의 목소리가 희미하게 울렸다. "돌아오고 있습니다……. 카르카로프의 것 역시……. 어느 때보다도 강하고 뚜렷하게……."

"이런 연결 고리는 펜시브의 도움 없이도 찾기 쉽지." 덤블도어가 한숨을 쉬었다. "하지만 신경 쓰지 말거라." 그는 반달 안경 너머로 해리를 바라보았다. 해리는 입을 떡 벌린 채 여전히 대야 안을 맴도는 스네이프의 얼굴을 보고 있었다. "내가 펜시브를 보고 있을 때 퍼지 총리가 회의를 하러 와서 조금 급하게 치우느라 캐비닛 문을 제대로 닫지 않은 게 분명하다. 네 관심을 끈 것도 당연해."

"죄송합니다." 해리가 웅얼거렸다.

덤블도어는 고개를 저었다.

"호기심은 죄가 아니란다." 그가 말했다. "하지만 호기심을 발휘할 때는 조심해야 하지. ……그래, 정말 그렇단다."

덤블도어는 얼굴을 살짝 찡그린 채 마법 지팡이 끝으로 대야 속의 생각들을 쿡 찔렀다. 곧바로 어떤 형체가 솟아올랐다. 열여섯 살쯤 되어 보이는 통통한 소녀가 얼굴을 잔뜩 찌푸리고 있었다. 그녀는 발을 여전히 대야에 담근 채 천천히 돌기 시작했다. 그녀는 해리나 덤블도어 교수의 존재를 전혀 알아채지 못했다. 그녀가 입을 열자, 스네이프의 목소리가 그랬던 것처럼 그녀의 목소리가 울렸다. 마치 돌 대야 깊숙한 곳에서 흘러나오는 것처럼 들렸다. "걔가 저한테 공격 마법을 걸었어요, 덤블도어 교수님. 저는 그냥 놀린 건데요. 그냥, 지난주 목요일에 온실 뒤에서 걔가 플로렌스한테 키스하는 걸 봤다고만 말했을 뿐이에요……."

"하지만 버사." 덤블도어가 서글픈 듯 말하며, 이제는 조용히 돌고만 있는 소녀를 올려다보았다. "애초에 왜 그 아이를 따라간 게냐?"

"버사요?" 해리가 그녀를 올려다보며 속삭였다. "저, 저 사람이 버사 조킨스예요?"

"그래." 덤블도어가 대야 속 생각들을 다시 쿡 찌르며 말했다. 버사가 대야 속으로 가라앉자 생각들은 다시 한 번 은빛을 띠며 불투명해졌다. "저게 내가 기억하는 학창 시절의 버사란다."

펜시브에서 흘러나오는 은빛이 덤블도어의 얼굴을 비췄다. 해리는 갑자기 덤블도어가 얼마나 늙어 보이는지 실감했다. 물론 그는 덤블도어가 굉장히 나이가 많다는 사실을 알고 있었지만, 어쩐지 그를 진정 노인으로 생각해 본 적은 한 번도 없었다.

"그래, 해리." 덤블도어가 조용히 입을 열었다. "내 생각에 빠져서 길을 잃어버리기 전에 나한테 하고 싶은 말을 하거라."

"네." 해리가 말했다. "교수님, 제가 방금 점술 수업을 듣고 있었는데요, 어…… 깜빡 잠이 들었어요."

그는 혹 야단맞을까 봐 이 대목에서 머뭇거렸지만 덤블도어는 이렇게만 말할 뿐이었다. "충분히 이해한다. 계속 얘기하거라."

"그게, 제가 꿈을 꿨거든요." 해리가 말을 이었다. "볼드모트 경에 대한 꿈이었어요. 그자가 웜테일을 고문하고 있었어요……. 웜테일이 누군지는 아시……."

"물론 안다." 덤블도어가 재빨리 말했다. "계속해 다오."

"볼드모트는 부엉이를 통해 편지 한 통을 받았어요. 웜테일이 저지른 실수가 바로잡혔다든가 뭐라든가 하는 얘기를 했고요. 누가 죽었다고 했어요. 그러더니, 웜테일한테 뱀의 먹이가 되지 않을 거라 하더라고요. ……그자의 의자 옆에 뱀이 한 마리 있었거든요. 그자가…… 그자가 뱀한테 대신 저를 먹이로 주겠다고 말했어요. 그런 다음 윔테일에 게 크루시아투스 저주를 걸었고요……. 그때 흉터가 아프기 시작했어요." 해리가 말했다. "그래서 깼어요. 너무 아파서요."

덤블도어는 그를 바라보기만 했다.

"어…… 그게 다예요." 해리가 말했다.

"알겠다." 덤블도어가 조용히 말했다. "알겠어. 자, 올여름 말고 또 흉터가 아팠던 적이 있었니?"

"아뇨, 저는…… 제가 여름에 꿈을 꾸다 깬 건 어떻게 아셨어요?" 해리가 깜짝 놀라 물었다.

"시리우스와 편지를 주고받은 사람은 너만이 아니란다." 덤블도어가 말했다. "시리우스가 작년에 호그와트를 떠난 뒤 나도 계속 연락을 하고 지냈다. 시리우스가 머물기에 가장 안전한 장소로 산속의 동굴을 제안한 것도 나였단다."

덤블도어는 자리에서 일어나 책상 뒤를 왔다 갔다 하기 시작했다. 이따금 그는 마법 지팡이 끝을 관자놀이에 대고 또 다른 반짝이는 은빛 생각을 끄집어내 펜시브에 집어넣었다. 펜시브 안의 생각들이 너무나 빠르게 소용돌이치기

시작하자 해리는 그 무엇도 또렷이 알아볼 수가 없었다. 그
것들은 단지 흐릿한 색깔의 소용돌이일 뿐이었다.

"교수님?" 잠시 뒤 해리가 조용히 입을 열었다.

덤블도어가 서성거리다 말고 해리를 바라보았다.

"미안하구나." 그가 조용히 말했다. 그러고는 다시 책상
의자에 앉았다.

"교수님은…… 교수님은 제 흉터가 왜 아픈지 아세요?"

덤블도어는 잠깐 해리를 아주 유심히 바라보더니 말했
다. "짐작만 할 뿐이란다……. 내 생각엔 볼드모트 경이 네
주위에 있을 때나, 그자가 유독 강한 증오를 느낄 때 네 흉
터가 아픈 것 같다."

"하지만…… 왜요?"

"너와 그자가 실패한 저주로 연결되어 있기 때문이지."
덤블도어가 말했다. "그건 평범한 흉터가 아니란다."

"그러니까 교수님은…… 그 꿈이…… 실제로 일어난 일
이라고 생각하세요?"

"그럴 수도 있지." 덤블도어가 말했다. "그럴 가능성이
높다고 말해야겠구나. 해리…… 볼드모트를 봤니?"

"아뇨." 해리가 말했다. "그냥 그자가 앉아 있는 의자 등
받이만 보였어요. 하지만…… 아무것도 안 보여야 하는 것

아닌가요? 그러니까 제 말은, 그자는 몸이 없잖아요? 그런데…… 어떻게 마법 지팡이를 들 수 있었을까요?" 그가 천천히 말했다.

"그래, 어떻게 그럴 수 있었을까?" 덤블도어가 중얼거렸다. "대체 어떻게……."

덤블도어도 해리도 잠시 말이 없었다. 덤블도어는 방 저쪽을 바라보면서, 이따금씩 마법 지팡이 끝을 관자놀이에 대고 또 한 가닥의 빛나는 은빛 생각을 꺼내 펜시브 속 소용돌이치는 덩어리에 더했다.

"교수님." 해리가 마침내 입을 열었다. "그자가 강해지고 있다고 생각하세요?"

"볼드모트 말이냐?" 덤블도어가 펜시브 너머로 해리를 보며 말했다. 예전에도 해리를 바라보곤 했던, 특유의 꿰뚫어 보는 듯한 시선으로. 해리는 그런 시선을 받을 때마다 항상 덤블도어가 무디의 마법 눈도 하지 못하는 방식으로 자신을 훤히 들여다보는 느낌을 받았다. "해리, 이번에도 짐작만 할 수 있을 뿐이다."

덤블도어가 다시 한숨을 쉬었다. 그는 어느 때보다도 늙고 지쳐 보였다.

"볼드모트의 힘이 강했던 시절에는……." 그가 말했다.

"실종 사건이 유독 많이 일어나곤 했다. 버사 조킨스는 볼드모트가 마지막으로 머물렀던 것으로 알려진 장소에서 흔적도 없이 사라졌어. 크라우치 장관도 실종되었지……. 다름 아닌 이 학교 안에서 말이다. 게다가 또 다른 실종 사건도 있단다. 유감스럽게도 마법 정부에서는 전혀 중요하게 생각하지 않는 사건이지. 머글이 관련된 사건이거든. 실종된 사람의 이름은 프랭크 브라이스란다. 볼드모트의 아버지가 어린 시절을 보낸 마을에서 살고 있었는데 작년 8월 이후로 그를 본 사람이 없단다. 대부분의 정부 쪽 친구들과 달리 나는 머글 신문을 읽고 있거든."

덤블도어는 아주 심각한 표정으로 해리를 바라보았다. "내 생각에 이런 실종 사건들은 모두 연관되어 있어. 아마 너도 연구실 밖에서 기다리면서 들었겠지만 정부의 의견은 다르지."

해리는 고개를 끄덕였다. 둘 사이에 다시 침묵이 내려앉았다. 덤블도어는 이따금씩 생각들을 뽑아냈다. 해리는 돌아가야 할 것 같은 기분이 들었지만 호기심 때문에 자리를 뜰 수 없었다.

"교수님?" 그가 다시 말했다.

"그래, 해리." 덤블도어가 대답했다.

"저…… 뭘 좀 여쭤 봐도 될까요? 제가 펜시브 안에 들어가서 본 법정 말이에요……."

"그래, 괜찮다." 덤블도어가 무거운 어조로 말했다. "나는 수많은 재판에 참석했지만 어떤 재판들은 유난히 선명하게 떠오르곤 하지. 요즘 같은 때는 특히……."

"교수님이…… 교수님이 저를 찾아내신 그 재판 말이에요, 크라우치의 아들이 나왔던 재판요. 음…… 그 사람들이 얘기하던 피해자가 네빌의 부모님인가요?"

덤블도어는 해리에게 아주 날카로운 눈길을 던졌다.

"네빌이 왜 할머니 손에서 자랐는지 얘기해 준 적 없느냐?" 그가 물었다.

해리는 고개를 끄덕이면서도, 어떻게 네빌을 안 지 4년이 다 되어 가는데도 그 일에 대해 한 번도 묻지 않을 수 있었는지 의문을 느꼈다.

"그래, 그들이 얘기하던 사람들이 바로 네빌의 부모님이다." 덤블도어가 말했다. "네빌의 아버지 프랭크는 무디 교수와 같은 오러였단다. 네가 들은 것처럼, 볼드모트가 몰락한 후 그자의 추종자들은 볼드모트의 행방을 알아내기 위해 프랭크와 그의 아내를 고문했다."

"그래서 돌아가셨나요?" 해리가 조심스럽게 물었다.

"아니." 덤블도어가 말했다. 그의 목소리는 해리가 한 번도 들어 본 적 없는 비통함으로 가득 차 있었다. "고문에 못 이겨 정신이 이상해지고 말았단다. 둘 다 세인트 멍고 마법 질병 상해 병원에 있지. 아마 네빌은 방학 동안 할머니와 함께 부모님을 만나러 가곤 할 거야. 두 사람은 네빌을 알아보지 못하지만."

해리는 충격에 할 말을 잃고 꼼짝없이 얼어붙었다. 그는 전혀 몰랐다. 전혀⋯⋯. 네빌과 4년을 알고 지내는 동안, 굳이 알아보려 하지도 않았다⋯⋯.

"롱보텀 부부는 인기가 아주 많았단다." 덤블도어가 말했다. "롱보텀 부부에 대한 공격은 볼드모트가 힘을 잃은 뒤, 모두가 그들이 안전하다고 생각했을 때 일어났어. 그 일은 어느 때보다 엄청난 분노를 불러일으켰지. 정부는 그런 짓을 한 자들을 잡아들이라는 강한 압박을 받았다. 불행하게도 롱보텀 부부의 증언은⋯⋯ 그들의 상태를 고려할 때⋯⋯ 별로 신빙성이 없었단다."

"그럼 크라우치 장관의 아들이 연루되지 않았을 수도 있겠네요?" 해리가 천천히 말했다.

덤블도어는 고개를 저었다. "그건 나도 모르겠다."

해리는 다시 한 번 조용히 앉아 펜시브 안에서 소용돌이치는 생각들을 바라보았다. 묻고 싶어 안달 난 질문이 두 개나 더 있었다. ……하지만 그것은 살아 있는 사람의 죄와 관련된 질문이었다.

"저……." 그가 입을 열었다. "배그먼 장관님은……."

"……그 이후로는 한 번도 어둠의 편에서 활동을 했다는 혐의를 받지 않았단다." 덤블도어가 담담하게 말했다.

"네." 해리가 얼른 대답하고 다시 펜시브 속을 들여다보았다. 덤블도어가 더 이상 생각들을 넣지 않았으므로 펜시브 속 생각들은 좀 더 천천히 돌아가고 있었다. "그리고…… 저……."

하지만 펜시브가 그의 질문을 대신 던져 주는 것 같았다. 스네이프의 얼굴이 다시 표면을 떠돌고 있었다. 덤블도어는 그것을 힐끗 내려다보더니 눈을 들어 해리를 보았다.

"스네이프 교수도 마찬가지야." 그가 말했다.

해리는 덤블도어의 밝은 파란색 눈을 들여다보았다. 미처 막을 겨를도 없이, 그의 입에서 정말 알고 싶었던 질문이 튀어나왔다. "스네이프가 이제 더 이상 볼드모트를 추종하지 않는다는 걸 어떻게 아세요?"

덤블도어는 해리와 잠시 눈을 마주친 다음 입을 열었다. "해리, 그건 스네이프 교수와 나 사이의 문제란다."

해리는 면담이 끝났다는 사실을 깨달았다. 덤블도어는 화가 난 것 같진 않았다. 하지만 그의 목소리에는 해리에게 이제 가야 할 시간이라고 말하는 듯한 단호함이 어려 있었다. 해리가 자리에서 일어나자 덤블도어도 일어났다.

"해리." 해리가 문 앞에 이르렀을 때 그가 말했다. "네빌의 부모님에 관해서는 다른 사람에게 말하지 말아 다오. 사람들에게 알려 줄 권리는 네빌한테 있어. 그 애가 준비됐을 때 말이다."

"네, 교수님." 해리가 뒤돌아 나가며 말했다.

"그리고……."

해리는 뒤를 돌아보았다.

덤블도어는 펜시브를 내려다보며 서 있었다. 밑에서 흘러나오는 펜시브의 은빛에 비쳐 얼룩덜룩해진 그의 얼굴은 어느 때보다도 늙어 보였다. 그는 잠깐 해리를 뚫어지게 바라보다가 입을 열었다. "세 번째 과제에서 행운을 빈다."

# 31장
# 세 번째 과제

"덤블도어도 '그 사람'이 다시 강해지고 있다고 생각한단 말이야?" 론이 작은 소리로 속삭였다.

해리는 펜시브에서 본 광경과 그 후 덤블도어가 말해 주고 보여 준 것 대부분을 론과 헤르미온느에게 들려주었다. 물론, 덤블도어의 연구실에서 나오자마자 부엉이를 보내 시리우스와도 소식을 나누었다. 해리, 론, 헤르미온느는 이번에도 밤늦게까지 휴게실에 남아 해리의 머릿속이 핑핑 돌 때까지 그 모든 일에 대해 이야기를 나눴다. 해리는 머릿속에 꽉 찬 생각을 덜어 놓을 수 있어 다행이라던 덤블도어의 말이 이제 이해될 지경이었다.

론은 휴게실 벽난로를 들여다보았다. 저녁 기온이 따뜻

했는데도 론의 몸이 살짝 떨리는 것처럼 보였다.

"그런데도 스네이프를 믿는다고?" 론이 말했다. "진짜로 스네이프를 믿는단 말이야? 죽음을 먹는 자였는데?"

"응." 해리가 말했다.

헤르미온느는 두 손에 이마를 묻은 채 무릎을 뚫어지게 내려다보면서 10분 동안 아무 말도 하지 않았다. 해리는 그녀도 펜시브를 쓰면 좋을 것 같다고 생각했다.

"리타 스키터." 그녀가 마침내 중얼거렸다.

"넌 어떻게 이런 순간 그 여자 걱정을 할 수가 있냐?" 론이 어이가 없다는 듯 말했다.

"그 여자 걱정을 하는 게 아니야." 헤르미온느가 여전히 무릎을 내려다보며 말했다. "그냥 좀…… 생각하고 있었어. 스리 브룸스틱스에서 그 여자가 나한테 했던 말 기억해? '나는 루도 배그먼에 대해 네 머리카락이 쭈뼛 설 정도의 사실을 알고 있어.' 그 여자는 이 얘기를 했던 거야. 루도 배그먼의 재판을 취재했었으니까 그 사람이 죽음을 먹는 자들에게 정보를 제공한 적이 있다는 사실을 알고 있었던 거지. 그리고 윙키가 했던 말도 기억나지? '배그먼 씨는 나쁜 마법사예요.' 이렇게 말했잖아. 배그먼이 무죄판결을 받고 빠져나가자 크라우치 장관은 아마 화가 나서 집에 가서 그 얘기를 했을 거야."

"그래, 하지만 배그먼이 고의로 정보를 넘긴 건 아니었잖아?"

헤르미온느는 어깨를 으쓱했다.

"그런데 퍼지는 막심 교장이 크라우치를 공격했다고 의심했단 말이지?" 론이 다시 해리 쪽으로 고개를 돌리며 물었다.

"응." 해리가 대답했다. "근데 그냥 크라우치가 보바통 마차 근처에서 없어졌기 때문에 그렇게 말했을 뿐이야."

"왜 그 여자 생각을 못 했을까." 론이 천천히 말했다. "명심해. 막심 교장은 틀림없이 거인 혈통을 타고났어. 그리고 그 사실을 인정하고 싶어 하지 않……."

"당연히 인정하기 싫겠지." 헤르미온느가 눈을 들며 날카롭게 말했다. "리타 스키터가 해그리드의 어머니에 대해 파헤쳤을 때 해그리드한테 무슨 일이 벌어졌는지를 봐. 퍼지도 봐, 막심 교장이 거인 혼혈이라는 이유만으로 성급하게 판단하잖아. 그런 취급을 받고 싶은 사람이 어딨어? 진실을 말했을 때 어떤 대가가 돌아올지 알고 있다면 나라도 그냥 골격이 클 뿐이라고 말했을 거야."

헤르미온느가 손목시계를 보았다.

"연습을 하나도 안 했네!" 그녀는 충격받은 표정으로 소리쳤다. "방해 마법을 연습하기로 했는데! 내일은 진짜 시작해야 해! 서둘러, 해리. 너 좀 자야지."

해리와 론은 천천히 기숙사 침실로 향했다. 해리는 잠옷을 입으면서 네빌의 침대를 건너다보았다. 덤블도어에게 약속한 대로 그는 론과 헤르미온느에게 네빌의 부모님 얘기를 하지 않았다. 안경을 벗고 사주식 침대로 들어가면서, 그는 부모님이 살아 있지만 자신을 알아보지 못하면 어떤 기분이 들지 상상해 보았다. 해리 자신도 낯선 사람들에게서 종종 고아라는 이유로 동정을 받긴 했지만 네빌의 코 고는 소리를 듣고 있자니 그가 더 안됐다는 생각이 들었다. 어둠 속에 누워 있던 해리는 롱보텀 부부를 고문한 사람들에게 솟구치는 분노와 증오를 느꼈다. 크라우치의 아들과 그의 동료들이 법정에서 디멘터들에게 끌려 나갈 때 사람들이 야유하던 장면이 떠올랐다. 그 기분이 이해됐다. 그때, 비명을 지르던 소년의 백짓장처럼 하얗게 질린 얼굴이 떠오르고 그가 1년 뒤 사망했다는 사실이 생각나 가슴이 철렁했다…….

해리는 어둠 속에서 침대 덮개를 올려다보며 이게 다 볼드모트 때문이라고 생각했다. 모든 것이 볼드모트로 이어졌다. 그자가 바로 이들의 가정을 파괴하고 이들의 인생을 망쳐 놓은 장본인이었다…….

론과 헤르미온느는 세 번째 과제를 치르는 날에 끝나는 학년말시험에 대비해 공부를 해야 했지만 주로 해리의 연습을 돕는 일에 힘을 쏟고 있었다.

"걱정 마." 해리가 그 사실을 일깨우며 이제 얼마 남지 않았으니 혼자 연습해도 상관없다고 하자 헤르미온느는 딱 잘라 말했다. "적어도 어둠의 마법 방어법에서는 최고 점수를 받겠지. 수업만 들어서는 절대로 이 공격 마법들에 대해 다 알아내지 못했을 거야."

"우리 모두 오러가 됐을 때를 대비한 좋은 훈련이지." 론이 신이 나서 말했다. 그는 윙윙거리며 교실로 날아들어 온 말벌에게 방해 마법을 걸어 공중에 멈춰 세우려고 애썼다.

6월이 되자 성안 분위기는 다시 흥분과 긴장으로 가득 찼다. 모두 세 번째 과제를 고대하고 있었다. 세 번째 과제는 학기가 끝나기 1주일 전에 치러질 예정이었다. 해리는 틈날 때마다 공격 마법을 연습했다. 지난번 두 과제보다 이번 과제를 앞두고 더 자신감이 느껴졌다. 분명 세 번째 과제도 어렵고 위험하겠지만, 무디가 말한 것처럼 해리는 예전에도 괴물들과 마법 장애물들을 통과할 방법을 찾아내곤 했다. 그런데 이번에는 앞으로 일어날 일에 대해 미리 듣고 대비할 기회까지 주어진 것이다.

학교 곳곳에서 그들과 맞닥뜨리는 데 지친 맥고나걸 교수는 해리가 점심시간에 빈 변환 마법 교실을 쓸 수 있도록 허락해 주었다. 그는 머잖아 공격해 오는 상대의 속도를 느리게 만들어 움직임을 어렵게 만드는 방해 마법과, 길을 가로막는 단단한 물체들을 폭파시켜 버리는 분해 저주, 헤르미온느가 찾아낸 유용한 주문으로, 마법 지팡이 끝을 북쪽으로 향하게 해서 미로 안에서 맞는 방향으로 가고 있는지 확인할 수 있게 해 주는 나침반 마법을 완벽하게 익혔다. 하지만 방패 마법은 아직 어려웠다. 그것은 본래 주위에 일시적으로 보이지 않는 벽을 둘러쳐서 간단한 저주들을 굴절시키는 마법인데, 헤르미온느가 흐느적 다리 저주를 정확히 겨냥해 그 방어막을 산산조각 내 버린 것이다. 해리는 헤르미온느가 저주 해제 주문을 찾을 때까지 10분 동안 흐느적거리는 다리로 교실을 돌아다녀야 했다.

"그래도 아주 잘하고 있어." 헤르미온느가 목록을 내려다보고 이미 익힌 주문들을 지워 나가며 격려해 주었다. "이 중 몇 가지는 반드시 쓸모가 있을 거야."

"와서 이것 좀 봐." 론이 말했다. 그는 창가에 서서 교정을 내려다보고 있었다. "말포이 쟤 뭐 하는 거야?"

해리와 헤르미온느도 그쪽으로 갔다. 밑에 있는 나무 그늘에 말포이, 크래브, 고일이 서 있었다. 크래브와 고일이 낄낄거리며 망을 보고 있는 듯했다. 말포이는 손으로 입을 가린 채 뭔가를 말하고 있었다.

"무전기를 쓰는 것 같은데." 해리가 호기심 어린 목소리로 말했다.

"그럴 리가." 헤르미온느가 말했다. "말했잖아, 그런 것들은 호그와트 주위에서는 작동하지 않는다니까. 자, 해리." 그녀가 창가에서 몸을 돌려 다시 방 한가운데로 향하며 활기차게 덧붙였다. "방패 마법 다시 해 보자."

시리우스는 이제 매일같이 부엉이를 보내고 있었다. 그도 헤르미온느처럼 다른 것에 신경을 쓰기보다는 해리가 마지막 과제를 통과하는 일에 집중하고 싶어 하는 것 같았다. 그는 보내는 편지마다 호그와트 성벽 밖에서 무슨 일이 벌어지든 그건 해리의 책임이 아니며, 해리의 힘으로는 그런 일에 영향을 끼칠 수도 없다는 사실을 상기시켰다.

볼드모트가 정말로 힘을 되찾고 있다면[그는 이렇게 썼다] 나한테 가장 중요한 건 네 안전이야. 덤블도어 교수님의 보호를 받고 있는 한 그자는 너에게 결코 손댈 수 없을 거다. 그렇더라도 굳이 위험한 짓은 하지 말거라. 미로를 무사히 통과하는 일에만 집중해. 그런 다음에 다른 문제로 관심을 돌리면 된다.

6월 24일이 다가올수록 해리의 신경도 날카로워졌다. 하지만 첫 번째와 두 번째 과제 전에 그랬던 것만큼 심하게 긴장하지는 않았다. 일단 이번에는 최선을 다해 과제를 준비했다는 자신감이 있었다. 또 이번이 마지막 관문이기도 했다. 잘하든 못하든, 마침내 대회가 끝날 것이다. 그 사실만으로도 해리에게는 엄청난 위안이 되었다.

세 번째 과제를 치르는 날 아침, 그리핀도르의 아침 식탁은 무척 소란스러웠다. 먼저 우편 부엉이들이 나타나 해리에게 시리우스가 보낸 카드를 전달했다. 행운을 빌어 주는 그 카드는 반으로 접힌 양피지에 진흙투성이 동물 발자국이 찍혀 있었을 뿐이지만 그것만으로도 해리는 고마웠다. 헤르미온느에게는 평소처럼 매일 아침 《예언자일보》를 배

달해 주는 가면올빼미가 도착했다. 신문을 펼쳐 들고 눈으로 1면을 훑던 그녀는 한입 가득 물고 있던 호박 주스를 죄다 뿜어 버렸다.

"왜 그래?" 해리와 론이 그녀를 보고 동시에 물었다.

"아무것도 아니야." 헤르미온느가 재빨리 말하며 신문을 안 보이는 곳으로 치우려 했지만 론이 낚아챘다.

그가 헤드라인을 보더니 말했다. "안 돼. 오늘은 안 되지. 나쁜 여자 같으니라고."

"뭔데?" 해리가 물었다. "또 리타 스키터야?"

"아니." 론이 헤르미온느와 마찬가지로 신문을 안 보이는 곳에 치우려 하며 말했다.

"나에 관한 거구나. 그치?" 해리가 물었다.

"아냐." 론이 대답했지만 조금도 신뢰가 가지 않는 목소리였다.

해리가 신문을 보여 달라고 말할 새도 없이 드레이코 말포이가 대연회장 저쪽에 있는 슬리데린 식탁에서 소리쳤다.

"어이, 포터! 포터! 머리는 좀 어떠냐? 괜찮냐? 미쳐서 우리한테 달려드는 건 아니지?"

말포이의 손에도 《예언자일보》가 들려 있었다. 슬리데린 식탁에 앉아 있는 모두가 낄낄거리면서, 해리의 반응을 보려고 앉은 자리에서 몸을 비틀었다.

"보여 줘." 해리가 론에게 말했다. "이리 내."

론은 전혀 내키지 않는다는 듯 신문을 건네주었다. 해리는 신문을 뒤집었다. 1면 톱기사 헤드라인 아래 그의 사진이 실려 있었다.

## 해리 포터의 '위험한 정신장애'

(리타 스키터 특파원) 이름을 말해서는 안 되는 그 사람을 물리친 소년의 정서가 불안정하고 위험할 수 있다는 가능성이 제기되었다. 최근 해리 포터의 이상행동과 관련된 우려스러운 증거가 드러나, 그가 트라이위저드 대회처럼 스트레스가 심한 경쟁에 참여하는 것은 물론 호그와트에 다니는 것조차 적합하지 않을 수 있다는 의혹이 일고 있다.

《예언자일보》가 독점 취재한 내용에 따르면 포터는 학교에서 빈번하게 정신을 잃으며, 자주 이마 흉터('그 사람'이 그를 죽이려고 걸었던 저주의 흔적)의 통증을 호소한다고 한다. 지난주 월요일, 점술 수업을 듣던 포터가 흉터가 아파서 수업을 들을 수 없다고 주장하며 교실을 뛰쳐나가는 것을 본지 기자가 목격했다.

세인트 멍고 마법 질병 상해 병원의 최고 권위 전문가들은 '그 사람'이 포터에게 가한 공격이 그의 뇌에 영향을 미쳤을 가능성이 있으며, 아직도 흉터가 아프다는 해리 포터의 주장은 의식 깊은 곳에 자리 잡은 혼돈의 표현일 수 있다고 말한다.

"증상을 꾸며 내는 것일 수도 있습니다." 한 전문가는 말한다. "관심을 호소하는 거죠."

그러나 《예언자일보》는 호그와트 교장인 알버스 덤블도어가 그동안 마법사 세계의 대중에게 조심스럽게 감춰 온 해리 포터에 관한 우려할 만한 사실들을 파헤쳤다.

"포터는 뱀의 말을 할 줄 알아요." 드레이코 말포이(호그와트 4학년)는 이와 같이 밝혔다. "몇 년 전, 수많은 학생이 습격당한 일이 있었어요. 포터가 결투 동호회에서 자제력을 잃고 한 남학생한테 뱀을 풀어놓은 뒤로 모두 그 애가 배후에 있을 거라고 생각했죠. 하지만 모두 쉬쉬했어요. 포터는 늑대인간이나 거인하고도 친구가 됐어요. 우리는 포터가 힘을 얻기 위해서라면 뭐든지 할 거라고 생각해요."

뱀과 대화할 수 있는 능력은 오랫동안 어둠의 마법으로 간주되어 왔다. 사실, 우리 시대의 가장 유명한 파셀마우스는 다름 아닌 바로 '그 사람'이다. 익명의 한 어둠의 힘 방어 연맹 회원은 뱀의 말을 할 줄 아는 마법사라면 누구든 "조사해야 합니다. 개인적으로 뱀과 대화할 수 있는 사람은 모두 의심스러워요. 뱀들은 가장 질 나쁜 어둠의 마법에 이용되는 경우가 많고, 역사적으로도 악당들과 연관되어 왔으니까요"라고 말했다. 또한 "늑대인간이나 거인 같은 사악한 생물들과의 친분을 추구하는 사람이라면 예외 없이 폭력을 선호하기 마련이죠"라고 덧붙였다.

알버스 덤블도어는 이런 소년의 트라이위저드 대회 참가를 허용해도 되는지 분명히 재고해야 할 것이다. 어떤 이들은 포터가 대회에서 우승하려는 절박함으로 어둠의 마법에 의지할지도 모른다는 우려를 드러냈다. 대회 세 번째 과제는 오늘 저녁 치러질 예정이다.

"이제 내가 좀 싫어졌나 보지?" 해리가 신문을 접으면서 가볍게 내뱉었다.

슬리데린 식탁에서는 말포이, 크래브, 고일이 손가락으로 머리를 톡톡 두드리거나 미친 사람처럼 기괴한 표정을 짓고 뱀처럼 혀를 날름거리며 해리를 비웃고 있었다.

"점술 시간에 네 흉터가 아팠던 건 어떻게 알았을까?" 론이 말했다. "리타 스키터가 거기에 있었을 리는 없고, 들을 방법이 없는데……."

"창문이 열려 있었어." 해리가 말했다. "내가 숨 좀 쉬려고 열어 놨거든."

"하지만 너희는 북쪽 탑 꼭대기에 있었잖아!" 헤르미온느가 소리쳤다. "네 목소리가 저 아래 교정까지 들렸을 리가 없어!"

"아니, 마법으로 도청하는 법을 조사하기로 한 건 너잖아!" 해리가 말했다. "어떻게 그럴 수 있었는지는 네가 나한테 말해 줘야지!"

"노력하고 있어!" 헤르미온느가 소리쳤다. "하지만 나는…… 그게……."

갑자기 헤르미온느의 얼굴에 꿈꾸는 듯 멍한 표정이 떠올랐다. 그녀는 천천히 손을 들어 올리더니 손가락으로 머리카락을 쓸어내렸다.

"너 괜찮냐?" 론이 얼굴을 살짝 찡그리고 헤르미온느에게 물었다.

"응." 헤르미온느가 숨을 헐떡거리며 대답했다. 그녀는 다시 손가락으로 머리를 쓸어내리더니, 마치 투명 무전기에 대고 말하는 것처럼 손으로 입을 가렸다. 해리와 론은 서로를 바라보았다.

"생각나는 게 있어서 그래." 헤르미온느가 허공을 지그시 바라보며 말했다. "알아낸 것 같아……. 아무도 못 봤다면…… 심지어 무디 교수님도 못 봤다면……. 그 방법이면 창틀로 올라갈 수 있었을 거야……. 하지만 그 여자는 허가받지 않았는데……. 분명 허가를 안 받았는데……. 우리가 그 여자를 잡은 것 같아! 잠깐 도서관 좀 갔다 올게. 확인해야겠어!"

헤르미온느는 그 말을 남긴 채 책가방을 들고 대연회장을 뛰쳐나갔다.

"야!" 론이 그녀의 등 뒤에 대고 소리쳤다. "10분 있으면 마법의 역사 시험이야! 제기랄." 그가 해리에게 다시 눈을 돌리며 말했다. "시험 시간에 늦을 위험까지 감수하다니, 쟤는 스키터가 진짜 싫은가 봐. 넌 시험 시간에 뭐 할 거야? 또 책 읽어?"

트라이위저드 대표 선수라는 이유로 학년말시험에서 면제됐기에, 해리는 지금까지 매 시험 시간 뒷자리에 앉아 세 번째 과제에 대비한 새로운 공격 마법들을 조사하곤 했다.

"아마도." 해리가 론에게 말했다. 그런데 그때 맥고나걸 교수가 그리핀도르 식탁을 따라 그들에게 다가왔다.

"포터, 대표 선수들은 아침 식사 후 대연회장 옆방에 모여야 한다." 그녀가 말했다.

"과제는 오늘 밤이잖아요!" 해리가 소리쳤다. 시간을 잘못 알았나 싶어 가슴이 철렁한 그는 그만 앞자락에 스크램블드에그를 흘리고 말았다.

"그건 나도 안다, 포터." 그녀가 말했다. "대표 선수들의 가족들이 초청을 받고 마지막 과제를 보러 왔다. 그냥 가족들과 인사할 시간을 주는 거야."

그녀가 곧 멀어져 갔다. 해리는 입을 딱 벌린 채 그녀의 뒷모습을 바라보았다.

"교수님이 설마 더즐리 가족이 올 거라 생각하는 건 아니겠지?" 그가 론에게 멍하니 물었다.

"글쎄." 론이 말했다. "해리, 난 서둘러야겠다. 빈스 시험에 늦겠어. 나중에 보자."

해리는 점점 비어 가는 대연회장에서 아침 식사를 마쳤다. 래번클로 식탁에서 일어난 플뢰르 들라쿠르가, 대연회장을 가로질러 온 세드릭과 함께 옆방으로 들어가는 모습이 보였다. 곧이어 크룸이 구부정한 걸음걸이로 뒤따라 들어갔다. 해리는 그 자리에 남아 있었다. 정말 들어가고 싶지 않았다. 그에게는 가족이 없었다. 어쨌거나, 그가 목숨

거는 모습을 보려고 이곳에 올 가족 같은 것은 없었다. 그
런데 도서관에 가서 공격 마법이나 좀 더 복습하는 게 낫겠
다고 생각하며 일어난 순간, 옆방 문이 열리고 세드릭이 고
개를 내밀었다.

"해리, 빨리 와. 기다리고 계셔!"

해리는 완전히 당황한 채 자리에서 일어났다. 더즐리 가
족이 여기까지 왔을 리는 없지 않은가. 그는 대연회장을 걸
어가 옆방으로 통하는 문을 열었다.

문 바로 안쪽에는 세드릭과 그의 부모님이 있었다. 한쪽
구석에서는 빅토르 크룸이 검은색 머리카락의 부모님과
불가리아어로 빠르게 대화를 나누고 있었다. 그의 구부러
진 코는 아버지를 빼다박았다. 맞은편에서는 플뢰르가 어
머니에게 프랑스어로 마구 떠들어 대고 있었고, 그녀의 여
동생 가브리엘이 어머니의 손을 잡고 있었다. 플뢰르가 해
리에게 손을 흔들자 해리도 마주 손을 흔들어 주었다. 다음
순간 해리는 벽난로 앞에 서서 그에게 활짝 웃고 있는 위즐
리 부인과 빌을 보았다.

"놀랐지!" 위즐리 부인이 신이 나서 말했다. 해리는 활짝
웃으며 그들에게 다가갔다. "널 보러 와야겠다고 생각했단
다, 해리!" 그녀가 허리를 구부려 그의 뺨에 입을 맞췄다.

"괜찮아?" 빌이 씩 웃더니 해리의 손을 잡고 흔들며 말했다. "찰리도 오고 싶어 했지만 시간을 내지 못했어. 혼테일과 싸울 때는 네가 믿을 수 없을 만큼 멋지게 해냈다던데."

해리는 플뢰르 들라쿠르가 어머니의 어깨 너머로 빌에게 관심 가득한 눈길을 던지고 있다는 사실을 눈치챘다. 그녀는 확실히 긴 머리카락이나 송곳니 달린 귀고리에도 아무런 거부감이 없어 보였다.

"정말 고맙습니다." 해리가 위즐리 부인에게 웅얼거렸다. "저는 혹시 더즐리 가족이……."

"흠." 위즐리 부인이 입술을 꾹 다물었다. 그녀는 언제나 해리 앞에서 더즐리 가족에 대한 비난을 삼갔지만 그들 얘기가 나올 때마다 눈을 번뜩이곤 했다.

"여기 돌아오니까 좋네." 빌이 방을 둘러보며 말했다(뚱뚱한 귀부인의 친구인 바이올렛이 액자 속에서 그에게 눈을 찡긋했다). "5년 만에 처음 와 보는 거야. 그 미친 기사 그림은 아직도 있어? 캐도건 경 말이야."

"응, 있어." 해리가 말했다. 그는 작년에 캐도건 경을 만난 적이 있었다.

"뚱뚱한 귀부인도?" 빌이 물었다.

"뚱뚱한 귀부인은 내가 다닐 때도 있었단다." 위즐리 부인이 말했다. "언젠가 내가 새벽 4시에 기숙사로 돌아왔을 때 어찌나 야단을 치던지……."

"새벽 4시에 기숙사 밖에서 뭘 하고 계셨어요?" 빌이 놀란 얼굴로 그녀를 보며 물었다.

위즐리 부인은 눈을 반짝이며 씩 웃었다.

"네 아빠랑 같이 밤 산책을 하고 있었지." 그녀가 말했다. "그러다 네 아빠가 아폴리언 프링글한테 잡히고 말았단다. 그 시절의 건물 관리인 말이야. 너희 아빠한테는 아직도 그때 흔적이 남아 있어."

"학교 구경 좀 시켜 줄래, 해리?" 빌이 물었다.

"응, 알았어." 해리가 대답했다. 그들은 대연회장으로 통하는 문으로 향했다.

그들이 에이머스 디고리를 지나갈 때 그가 돌아보았다. "거기 있었니?" 그가 해리를 위아래로 훑어보며 말했다. "세드릭이 네 점수를 따라잡았으니 아주 자신감 넘치진 않겠구나."

"네?" 해리가 말했다.

"못 들은 척해." 세드릭이 아버지의 뒷모습을 향해 얼굴을 찌푸리며 나직한 목소리로 해리에게 말했다. "리타 스키터가 트라이위저드 대회와 관련해서 쓴 기사를 본 이후로 계속 화를 내서. 그 여자가 너를 호그와트의 유일한 대표 선수로 만들어 놓은 기사 말이야."

"저 녀석도 굳이 그 기사를 바로잡지는 않았잖니?" 위즐리 부인, 빌과 함께 문 밖으로 나서는데 에이머스 디고리가 해리에게 들릴 만큼 큰 소리로 말했다. "아무튼 본때를 보여 주거라, 세드. 예전에도 한 번 이긴 적 있잖아. 그렇지?"

"리타 스키터는 말썽을 일으키지 못해 안달인 사람이에요, 에이머스!" 위즐리 부인이 화를 내며 말했다. "정부에서 일하는 분이 그 정도는 알 거라 생각했는데요!"

디고리 씨는 화가 나서 뭔가 말하려는 듯했지만 아내가 팔에 손을 얹자 그냥 어깨만 으쓱하고 돌아섰다.

해리는 빌, 위즐리 부인과 함께 햇살 가득한 교정에서 아침 산책을 마음껏 즐겼다. 해리는 그들에게 보바통 마차와 덤스트랭 배를 보여 주었다. 위즐리 부인은 그녀가 졸업한 뒤에 심은 후려치는 버드나무를 보고 재미있어했다. 해그리드 이전에 숲지기로 일했던 오그라는 남자를 한참 동안 추억하기도 했다.

"퍼시는 잘 지내나요?" 온실 주위를 걸으면서 해리가 물었다.

"별로." 빌이 말했다.

"아주 속상해하고 있단다." 위즐리 부인이 목소리를 낮추고 주위를 힐끔 둘러보며 말했다. "정부에서는 크라우치 장관의 실종에 대해 쉬쉬하고 있어. 하지만 퍼시를 불러내서 크라우치 장관이 지시 사항을 써서 보낸 편지에 대해 캐묻고 있단다. 그 편지가 사실은 크라우치 장관이 쓴 게 아닐지도 모른다고 생각하는 것 같더구나. 퍼시는 엄청난 스트레스를 받고 있어. 오늘 밤에는 크라우치 장관 대신 다섯 번째 심사위원 자리에 앉는 것도 못 하게 됐어. 코닐리어스 퍼지가 심사를 볼 거라는구나."

그들은 점심을 먹으러 성으로 돌아왔다.

"엄마! 빌!" 론이 깜짝 놀란 표정으로 그리핀도르 식탁에 앉았다. "여기서 뭐 해요?"

"해리가 마지막 과제를 하는 걸 보러 왔지!" 위즐리 부인이 밝은 목소리로 말했다. "솔직히 이런 변화도 아주 괜찮네. 요리를 하지 않아도 된다니! 시험은 어땠니?"

"어…… 괜찮았어요." 론이 말했다. "고블린 반란군 이름을 전부 기억할 수 없어서 몇 개 지어냈어요. 괜찮아요." 그가 코니시 패스티(반달 모양에 고기와 채소가 들어 있는, 영국 콘월 지역의 파이―옮긴이)를 덜며 말했다. 위즐리 부인의 표정이 굳었다. "죄다 털보 보드로드, 구린 우르그, 뭐 이

92

런 이름이라 어렵진 않았어요."

프레드와 조지, 지니도 와서 옆자리에 앉았다. 해리는 버로에 돌아간 듯한 기분이 들 만큼 즐거운 시간을 보냈다. 저녁에 있을 과제 걱정도 잊었고, 점심 식사 도중 헤르미온느가 나타날 때까지는 그녀가 리타 스키터에 대해 뭔가 생각해 냈다는 사실도 떠올리지 못했다.

"뭐였어?"

헤르미온느는 주의하라는 듯 고개를 젓더니 위즐리 부인을 힐끗 쳐다보았다.

"안녕, 헤르미온느." 위즐리 부인이 평소와 달리 훨씬 딱딱한 목소리로 말했다.

"안녕하세요." 헤르미온느가 말했다. 위즐리 부인의 차가운 표정에 그녀의 미소가 약간 흔들렸다.

해리가 둘을 번갈아 보더니 말했다. "위즐리 아줌마, 리타 스키터가 《주간 마녀》에다 쓴 그 헛소리를 믿으시는 건 아니죠? 헤르미온느는 제 여자친구가 아니에요."

"아!" 위즐리 부인이 말했다. "그럼, 당연히 안 믿지!"

하지만 위즐리 부인은 그 이후로 헤르미온느에게 눈에 띌 만큼 다정하게 굴었다.

해리, 빌, 위즐리 부인은 성 주위를 오랫동안 산책하며 그날 오후를 느긋하게 보낸 뒤 만찬을 먹으러 대연회장으로 돌아왔다. 어느새 루도 배그먼과 코닐리어스 퍼지가 교직원 식탁에 함께 앉아 있었다. 배그먼은 꽤 명랑한 표정이었지만 막심 교장 옆에 앉은 코닐리어스 퍼지는 딱딱한 표정으로 입을 다물고 있었다. 막심 교장은 자기 접시만 들여다보았다. 해리는 그녀의 눈시울이 붉어진 것 같다고 생각했다. 해그리드는 식탁 저쪽에서 그녀를 계속 힐끔거리고 있었다.

평소보다 다양한 음식이 나왔지만 해리는 별로 먹지 않았다. 이제는 정말로 초조했다. 머리 위 마법에 걸린 천장이 푸른색에서 어스름한 자주색으로 빛이 바래기 시작하고 덤블도어가 교직원 식탁에서 일어서자 침묵이 내려앉았다.

"신사 숙녀 여러분, 5분 뒤에 세 번째이자 마지막 트라이위저드 시합을 관람하러 퀴디치 경기장으로 내려가 주시길 바랍니다. 대표 선수들은 지금 바로 배그먼 장관님을 따라 경기장으로 가 주세요."

해리는 자리에서 일어섰다. 식탁에 앉아 있던 그리핀도르 학생 모두가 그에게 박수를 보냈다. 위즐리 가족과 헤르미온느가 그에게 행운을 빌어 주었다. 해리는 세드릭, 플뢰르, 크룸과 함께 대연회장을 나섰다.

"기분 괜찮냐, 해리?" 돌계단을 내려가 교정으로 향하면서 배그먼이 물었다. "자신 있어?"

"괜찮아요." 해리가 말했다. 어느 정도는 사실이었다. 긴장되기는 했지만 걸어가면서도 머릿속으로 그동안 연습해 온 공격 마법과 주문을 재빨리 떠올려 보고 있었다. 모든게 기억난다는 걸 확인하자 기분이 나아졌다.

그들은 퀴디치 경기장으로 걸어갔다. 경기장은 이제 전혀 알아볼 수 없는 모습으로 변해 있었다. 6미터 높이의 산울타리가 경기장 전체에 둘러져 있었다. 대표 선수들 바로 앞에 틈이 하나 나 있었다. 거대한 미로의 입구였다. 그 안으로 뻗은 통로는 어둡고 으스스해 보였다.

5분 뒤 관중석이 채워지기 시작했다. 학생 수백 명이 줄지어 관중석으로 들어오면서 흥분한 목소리와 발소리가 사방에 울려 퍼졌다. 하늘은 이제 짙고 선명한 푸른색이었다. 첫 별들이 여기저기 모습을 드러냈다. 해그리드와 무디 교수, 맥고나걸 교수, 플리트윅 교수가 경기장으로 들어오더니 배그먼과 대표 선수들에게 다가왔다. 해그리드를 빼고 그들 모두 크고 반짝반짝 빛나는 빨간색 별을 모자에 달고 있었다. 해그리드의 별은 두더지가죽 코트 등짝에 붙어 있었다.

"우리는 미로 바깥에서 순찰하고 있을 겁니다." 맥고나걸 교수가 대표 선수들에게 말했다. "어려운 일이 생겨 도움을 청하고 싶으면 하늘로 빨간 불꽃을 쏘아 올리세요. 그럼 우리 중 한 명이 가서 여러분을 구할 겁니다. 알겠죠?"

대표 선수들은 고개를 끄덕였다.

"그럼, 출발하시죠!" 배그먼이 네 명의 순찰자를 향해 밝은 목소리로 말했다.

"행운을 빈다, 해리." 해그리드가 속삭였다. 네 사람은 서로 다른 방향으로 흩어져 미로 주위에 자리 잡았다. 배그먼이 마법 지팡이를 목에 대고 "소노루스"라고 중얼거렸다. 마법으로 확대된 그의 목소리가 관중석에 메아리쳤다.

"신사 숙녀 여러분, 트라이위저드 대회의 세 번째이자 마지막 과제가 이제 곧 시작됩니다! 현재 점수를 다시 알려드리겠습니다! 공동 1위로 각자 85점을 기록하고 있는 호그와트 소속의 세드릭 디고리 군과 해리 포터 군!" 환호성과 박수 소리가 터져 나오자 금지된 숲의 새들이 퍼덕거리며 어둠이 드리워지고 있는 하늘로 날아올랐다. "2위는 80점을 기록하고 있는 덤스트랭의 빅토르 크룸 군입니다!" 더 많은 갈채가 터져 나왔다. "그리고 3위는…… 보바통의 플뢰르 들라쿠르 양입니다!"

위즐리 부인, 빌, 론, 헤르미온느가 관중석 중간쯤에서 플뢰르에게 예의 바르게 박수를 보내는 모습이 보였다. 해리가 손을 흔들자 그들도 환하게 웃으며 마주 손을 흔들었다.

"자…… 제 호루라기 소리와 함께 해리와 세드릭부터 출발하겠습니다!" 배그먼이 말했다. "셋, 둘, 하나."

그가 호루라기를 짧고 세게 불었다. 해리와 세드릭은 재빨리 미로 속으로 들어갔다.

높이 솟은 울타리들이 통로에 검은 그림자를 드리웠다. 울타리가 너무 높고 빽빽해서인지 아니면 마법에 걸린 탓인지, 미로에 들어가는 순간 주위에 울리던 관중의 소리가 싹 사라졌다. 해리는 다시 물속에 들어간 기분이었다. 그가 마법 지팡이를 꺼내 "루모스"라고 중얼거렸다. 세드릭도 등 뒤에서 똑같은 주문을 외우는 소리가 들렸다.

50미터 못 가서 갈림길이 나타났다. 그들은 서로를 바라보았다.

"나중에 보자." 해리는 그렇게 말하며 왼쪽 길을 택했고 세드릭은 오른쪽 길로 갔다.

배그먼의 호루라기 소리가 두 번째로 들렸다. 크룸이 미로에 들어온 것이다. 해리는 속도를 올렸다. 그가 선택한 길에는 아무런 장애물도 없는 것 같았다. 그는 오른쪽으로 돈 다음 발걸음을 빨리하면서 마법 지팡이를 머리 위로 높이 들고 되도록 먼 곳까지 보려고 애썼다. 여전히 아무것도 보이지 않았다.

멀찍이서 배그먼의 호루라기 소리가 세 번째로 들려왔다. 이제 대표 선수 모두가 미로에 들어와 있었다.

해리는 계속 뒤를 돌아보았다. 누가 지켜보는 듯한 익숙한 기분이 그를 따라다녔다. 시간이 조금씩 흐를수록 머리 위의 하늘이 짙은 남색으로 변하자 미로도 점점 어두워졌다. 그는 두 번째 갈림길에 이르렀다.

"어느 쪽?" 그는 마법 지팡이를 손바닥에 올려놓고 중얼거렸다.

마법 지팡이가 한 바퀴 돌더니 오른쪽에 있는 빽빽한 울타리를 가리켰다. 그곳이 북쪽이었다. 해리는 미로 중심부로 가려면 북서쪽으로 가야 한다는 사실을 알고 있었다. 가장 좋은 방법은 왼쪽 갈림길로 가다가 최대한 일찍 오른쪽으로 방향을 트는 것이었다.

앞을 보니 길은 여전히 비어 있었다. 해리는 오른쪽으로 방향을 틀었지만 이번에도 길을 막고 있는 것은 아무것도 없었다. 왠지 장애물이 없는 게 더 불안했다. 지금쯤이면 당연히 뭔가 맞닥뜨렸어야 하지 않을까? 마치 미로가 그를 속여 안전하다고 느끼게끔 만들려는 것 같았다. 그때, 바로 뒤에서 뭔가 움직이는 소리가 들렸다. 해리는 공격할 태세로 마법 지팡이를 꺼내 들었다. 하지만 불빛에 모습을 드러낸 것은 세드릭뿐이었다. 막 해리의 오른쪽에서 뛰쳐나온 그는 무척 놀란 표정이었다. 로브 소매에서 연기가 피어오르고 있었다.

"해그리드의 폭발 꼬리 스크루트야." 그가 목소리를 죽이고 말했다. "엄청 커. 겨우 도망쳤어."

그는 고개를 젓더니 또 다른 길로 뛰어들어 모습을 감췄다. 스크루트들에게서 멀리 떨어지고 싶은 마음에 해리는 다시 발걸음을 서둘렀다. 그리고 막 모퉁이를 돌아선 그때 뭔가가 보였다.

디멘터가 그를 향해 미끄러지듯 다가오고 있었다. 3미터가 넘는 키에 후드로 얼굴을 감춘 디멘터가 썩어 가는 딱지투성이 손을 뻗은 채 앞을 더듬거리며 다가왔다. 그르렁거리는 숨소리가 들렸다. 해리는 축축한 싸늘함이 온몸을 휩쓰는 것을 느꼈다. 하지만 해리는 뭘 해야 하는지 알고 있었다.

해리는 될 수 있는 한 가장 행복한 생각을 떠올렸다. 그는 미로를 빠져나가 론, 헤르미온느와 우승을 축하하는 장면에 온 정신을 집중하면서 마법 지팡이를 쳐들고 소리쳤다. "엑스펙토 패트로눔!"

해리의 마법 지팡이 끝에서 은빛 수사슴이 튀어나와 디멘터를 향해 돌진했다. 디멘터는 뒤로 물러서다가 로브 자락에 걸려 넘어졌다……. 디멘터가 비틀거리는 모습은 한 번도 본 적이 없었다.

"잠깐!" 해리가 은빛 패트로누스를 뒤따라 달려가면서 소리쳤다. "너 보가트구나! 리디큘러스!"

시끄럽게 휙 하는 소리가 들리더니, 변신에 능한 그 생명체가 한 줄기 연기와 함께 폭발했다. 은빛 수사슴은 희미해지더니 눈앞에서 사라졌다. 해리는 수사슴이 계속 남아 있었으면 좋겠다고 생각했다. 동료가 있으면 좋을 텐데……. 하지만 그는 마법 지팡이를 다시 한 번 높이 든 채 최대한 빠르고 조용하게 움직이면서 귀를 기울였다.

왼쪽…… 오른쪽…… 다시 왼쪽……. 그는 두 번이나 막다른 길에 이르렀다. 나침반 주문을 다시 써 보니 동쪽으로 너무 많이 와 있었다. 그는 돌아서서 오른쪽으로 방향을 틀었다. 저 앞에 이상한 황금빛 안개가 떠다니고 있었다.

해리는 마법 지팡이의 빛을 비추면서 조심스레 안개에 접근했다. 무슨 마법을 걸어 둔 것처럼 보였다. 해리는 과연 이 안개를 길에서 날려 버릴 수 있을지 궁금했다.

"리덕토!" 그가 말했다.

해리가 날린 주문이 곧장 안개를 뚫고 지나갔다. 하지만 안개는 사라지기는커녕 온전히 남아 있었다. 괜한 짓을 했다는 생각이 들었다. 리덕토 저주는 단단한 사물에 쓰는 마법이었던 것이다. 안개를 뚫고 걸어가면 무슨 일이 벌어질까? 그런 위험을 감수할 가치가 있을까? 아니면 왔던 길을 되돌아가야 할까?

해리는 여전히 망설이고 있었다. 그때 어떤 비명 소리가 주위의 정적을 깨뜨렸다.

"플뢰르?" 해리가 소리쳤다.

침묵이 이어졌다. 그는 허겁지겁 주위를 둘러보았다. 무슨 일이 일어난 걸까? 플뢰르의 비명은 앞쪽 어딘가에서 들려온 것 같았다. 해리는 심호흡을 한 뒤 마법에 걸린 안개를 뚫고 달려갔다.

다음 순간, 세상이 뒤집혔다. 해리는 어느새 땅에 거꾸로 매달려 있었다. 머리카락이 모조리 일어섰고, 안경은 끝없는 하늘을 향해 떨어질 것처럼 코에서 달랑거렸다. 해리는 코끝에 걸린 안경을 붙잡고 겁에 질린 채 꼼짝도 하지 못했다. 발이 이제는 천장이 되어 버린 잔디밭에 딱 달라붙은 느낌이었다. 밑으로는 별이 총총한 어두운 하늘이 끝없이 펼쳐져 있었다. 한 발이라도 움직이려 했다간 지구에서 아예 떨어져 나갈 것만 같았다.

'생각을 해.' 피가 온통 머리로 쏠리자 그는 스스로를 타일렀다. '생각하라고…….'

하지만 그가 연습한 주문 중에는 땅과 하늘의 갑작스러운 자리바꿈에 대처할 만한 것이 없었다. 감히 발을 움직여도 될까? 귀에서 맥박 뛰는 소리가 들렸다. 선택할 수 있는 것은 두 가지였다. 움직여 보는 것, 또는 빨간 불꽃을 쏘아 올려 구조를 받고 과제에서 탈락하는 것.

해리는 아래쪽 무한한 공간을 보지 않기 위해 눈을 질끈 감고 풀이 자란 천장에서 천천히 오른발을 뗐다.

순식간에 세상이 바로잡혔다. 무릎이 풀썩 꺾이면서 해리는 놀랄 만큼 단단한 땅 위에 넘어졌다. 충격에 일시적으로 다리에서 힘이 쭉 빠진 기분이 들었다. 그는 호흡을 고르려고 숨을 크게 들이켠 다음 다시 일어나 서둘러 나아갔다. 황금색 안개 밖으로 달려 나가며 어깨 너머를 돌아보니 안개는 여전히 아무 일도 없었다는 듯 달빛 속에서 빛나고 있었다.

해리는 두 길이 교차한 곳에 잠깐 멈춰 서서 플뢰르의 모습을 찾아 주위를 둘러보았다. 비명을 지른 사람은 플뢰르가 틀림없었다. 플뢰르는 뭘 맞닥뜨린 걸까? 괜찮을까? 붉은 불꽃을 쏘아 올린 흔적은 보이지 않다. 플뢰르 스스로 난관을 빠져나갔다는 뜻일까? 아니면 너무 심각한 곤경에 처해서 마법 지팡이에 손도 대지 못한 걸까? 해리는 점점 불안해지는 마음을 안고 오른쪽 길을 선택했다. ……하지만 동시에 이런 생각이 드는 건 어쩔 수 없었다. '한 명은 제쳤어.'

우승컵이 근처 어딘가에 있는 게 틀림없었다. 소리를 들어 보니 플뢰르는 더 이상 승산이 없는 것 같았다. 해리가 해냈다. 여기까지 오고야 말았다. 정말 우승할 수 있을까? 해리는 본의 아니게 대표 선수가 된 이후 처음으로, 다른 학생들 앞에서 트라이위저드 우승컵을 들어 올리는 자신의 모습을 아주 잠깐 다시 떠올렸다.

10분 동안 그가 마주친 것은 막다른 길뿐이었다. 그는 두 번이나 엉뚱한 방향으로 돈 끝에 마침내 새로운 통로를 찾아 천천히 달리기 시작했다. 마법 지팡이 불빛이 까딱거리면서 울타리 벽에 드리워진 그의 그림자를 흔들고 왜곡시

컸다. 다음 순간 또 다른 모퉁이를 돈 그는 폭발 꼬리 스크
루트와 정면으로 맞닥뜨리고 말았다.

세드릭의 말이 맞았다. 놈은 어마어마하게 컸다. 3미터
길이의 스크루트는 무엇보다도 거대 전갈과 비슷했다. 긴
침이 달린 꼬리가 등 위로 말려 있었다. 몸을 감싸고 있는
두꺼운 갑옷에 해리가 겨눈 지팡이 빛이 반사됐다.

"스튜페파이!"

주문이 스크루트의 갑옷에 맞아 튕겨 나왔다. 해리는 간
신히 피했지만 희미하게 머리카락 타는 냄새가 났다. 머리
끝이 그슬린 것이다. 스크루트가 꼬리에서 화염을 내뿜더
니 곧바로 그를 향해 돌진했다.

"임페디멘타!" 해리가 소리쳤다. 주문이 또다시 스크루
트의 갑옷에 맞아 튕겨 나왔다. 해리는 비틀거리며 몇 걸음
물러나다가 넘어졌다. "임페디멘타!"

스크루트는 해리의 코앞에서 멈췄다. 해리가 날린 주문
이 껍데기로 덮여 있지 않아 맨살이 드러난 아랫배를 맞힌
것이다. 해리는 헐떡거리면서 스크루트를 밀치고 반대 방
향으로 잽싸게 도망쳤다. 방해 마법은 영구적인 것이 아니
었기에 스크루트가 언제든 다시 움직일 수 있었다.

왼쪽 길로 접어든 해리는 또다시 막다른 곳에 다다랐다.

다시 오른쪽으로 갔지만 그곳은 또 다른 막다른 길이었다. 그는 어쩔 수 없이 멈춰 서서, 심장이 쿵쾅거리는 가운데 다시 한 번 나침반 마법을 사용했다. 그리고 왔던 길을 되짚어 가서는 북서쪽으로 향하는 길을 선택했다.

몇 분 동안 새로운 길을 달려가던 그때, 해리는 울타리 너머로 그가 있는 길과 나란히 뻗은 길에서 무슨 소리를 듣고 우뚝 멈춰 섰다.

"뭐 하는 거야?" 세드릭의 고함 소리가 들렸다. "대체 무슨 짓을 하는 거냐고!"

이윽고 크룸의 목소리가 들려왔다.

"크루시오!"

갑자기 세드릭의 고통스러운 비명이 주위에 울려 퍼졌다. 깜짝 놀란 해리는 세드릭이 있는 통로로 갈 수 있는 길을 찾아 전력 질주하기 시작했다. 그 길이 보이지 않자 해리는 또다시 리덕토 저주를 시도했다. 큰 효과는 없었지만 울타리 한 곳이 불타오르더니 작은 구멍이 생겼다. 해리는 그 구멍에 다리를 억지로 집어넣고, 빽빽한 덤불과 나뭇가지들이 부러져 길이 생길 때까지 그것들을 걷어찼다. 구멍을 통과하려고 버둥거리다가 로브가 찢어졌다. 구멍을 빠져나온 해리는 오른쪽으로 고개를 돌렸다. 바닥에 쓰러져 몸을 움찔거리고 경련하고 있는 세드릭과, 그런 그를 내려다보고 서 있는 크룸의 모습이 보였다.

해리는 몸을 펴고 마법 지팡이로 크룸을 겨눴다. 바로 그때 크룸이 고개를 들었다. 크룸은 돌아서서 달리기 시작했다.

"스튜페파이!" 해리가 소리쳤다.

주문이 크룸의 등에 명중했다. 그는 우뚝 멈춰 섰다가 앞으로 쓰러져 얼굴을 풀밭에 묻은 채 꼼짝 없이 뻗어 버렸다. 해리는 세드릭에게 달려갔다. 세드릭은 경련을 멈추고 손으로 얼굴을 가린 채 그 자리에 드러누워 가쁜 숨을 쉬고 있었다.

"괜찮아?" 해리가 세드릭의 팔을 잡으며 다급히 물었다.

"응." 세드릭이 헐떡거렸다. "괜찮아. ······믿기지가 않아. 내 뒤를 살금살금 쫓아오는 소리를 듣고 고개를 돌렸는데······ 크룸이 나한테 마법 지팡이를 겨누고 있었어······."

세드릭이 일어섰다. 그는 아직도 떨고 있었다. 그와 해리는 크룸을 내려다보았다.

"믿을 수가 없네······. 괜찮은 사람인 줄 알았는데." 해리가 크룸을 뚫어지게 바라보며 말했다.

"나도." 세드릭이 말했다.

"조금 전에 플뢰르가 비명 지르는 소리 들었어?" 해리가 물었다.

"응." 세드릭이 대답했다. "크룸이 플뢰르도 공격했을 거라고 생각하는 거야?"

"모르겠어." 해리가 천천히 말했다.

"여기에 그냥 놔두고 가야 하나?" 세드릭이 중얼거렸다.

"아니." 해리가 말했다. "빨간 불꽃을 쏘아 올려야 할 것 같아. 누가 와서 데려갈 거야……. 안 그랬다간 스크루트한테 잡아먹힐지도 몰라."

"그래도 싸." 세드릭은 그렇게 중얼거리면서도 마법 지팡이를 들어 올려 공중으로 빨간 불꽃을 쏘아 올렸다. 소나기처럼 쏟아져 나온 불꽃들이 크룸 위에서 빙빙 돌며 그가 쓰러져 있는 자리를 표시했다.

해리와 세드릭은 잠깐 동안 어둠 속에 서서 주위를 둘러보았다. 잠시 후 세드릭이 입을 열었다. "음…… 가야 하지 않을까?"

"응?" 해리가 말했다. "아…… 그러네. 맞아……."

어색한 순간이었다. 잠시 크룸에 맞서 힘을 합쳤지만, 이제는 서로가 경쟁자라는 사실이 둘 모두에게 떠올랐다. 그들은 말없이 어두운 길을 따라 나아갔다. 그런 다음 해리는 왼쪽으로, 세드릭은 오른쪽으로 돌았다. 세드릭의 발소리가 곧 사라졌다.

해리는 맞는 방향으로 가고 있는지 확인하기 위해 계속 나침반 주문을 쓰면서 이동했다. 이제 그와 세드릭의 대결이었다. 우승컵에 먼저 도달하고 싶다는 욕망이 어느 때보다 강렬하게 타올랐지만, 한편으로는 방금 목격한 크룸의 행동이 여전히 믿기지 않았다. 무디는 같은 인간에게 용서받지 못하는 저주를 사용하는 것은 아즈카반에서 종신형을 산다는 것을 의미한다고 말했다. 크룸이 그렇게 비열한 방법을 써 가면서까지 트라이위저드 우승컵을 바랄 줄은 몰랐는데……. 해리는 속도를 올렸다.

더 많은 막다른 길에 맞닥뜨리면서도 해리는 점점 짙어지는 어둠 덕분에 미로 중심부로 다가가고 있다는 확신이 들었다. 곧은 통로를 따라 한참을 성큼성큼 나아가던 그때, 또다시 뭔가 움직이는 것이 보였다. 그의 마법 지팡이 불빛이 놀라운 생명체를 비췄다. 《괴물들에 관한 괴물 책》에서 그림으로만 봤던 생명체였다.

스핑크스였다. 커다란 사자 몸통에 날카로운 발톱이 달린 거대한 발, 끝에 갈색 술이 달린 길고 노란 꼬리를 가진 그것은 인간 여자의 머리를 하고 있었다. 해리가 다가가자 스핑크스는 긴 아몬드 모양의 눈을 그에게 돌렸다. 해리는 망설이며 마법 지팡이를 들어 올렸다. 스핑크스는 곧 뛰어오를 것처럼 웅크리는 대신 그가 나아가지 못하도록 옆으로 왔다 갔다 하면서 길을 막았다.

그녀가 낮고 거친 목소리로 말했다. "너는 목표에 아주 가까워졌다. 가장 빠른 길은 나를 지나가는 것이다."

"그럼…… 그럼 좀 비켜 주실래요?" 해리는 어떤 답이 나올지 뻔히 알면서도 그렇게 말했다.

"그럴 수 없다." 그녀가 계속 왔다 갔다 하면서 말했다. "내 수수께끼에 대답하기 전에는. 단번에 맞히면 지나가게 해 주겠다. 틀린 답을 말하면 공격할 것이다. 침묵을 지킨다면, 발걸음을 돌려 무사히 돌아가게 해 주마."

해리는 가슴이 철렁했다. 이런 일을 잘하는 건 그가 아니라 헤르미온느였다. 그는 가능성을 따져 보았다. 수수께끼가 너무 어려우면 침묵을 지키면 된다. 그러면 무사히 스핑크스에게서 벗어날 수 있다. 그런 다음 중심부로 가는 다른 경로를 찾아보면 된다.

"알겠어요." 그가 말했다. "무슨 수수께끼인데요?"

스핑크스는 뒷다리를 구부리고 통로 한가운데 앉아 수수께끼를 읊었다.

"가장 먼저, 위장한 채 사는 자를 떠올려라.

그는 비밀을 다루고 오직 거짓만 말한다.

그다음은 고칠 때 항상 마지막에 오는 것.

가운데의 가운데이자 끝의 끝이 무엇인지 말해 다오.

마지막으로, 찾아내기 어려운 단어를 찾는 동안

자주 들리는 소리를 말하라.

이제 그 모두를 엮어 이 질문에 답해라.

입 맞추고 싶지 않은 이 생명체는 무엇인가?"

해리는 입을 딱 벌린 채 스핑크스를 바라보았다.

"다시 들려주실 수 있을까요? ……좀 천천히요." 그가 머
뭇거리며 물었다.

스핑크스는 눈을 깜빡이고 미소 짓더니 시를 다시 읊어
주었다.

"이 모든 단서를 더하면 입 맞추고 싶지 않은 생명체가
된다고요?" 해리가 물었다.

그녀는 그저 특유의 신비로운 미소만 지어 보일 뿐이었
다. 해리는 그 미소를 '그렇다'는 뜻으로 받아들였다. 그는
이리저리 궁리해 보았다. 입 맞추고 싶지 않은 생명체야 많
았다. 곧바로 떠오른 것은 폭발 꼬리 스크루트였지만, 어쩐

지 그건 답이 아닐 것 같았다. 단서를 풀어야 했다.

"위장한 사람이라." 해리가 그녀를 바라보며 중얼거렸다. "거짓만 말하는…… 어…… 그건 사기꾼이겠죠. 아니, 이게 답이라는 게 아니라요! 스, 스파이(spy)? 이건 나중에 풀어야겠다……. 그다음 단서를 다시 들려주실래요?"

스핑크스는 시의 다음 구절을 다시 읊었다.

"고칠(mend) 때 항상 마지막에 오는 것." 해리가 따라서 말했다. "어…… 모르겠는데……. 가운데(middle)의 가운데……. 마지막 부분은요?"

스핑크스가 마지막 네 행을 들려주었다.

"찾아내기 어려운 단어를 찾는 동안 자주 들리는 소리라." 해리가 말했다. "어…… 그건…… 어…… 잠깐, '어(er)'구나! '어'도 소리잖아요!"

스핑크스가 싱긋 웃었다.

"스파이…… 어…… 스파이…… 어……." 해리가 이리저리 서성거리며 중얼거렸다. "입 맞추고 싶지 않은 생명체는…… '스파이더(spider)'! 거미요!"

스핑크스가 더욱 활짝 웃었다. 그녀는 자리에서 일어나 앞다리를 쭉 펴고 해리가 지나갈 수 있도록 비켜섰다.

"고맙습니다!" 해리가 말했다. 스스로의 총명함에 놀라면서 그는 앞으로 달려갔다.

이제 목표 지점에 아주 가까이 와 있는 게 틀림없었다. 반드시 그럴 것이다……. 마법 지팡이가 그에게 맞는 길을 가고 있다고 말해 주었다. 너무 끔찍한 것과 마주치지 않는 한 승산이 있을지도 몰랐다…….

또다시 갈림길이 나왔다. 선택을 해야 했다. "어느 쪽?" 해리가 속삭이자 마법 지팡이는 빙글 돌더니 오른쪽 길을 가리켰다. 그는 그 길로 쏜살같이 달려갔다. 저 앞에서 빛이 보였다.

트라이위저드 우승컵이 100미터도 채 떨어지지 않은 곳에 있는 받침대 위에서 빛나고 있었다. 해리가 막 달리기 시작한 순간, 앞쪽에 있는 통로에서 어떤 어두운 형체가 불쑥 튀어나왔다.

세드릭이었다. 그가 목표 지점에 먼저 도착할 것 같았다. 그는 우승컵을 향해 전력 질주하고 있었고, 해리는 결코 그를 따라잡을 수 없다는 것을 알았다. 세드릭은 키가 훨씬 컸고, 다리도 훨씬 길었고…….

그때 해리는 왼쪽 울타리 위에서 뭔가 거대한 것이 그들이 달리고 있는 길과 교차하는 통로를 따라 빠르게 움직이는 모습을 보았다. 그 움직임이 너무 빨라서, 이러다간 세드릭이 그것에 부딪칠 것 같았다. 세드릭은 우승컵을 보느라 그것을 보지 못하고 있었다.

"세드릭!" 해리가 소리쳤다. "왼쪽을 봐!"

때맞춰 고개를 돌린 세드릭은 황급히 몸을 날려 충돌을 피했지만 다급히 움직인 나머지 발을 헛디디고 말았다. 해리는 세드릭의 손에서 마법 지팡이가 날아가는 것을 보았다. 통로로 들어온 거대한 거미가 세드릭에게 돌진했다.

"스튜페파이!" 해리가 다시 소리쳤다. 주문은 털이 숭숭난 검은색 몸뚱이에 명중했지만 그 효과는 돌멩이를 집어던진 것과 별반 다르지 않았다. 거미는 움찔하더니 허둥지둥 돌아서서 대신 해리를 향해 달려들었다.

"스튜페파이! 임페디멘타! 스튜페파이!"

하지만 아무 소용 없었다. 거미의 몸집이 너무 크기 때문인지 아니면 마력이 너무 강하기 때문인지, 해리가 마법을 날릴수록 거미의 화만 돋울 뿐이었다. 해리는 겁에 질린채, 번뜩이는 여덟 개의 검은 눈과 면도날처럼 날카로운 집게를 힐끗 바라보았다. 곧이어 거미가 그를 덮쳤다.

거미의 앞다리에 붙들린 채 공중으로 들어 올려진 해리는 마구 발버둥 치면서 거미를 발로 걷어차려고 애썼다. 집게발이 다리를 움켜쥐자 해리는 극심한 고통을 느꼈다. 마

찬가지로 "스튜페파이!"를 외치는 세드릭의 목소리가 들렸
다. 하지만 그의 주문도 해리의 주문 이상의 효과를 내지는
못했다……. 거미가 다시 집게발을 벌린 순간 해리는 마법
지팡이를 들어 올리고 소리쳤다. "엑스펠리아르무스!"

그 주문은 통했다. 무장해제 마법에 걸린 거미는 그를
놓쳐 버렸다. 그 바람에 해리는 3미터 넘는 높이에서 떨어
지고 말았다. 그는 이미 부상을 입은 다리로 땅바닥에 고통
스럽게 착지했다. 잠깐 생각할 틈도 없이, 해리는 스크루트
를 공격했을 때처럼 마법 지팡이를 높이 들어 올려 거미의
아랫배를 겨누고 "스튜페파이!"라고 소리쳤다. 바로 그때
세드릭도 같은 주문을 외쳤다.

두 개의 주문이 합쳐지자 혼자서는 도저히 할 수 없었던
일을 해낼 수 있었다. 거미는 옆으로 쓰러지더니 옆에 있는
울타리에 납작 처박힌 채 털이 뒤엉킨 다리를 통로로 뻗고
버둥거렸다.

"해리!" 세드릭이 외치는 소리가 들렸다. "괜찮아? 거미
가 네 위로 넘어진 거야?"

"아니." 해리가 헐떡이면서 마주 소리쳤다. 그는 다리를
내려다보았다. 피가 많이 나고 있었다. 거미의 집게발에서
나온 듯한 걸쭉하고 끈적끈적한 물질이 찢어진 로브에 잔

뜩 묻어 있었다. 해리는 일어나려고 애썼지만 후들후들 떨
리는 다리는 그의 몸을 받쳐 주지 못했다. 그는 울타리에
기댄 채 숨을 고르며 주위를 둘러보았다.

세드릭은 트라이위저드 우승컵에서 조금 떨어진 곳에 서
있었다. 우승컵이 그의 등 뒤에서 환하게 빛났다.

"가져가." 해리가 숨을 헐떡거리며 세드릭에게 말했다.
"얼른. 가져가라니까. 네가 더 가까이 있잖아."

하지만 세드릭은 움직이지 않았다. 그는 그냥 가만히 서
서 해리를 바라보고 있었다. 그러더니 돌아서서 우승컵을
보았다. 해리는 황금빛 우승컵에 비친 그의 얼굴에서 갈망
하는 표정을 읽었다. 세드릭은 이제 몸을 지탱하려고 울타
리를 붙들고 있는 해리를 다시 돌아보았다.

세드릭이 깊은 숨을 내쉬었다. "네가 가져가. 네가 우승
해야 해. 벌써 두 번이나 내 목숨을 구해 줬잖아."

"그런 식으로 승부가 나는 게 아니야." 해리가 말했다. 화
가 났고, 다리가 너무 아팠다. 거미를 물리치느라 온몸이
쑤셨다. 그 모든 노력을 기울였건만 결국 세드릭이 한발 앞
섰다. 해리보다 한발 앞서 초를 크리스마스 무도회에 초청
했을 때처럼. "우승컵에 가장 먼저 손을 대는 사람이 점수
를 얻는 거야. 그건 바로 너잖아. 분명히 말하는데, 이 다리

로는 어떤 경주에서도 이길 수 없어."

세드릭은 고개를 저으면서 우승컵에서 떨어져, 기절 마법에 맞고 쓰러진 거미 쪽으로 몇 걸음 다가왔다.

"아니야." 그가 말했다.

"고상한 척하지 마." 해리가 짜증을 내며 말했다. "그냥 가지라고. 그래야 여기서 나가지."

세드릭은 해리가 울타리를 움켜잡고 자세를 가다듬는 모습을 지켜보았다.

"네가 나한테 용 얘기를 해 줬잖아." 세드릭이 말했다. "네가 얘기해 주지 않았다면 나는 첫 번째 과제에서 탈락했을 거야."

"그건 나도 도움받은 거였어." 해리는 피투성이가 된 다리를 로브로 닦아 내려 애쓰며 쏘아붙였다. "너는 알과 관련된 수수께끼 푸는 걸 도와줬잖아. 비긴 거야."

"알 수수께끼는 애초에 나도 도움을 받은 거였어." 세드릭이 말했다.

"그래도 비긴 거지." 해리가 말했다. 다리를 조심스럽게 디뎌 봤지만 몸무게를 싣자 다리가 격렬하게 후들거렸다. 거미가 그를 놓아주었을 때 바닥을 디디면서 발목을 삔 모양이었다.

"두 번째 과제에서도 네가 더 많은 점수를 받았어야 했어." 세드릭이 고집스럽게 말했다. "너는 인질들을 다 구하려고 남아 있었던 거니까. 나도 그랬어야 했어."

"그 노래를 진지하게 받아들일 만큼 멍청한 사람이 나밖에 없었던 거지!" 해리가 격앙된 목소리로 말했다. "그냥 우승컵을 가져가라니까!"

"싫어." 세드릭이 말했다.

그가 거미의 뒤엉킨 다리를 넘어서 해리에게 다가왔다. 해리는 그를 뚫어지게 쳐다보았다. 세드릭은 진지했다. 그는 후플푸프 기숙사가 수백 년 동안 누려 보지 못한 영광을 등지려 하고 있었다.

"어서 가." 세드릭이 말했다. 이 말을 하는 데 그가 가진 결단력을 모두 끌어모은 듯했지만, 단호한 얼굴로 팔짱을 낀 그는 이미 결심한 것처럼 보였다.

해리는 세드릭에게서 우승컵으로 눈을 돌렸다. 잠깐의 빛나는 순간 동안, 그는 우승컵을 들고 미로에서 나오는 자신의 모습을 그려 보았다. 우승컵을 번쩍 치켜든 그 자신의 모습이 보였다. 관중의 함성이 들렸다. 감탄에 겨워 환하게 빛나는 초의 얼굴이 어느 때보다도 선명하게 보였다…….하지만 잠시 후 그 장면이 희미해지더니 어느새 해리는 어

둠에 묻혀 흐릿한 세드릭의 고집스러운 얼굴을 바라보고
있었다.

"둘이 같이 하자." 해리가 말했다.

"뭐?"

"동시에 잡는 거야. 어쨌든 호그와트가 우승하는 거잖아.
공동 우승으로 하자."

세드릭은 해리를 뚫어지게 바라보았다. 그가 팔짱을 풀
었다. "너, 너 진심이야?"

"응." 해리가 말했다. "그래…… 우린 서로를 도왔잖아.
우리 둘 다 여기까지 왔어. 그냥 둘이 같이 우승하자."

잠깐 동안 세드릭은 자신의 귀를 믿을 수 없다는 듯한 표
정이었다. 이윽고 그가 얼굴을 풀더니 씩 웃었다.

"좋아." 그가 말했다. "이리 와."

그가 해리의 겨드랑이 밑으로 손을 넣어 팔을 잡아 주었
다. 해리는 그의 부축을 받아 우승컵이 놓여 있는 받침대를
향해 절뚝절뚝 걸어갔다. 우승컵 앞에 다다른 그들은 번쩍
번쩍 빛나는 손잡이 쪽으로 손을 뻗었다.

"셋을 셀게. 알았지?" 해리가 말했다. "하나, 둘, 셋."

해리와 세드릭이 동시에 우승컵 손잡이를 잡았다.

곧이어 해리는 배꼽 바로 안쪽이 어딘가로 확 당겨지는

느낌을 받았다. 그의 발이 땅에서 떨어졌다. 트라이위저드 우승컵을 잡고 있는 손은 떨어지지 않았다. 윙윙대는 바람 소리와 색채의 소용돌이 속에서, 우승컵은 그와 그의 옆에 있는 세드릭을 계속 끌어당기고 있었다.

# 32장
## 살과 피와 뼈

해리는 발이 땅바닥에 닿는 것을 느꼈다. 다친 다리가 힘 없이 꺾이면서 그는 앞으로 고꾸라졌다. 마침내 트라이위 저드 우승컵에서 손이 떨어졌다. 그는 고개를 들었다.

"여기가 어디지?" 해리가 물었다.

세드릭은 고개를 저었다. 그는 벌떡 일어나 해리를 일으 켜 세워 주었다. 두 사람은 주위를 둘러보았다.

그들은 호그와트 교내를 완전히 벗어나 있었다. 성을 둘 러싼 산까지 사라진 것을 보면 몇 킬로미터, 혹은 수백 킬 로미터나 이동한 것이 틀림없었다. 그들은 잡초가 무성한 어두운 묘지에 서 있었다. 오른쪽에 있는 커다란 주목나무 뒤로 작은 교회의 검은 윤곽이 보였다. 왼쪽에는 언덕이 솟아올라 있었다. 해리는 언덕배기에 서 있는 훌륭한 옛 저택의 윤곽을 간신히 알아볼 수 있었다.

세드릭은 트라이위저드 우승컵을 내려다보더니 다시 눈을 들어 해리를 바라보았다.

"넌 우승컵이 포트키라는 얘기 들은 적 있어?" 세드릭이 물었다.

"아니." 해리가 대답했다. 그는 묘지를 둘러보고 있었다. 묘지는 아주 조용했고 조금 으스스했다. "이것도 과제의 일부일까?"

"모르겠어." 세드릭이 말했다. 살짝 긴장한 목소리였다. "마법 지팡이를 꺼내 놔야겠지?"

"응." 세드릭이 먼저 그런 제안을 한 것에 은근히 기뻐하며 해리가 말했다.

그들은 마법 지팡이를 꺼냈다. 해리는 계속 주위를 두리번거렸다. 이번에도 누가 지켜보고 있는 것 같은 이상한 기분이 들었다.

"누가 온다." 갑자기 해리가 말했다.

긴장한 채 눈을 가늘게 뜨고 어둠 저편을 바라보던 그들은 어떤 형체가 점점 다가오는 것을 보았다. 그 형체는 무덤 사이로 그들을 향해 계속 걸어오고 있었다. 얼굴은 잘 보이지 않았지만, 걸음걸이와 팔 모양을 보니 뭔가 들고 있는 것 같았다. 키가 작은 그 사람은 얼굴을 가리기 위해 망토에 달린 후드를 뒤집어쓰고 있었다. 몇 걸음 더 다가올수록 거리는 계속 좁혀졌다. 그리고 해리는 그 사람의 팔에 뭔가 갓난아기 같은 형체가 안겨 있는 것을 보았다. ……아니, 아기가 아니라 그냥 로브 꾸러미일까?

해리는 마법 지팡이를 살짝 내리고 곁눈으로 세드릭을 바라보았다. 세드릭은 어리둥절한 표정으로 그를 마주 보았다. 둘 다 다가오는 형체를 향해 다시 시선을 돌렸다.

그 형체는 우뚝 솟은 대리석 묘비 옆에 멈춰 섰다. 두 사람에게서 겨우 2미터쯤 떨어진 곳이었다. 해리, 세드릭과 그 키 작은 형체는 잠깐 동안 서로를 바라보기만 했다.

바로 그때, 아무런 예고도 없이, 해리의 흉터에 격렬한 통증이 몰려왔다. 지금까지 한 번도 느껴 보지 못했던 고통이었다. 그는 손으로 얼굴을 감쌌다. 마법 지팡이가 손가락에서 미끄러져 떨어졌다. 무릎이 꺾였다. 바닥에 쓰러진 해리는 더 이상 아무것도 볼 수 없었다. 머리가 금방이라도 쪼개질 것 같았다.

머리 위 아득한 곳에서 높고 차가운 목소리가 들렸다.
"다른 놈은 죽여라."

휙 소리가 나더니 또 다른 목소리가 어둠 속을 날카롭게 가르며 울려 퍼졌다. *"아바다 케다브라!"*

녹색 섬광이 번쩍이면서 질끈 감긴 해리의 눈꺼풀을 뚫고 들어왔다. 옆에서 뭔가 묵직한 것이 쓰러지는 소리가 들렸다. 흉터의 통증은 구역질이 날 만큼 최고조에 이르렀다가 줄어들었다. 해리는 어떤 광경을 보게 될지 두려워하면서 따끔거리는 눈을 떴다.

세드릭이 팔다리를 뻗고 그의 옆에 쓰러져 있었다. 죽어 있었다.

영원처럼 느껴지는 한순간, 해리는 세드릭의 얼굴을 보았다. 버려진 집의 창문처럼 텅 비고 빛을 잃은 그의 부릅뜬 회색 눈동자를, 살짝 놀란 듯 반쯤 벌어진 그의 입을 바라보았다. 그때, 눈앞에 펼쳐진 광경을 미처 이해하기도 전에, 무감각한 비현실감 말고 뭔가 다른 것을 느끼기도 전에, 누군가가 그를 일으켜 세우는 것이 느껴졌다.

망토를 걸친 키 작은 남자가 꾸러미를 내려놓고 마법 지팡이에 불을 밝히더니 해리를 대리석 묘비 앞으로 끌고 갔다. 남자의 무지막지한 손이 그를 돌려 세우는 바람에 묘비에 등을 세게 부딪히기 전, 해리는 마법 지팡이의 깜빡거리는 불빛에 비친 묘비명을 보았다.

## 톰 리들

망토를 걸친 남자가 해리 주위에 팽팽한 끈을 만들어 내더니 그를 목에서부터 발목까지 묘비에다 꽁꽁 묶었다. 후드 깊숙한 곳에서 빠르고 가쁜 숨소리가 들려왔다. 해리가 몸부림을 치자 그자는 손을 들어 올려 해리를 때렸다. 손가락 하나가 없는 손으로. 해리는 후드로 얼굴을 감춘 그자가 누구인지 깨달았다. 바로 웜테일이었다.

"당신!" 해리가 숨을 헉 들이켰다.

하지만 밧줄 묶는 일을 끝낸 웜테일은 아무런 대꾸도 하지 않았다. 그는 걷잡을 수 없이 떨리는 손으로 매듭을 더듬으면서 밧줄이 꽉 묶여 있는지 확인하느라 바빴다. 웜테일은 해리가 묘비에 단단히 묶여 꼼짝도 할 수 없는 상태라는 것을 확인하자마자 망토 속에서 웬 길고 검은 물건을 꺼내더니 해리의 입에 거칠게 쑤셔 넣었다. 그런 다음, 한 마디 말도 없이 해리에게서 몸을 돌려 허둥지둥 사라졌다. 해리는 소리를 낼 수도, 웜테일이 어디로 갔는지 볼 수도 없었다. 고개를 돌려 묘비 뒤쪽을 보는 것도 불가능했다. 오직 정면에 있는 광경만 볼 수 있을 뿐이었다.

세드릭의 시신은 6미터쯤 떨어진 곳에 쓰러져 있었다.

그 뒤로 조금 떨어진 곳에서 트라이위저드 우승컵이 별빛에 비쳐 반짝거렸다. 해리의 마법 지팡이는 세드릭의 발치에 떨어져 있었다. 해리가 아기라고 생각했던 로브 꾸러미는 그와 가까운 무덤 근처에 놓여 있었다. 그 꾸러미는 안달하며 움찔거리는 것처럼 보였다. 그것을 보자 이마의 흉터에서 다시 타들어 가는 듯한 고통이 느껴졌다……. 문득 그 로브 꾸러미 안에 있는 것을 보고 싶지 않다는 생각이 들었다. 저 꾸러미를 열어선 안 돼…….

발밑에서 무슨 소리가 들렸다. 해리는 밑을 내려다보았다. 거대한 뱀이 풀밭을 스르르 미끄러져 오더니 해리가 묶여 있는 묘비 주위를 빙빙 돌았다. 웜테일의 빠르고 쌕쌕거리는 숨소리가 다시 들려오고 있었다. 뭔가 무거운 것을 땅바닥에서 힘겹게 밀고 있는 모양이었다. 이윽고 그가 다시 해리의 시야에 들어왔다. 해리는 그가 돌로 만든 솥단지를 묘비 근처로 밀고 오는 것을 보았다. 물 같은 액체가 가득 차 있는 그 솥은(주위에 물이 흘러넘치는 소리가 들렸다) 해리가 여태껏 사용해 본 어떤 솥보다도 컸다. 성인 남자가 들어가 앉아도 될 만큼 거대한 돌로 된 솥이었다.

로브 꾸러미 속에 들어 있는 것이 더욱 고집스럽게 꿈틀거렸다. 꾸러미에서 빠져나가려고 애쓰는 것 같았다. 웜테

일은 마법 지팡이를 들고 솥단지 밑에다 뭔가를 하느라 정
신이 없었다. 솥단지 밑에서 갑자기 타닥거리는 불꽃이 일
었다. 거대한 뱀이 어둠 속으로 미끄러져 갔다.

솥 안의 액체는 순식간에 뜨거워지는 듯했다. 표면이 부
글부글 끓기 시작했을 뿐만 아니라 불이라도 붙은 듯 불꽃
이 튀기까지 했다. 김이 자욱하게 피어오르면서 불길을 살
피는 웜테일의 모습을 흐릿하게 가렸다. 로브 꾸러미 속
움직임이 더 격렬해졌다. 높고 차가운 목소리가 다시 들려
왔다.

"서둘러라!"

이제는 수면 전체가 불꽃으로 빛났다. 흡사 다이아몬드
로 가득 뒤덮인 것 같았다.

"준비되었습니다, 주인님."

"자, 어서……." 차가운 목소리가 말했다.

웜테일이 땅바닥에 놓여 있던 로브 꾸러미를 풀자 그 속
에 있던 것이 모습을 드러냈다. 해리는 비명을 질렀지만,
입을 틀어막은 뭉치 때문에 아무런 소리도 나오지 않았다.

마치 웜테일이 돌을 뒤집어 추악하고 끈적끈적하고 앞을
보지 못하는 무언가를 드러내기라도 한 것 같았다. 아니,
그보다 더 끔찍했다. 백배는 끔찍했다. 웜테일이 가져온 그

것은 웅크린 아기의 모습을 하고 있었다. 그렇게 아기 같지 않은 것은 한 번도 본 적이 없다는 사실을 제외하면 그 랬다. 그것은 머리카락이 없고 비늘로 뒤덮인 것처럼 보이는, 살갗이 벗겨진 짙은 검붉은색 덩어리였다. 팔다리는 가늘고 허약했으며, 납작 눌린 얼굴은(어떤 아기도 그런 얼굴을 갖고 있지는 않을 것이다) 뱀 같았다. 눈은 빨갛게 번뜩이고 있었다.

그것은 거의 무력해 보였다. 그것이 가느다란 팔을 웜테일의 목에 감자 웜테일은 그것을 들어 올렸다. 그 바람에 웜테일이 뒤집어쓰고 있던 후드가 뒤로 벗겨졌다. 웜테일이 그것을 안고 솥 가장자리로 걸어가는 동안 해리는 역겨워하는 빛이 역력한 그의 하얗게 질린 나약한 얼굴을 보았다. 잠깐 동안 해리는 마법약 표면에서 일렁이는 불꽃에 비친 그 사악하고 밋밋한 얼굴을 바라보았다. 잠시 후 웜테일이 그것을 솥 안에 내려놓았다. 쉭 하는 소리가 나더니 그것은 마법약 속으로 사라졌다. 해리는 그 허약한 몸뚱이가 솥 바닥에 부드럽게 부딪치는 소리를 들었다.

빠져 죽게 내버려 둬. 해리는 생각했다. 타는 듯한 흉터의 통증은 견딜 수 있는 한계를 넘어설 지경이었다. 제 발…… 빠져 죽게 내버려 둬…….

웜테일이 떨리는 목소리로 뭔가 말을 하고 있었다. 겁에 질려 제정신이 아닌 것처럼 보였다. 그는 마법 지팡이를 들고 눈을 감은 채 어둠을 향해 말했다. "*자신도 모르게 바쳐진 아버지의 뼈여, 네가 너의 아들을 새롭게 할 것이다!*"

해리 발치에 있던 무덤 표면이 쩍 갈라졌다. 해리는 겁에 질린 채, 고운 먼지가 웜테일의 명령에 따라 공중으로 떠올랐다가 솥 안으로 부드럽게 떨어지는 광경을 지켜보았다. 다이아몬드 같은 수면이 갈라지면서 쉭 소리를 냈다. 마법약은 사방으로 불꽃을 튀기더니 선명하고 독성을 띤 것처럼 보이는 파란색으로 바뀌었다.

웜테일은 이제 훌쩍거리고 있었다. 그가 로브 속에서 길고 가늘고 빛나는 은빛 단검을 꺼냈다. 그의 목소리는 한없이 겁에 질린 흐느낌이 되었다. "*기꺼이 바쳐진…… 종의…… 살이여…… 네가…… 너의 주인을 되살릴 것이다.*"

그는 오른손을 앞으로 뻗었다. 손가락 하나가 없는 그 손이었다. 그는 왼손으로 단검을 움켜쥐고 치켜들었다.

일이 벌어지기 직전이 되어서야 해리는 웜테일이 뭘 하려는 것인지 깨달았다. 해리는 될 수 있는 한 눈을 질끈 감았지만 어둠을 꿰뚫는 웜테일의 비명까지 막을 수는 없었다. 마치 해리 자신이 단검에 찔린 것처럼, 웜테일의 비명

소리가 해리를 꿰뚫었다. 뭔가가 땅바닥에 쓰러지는 소리가 들리고 웜테일이 괴롭게 헐떡거리는 소리가 이어지더니 곧 또다시 뭔가가 솥 안에 첨벙 떨어지는 역겨운 소리가 들렸다. 해리는 차마 눈을 뜰 수가 없었다. 그러나 불타는 빨간색으로 변한 마법약이 내뿜는 빛이 해리의 눈꺼풀을 거침없이 파고들었다.

웜테일은 극심한 고통에 헐떡거리며 신음하고 있었다. 웜테일의 괴로워하는 숨결이 얼굴에 닿기 전까지 해리는 그가 자신의 코앞에 있다는 사실을 알지 못했다.

"가, 강제로 빼앗은…… 원수의 피여…… 네가 너의 적을 부활시킬 것이다."

해리는 그 일을 막기 위해 아무것도 할 수 없었다. 몸이 너무 꽉 묶여 있었던 탓이다……. 해리는 자신을 묶은 밧줄을 풀려고 절망적으로 몸부림치면서 눈을 가늘게 뜨고 아래를 내려다봤다. 웜테일의 남아 있는 한 손에 들린 번뜩이는 은빛 단검이 부들부들 떨리고 있었다. 해리는 칼끝이 오른쪽 팔꿈치 안쪽을 파고드는 것을 느꼈다. 찢어진 로브 소매로 피가 스미더니 뚝뚝 흘러내렸다. 웜테일은 여전히 고통으로 숨을 헐떡거리면서 주머니를 뒤져 유리병을 꺼낸 다음 해리의 상처에 대고 흘러내리는 피를 받았다.

그는 해리의 피가 담긴 유리병을 들고 비틀거리며 다시 솥단지 쪽으로 갔다. 그러고는 솥 안에 피를 부었다. 솥 안의 액체가 즉시 눈부신 하얀색으로 변했다. 자신의 임무를 마친 웜테일은 솥 앞에 털썩 무릎을 꿇고 그대로 옆으로 쓰러졌다. 그는 일부만 남아 피 흘리는 팔을 움켜쥐고 숨을 헐떡이면서 흐느끼고 있었다.

솥은 다이아몬드처럼 빛나는 불꽃을 사방으로 튀기면서 부글부글 끓고 있었다. 그 빛이 너무나 밝은 탓에 다른 것은 온통 벨벳 같은 암흑으로 변했다. 그리고 한동안 아무 일도 일어나지 않았다…….

빠져 죽게 놔둬. 해리는 생각했다. 일이 잘못되게 만들어 버려…….

다음 순간, 솥에서 뿜어져 나오던 불꽃들이 갑자기 사그라들었다. 대신 새하얀 수증기 구름이 자욱하게 피어오르면서 해리의 눈앞을 완전히 가렸다. 공중에 자욱한 수증기 말고는 웜테일도, 세드릭도, 그 무엇도 보이지 않았다…….
잘못된 거야. 해리는 생각했다……. 빠져 죽은 거야…….
제발…… 제발 죽었으면…….

하지만 그때, 눈앞의 수증기 사이로 한 남자의 어두운 윤곽이 보였다. 솥 안에서 키 크고 해골처럼 깡마른 남자가 천천히 일어섰다. 얼음 같은 공포가 밀려들었다.

"내게 로브를 입혀라." 수증기 속에서 높고 차가운 목소리가 들려왔다. 여전히 손이 잘려 나간 팔을 붙잡고 흐느끼고 신음하던 웜테일이 허겁지겁 바닥에서 검은색 로브를 집어 들고 일어나 남자에게 다가갔다. 그는 하나 남은 손으로 로브를 들어 올려 주인의 머리에 씌웠다.

깡마른 남자가 해리를 뚫어지게 바라보면서 솥에서 걸어 나왔다……. 해리는 지난 3년 동안 악몽 속에서 자신을 괴롭힌 그 얼굴을 마주 보았다. 분노를 담은 커다란 진홍색 눈, 콧구멍이 있어야 할 자리에 뱀처럼 쭉 찢어진 구멍만 있는 납작한 코, 해골보다 창백한 얼굴…….

볼드모트 경이 부활했다.

## 33장
# 죽음을 먹는 자들

볼드모트는 해리에게서 시선을 돌려 자신의 몸을 살피기 시작했다. 그의 손은 마치 창백한 빛을 띤 커다란 거미 같았다. 볼드모트의 길고 하얀 손가락들이 자신의 가슴과 팔과 얼굴을 어루만졌다. 고양이처럼 눈동자가 쭉 째진 빨간 눈이 어둠 속에서 더욱 날카롭게 번뜩였다. 그는 황홀하고 의기양양한 표정으로 손을 들어 올려 손가락을 풀었다. 바닥에 쓰러진 채 꿈틀거리면서 피를 흘리는 웜테일도, 다시 시야 안으로 스르르 미끄러져 들어와 쉭쉭거리며 해리 주위를 빙빙 돌고 있는 거대한 뱀도 신경 쓰지 않았다. 볼드모트는 한 손을 주머니 깊숙이 찔러 넣어 부자연스럽게 긴 손가락으로 마법 지팡이를 꺼냈다. 그는 그 마법 지팡이 역

시 부드럽게 어루만져 보더니 그것을 치켜들고 웜테일을
가리켰다. 바닥에서 일으켜 세워진 웜테일은 해리가 묶여
있는 묘비 쪽으로 내던져졌다. 그는 묘비 아래 떨어져 몸을
잔뜩 웅크린 채 울음을 토했다. 볼드모트는 높고 차갑고 음
산한 웃음을 터뜨리며 그 진홍색 눈을 해리에게 돌렸다.

손이 잘려 나간 팔 끝을 감싸고 있던 웜테일의 로브는 이
제 피로 번들거리고 있었다. "주인님……." 그가 목멘 소리
로 말했다. "주인님…… 약속하셨잖아요……. 저에게 약속
하셨습니다……."

"팔을 내밀어라." 볼드모트가 느릿느릿 말했다.

"아, 주인님…… 고맙습니다, 주인님……."

그는 피가 흐르는 뭉툭한 팔을 내밀었지만 볼드모트는
다시 웃음을 터뜨렸다. "다른 팔 말이다, 웜테일."

"주인님, 제발…… 제발……."

볼드모트는 허리를 구부려 웜테일의 왼팔을 잡아당겼다.
볼드모트가 웜테일의 로브 소매를 억지로 팔꿈치 위까지
걷어 올리자, 그의 피부에 선명한 붉은색 문신 같은 것이
새겨져 있는 것이 보였다. 입에서 뱀이 혀처럼 튀어나와 있
는 해골. 퀴디치 월드컵 때 하늘에 나타났던 바로 그 문양
이었다. 어둠의 징표. 볼드모트는 걷잡을 수 없이 터져 나

오는 웜테일의 흐느낌을 무시한 채 그 징표를 주의 깊게 살펴보았다.

"돌아왔다." 그가 조용히 말했다. "다들 눈치챘을 것이다……. 그리고 이제, 보게 될 것이다……. 이제 알게 될 것이다……."

그는 길고 새하얀 집게손가락으로 웜테일의 팔에 새겨진 문신을 눌렀다.

해리 이마의 흉터가 다시 날카로운 고통으로 타들어 갔다. 웜테일이 처참하게 울부짖었다. 볼드모트는 웜테일의 문신에서 손가락을 뗐다. 해리는 웜테일의 팔에 새겨진 그 징표가 새까맣게 변한 것을 보았다.

볼드모트는 잔인한 만족감이 어린 얼굴로 허리를 펴고 머리를 뒤로 젖혀 어두운 묘지를 둘러보았다.

"이것을 느끼고 돌아올 용기를 낼 자들이 몇이나 될 것인가?" 그가 속삭였다. 그의 번뜩이는 붉은 눈은 하늘의 별에 붙박여 있었다. "외면할 만큼 어리석은 자들은 또 몇이나 될 것인가?"

그는 눈으로 줄곧 묘지를 훑으면서 해리와 웜테일 앞을 서성거리기 시작했다. 잠시 후, 그가 다시 해리를 내려다보았다. 잔인한 미소가 그의 뱀 같은 얼굴을 비틀었다.

"해리 포터, 너는 죽은 내 아버지의 유해 위에 서 있다."
그가 나직이 속삭였다. "머글에다 멍청했지……. 네 사랑
하는 어머니처럼. 하지만 둘 다 쓸모는 있었다. 안 그런가?
네 어머니는 어린 너를 지키려다가 목숨을 잃었다……. 나
는 내 아버지를 죽였다. 그리고 죽은 그자가 얼마나 유용한
지 알았지……."

볼드모트가 다시 웃었다. 그는 걸어 다니는 내내 주위를
둘러보면서 계속 이리저리 서성거렸다. 뱀은 풀밭을 끊임
없이 빙빙 돌고 있었다.

"언덕배기의 저 집이 보이느냐? 내 아버지가 저기에 살
았다. 이 마을에 살던 마법사인 내 어머니는 그자와 사랑에
빠졌지. 하지만 내 어머니가 정체를 밝히자 그자는 어머니
를 저버렸다……. 그자는 마법을 좋아하지 않았어. 내 아버
지 말이야……. 그자는 내가 태어나기도 전에 어머니를 두
고 머글 부모에게 돌아갔다. 어머니는 나를 낳다가 죽고,
나는 머글 고아원에서 자라야 했어……. 하지만 나는 그자
를 찾아내기로 맹세했다……. 그리고 내게 자기 이름을 물
려준 그 멍청이에게 복수했다……. 톰 리들이라는……."

그는 계속 서성거렸다. 그의 붉은 눈이 이 무덤에서 저
무덤으로 빠르게 움직였다.

"이런, 가족사나 되뇌고 있다니……." 그가 조용히 말했다. "나도 꽤 감상적으로 변해 가는군……. 하지만 봐라, 해리! 내 *진정한* 가족이 돌아온다……."

갑자기 망토 자락이 휙휙 날리는 소리가 주위를 가득 채웠다. 무덤들 사이에서, 주목나무 뒤에서, 어둠이 드리운 모든 공간에서 마법사들이 순간이동으로 나타났다. 그들은 모두 후드를 뒤집어쓰거나 가면을 쓰고 있었다. 그들이 하나하나 앞으로 나섰다……. 천천히, 조심스럽게, 자기 눈을 믿을 수 없다는 듯. 볼드모트는 아무 말 없이 서서 그들을 기다렸다. 그때 죽음을 먹는 자 하나가 무릎걸음으로 볼드모트에게 다가가 그의 검은 로브 자락에 입을 맞췄다.

"주인님…… 주인님……." 그가 중얼거렸다.

그의 뒤에 있던 죽음을 먹는 자들도 똑같이 했다. 모두가 무릎을 꿇은 채 볼드모트에게 다가가 그의 로브에 입을 맞추고 뒤로 물러나 몸을 일으켰다. 그런 다음 조용히 원을 그리며 톰 리들의 무덤과 해리와 볼드모트, 엎어져서 흐느끼며 꿈틀거리는 웜테일을 빙 둘러쌌다. 더 많은 사람이 오길 기다리는 듯 그 원에는 군데군데 빈자리가 남겨져 있었다. 하지만 볼드모트는 더 이상 기다리지 않는 것 같았다. 그는 후드를 뒤집어쓴 얼굴들을 둘러보았다. 바람이 없는

데도 원을 따라 부스럭거림이 일어나는 듯했다. 마치 그 원이 떨리기라도 하는 것처럼.

"어서 와라, 죽음을 먹는 자들이여." 볼드모트가 조용히 말했다. "13년…… 우리가 마지막으로 본 지 13년이 흘렀구나. 그러나 너희는 그때가 바로 어제였던 것처럼 내 부름에 답했다. ……그렇다면 우리는 여전히 어둠의 징표 아래 하나인 것이다! 아니, 정말 그럴까?"

그는 흉측한 얼굴을 뒤로 젖히고 킁킁거렸다. 쭉 째진 콧구멍이 벌름거렸다.

"죄악의 냄새가 난다." 그가 말했다. "죄악의 악취가 풍기는구나."

원을 따라 또 한 번의 전율이 일었다. 마치 그 원을 이루고 있는 모두가 볼드모트에게서 물러서기를 열망하면서도 감히 그러지 못하는 것 같았다.

"이토록 신속하게 나타나는 걸 보니, 너희 모두 멀쩡하고 건강하게 힘을 온전히 보존하고 있었다는 걸 잘 알겠구나! 그러므로 나 자신에게 묻는다. ……어째서 이 마법사들은 한 번도 주인을 도우러 오지 않았을까? 영원한 충성을 맹세한 그 주인을……."

아무도 입을 열지 않았다. 여전히 피가 흘러나오는 팔을 부여잡고 흐느끼고 있는 웜테일 말고는 아무도 움직이지 않았다.

"그리고 스스로 답한다." 볼드모트가 속삭였다. "이들은 내가 무너졌다고 믿은 게 틀림없다. 이들은 내가 사라졌다고 생각했다. 이들은 나의 적들 속으로 슬쩍 돌아가 자신들의 결백과 무지를 호소했다. 나쁜 마법에 걸렸기 때문이라고 변명했다……. 그러고 나서 나는 자문한다. 이들은 어떻게 내가 다시 일어서지 못할 거라고 믿었단 말인가? 내가 오래전부터 필멸의 죽음으로부터 나 자신을 지키고자 밟아 온 과정들을 아는 그들이, 내가 살아 있는 어떤 마법사보다도 강했던 시절에 그 위대한 힘의 증거를 두 눈으로 똑똑히 본 그들이. 그다음 스스로 답한다. 어쩌면 이들은 더 큰 힘이 존재할 수 있다고 믿었는지도 모른다고. 심지어 볼드모트 경조차 없앨 수 있는 힘이……. 어쩌면 이들은 다른 자에게 충성을 바치는지도 모른다……. 어쩌면 그자는 천한 것들, 머드블러드와 머글 들의 수호자인 알버스 덤블도어가 아닐까?"

덤블도어의 이름이 나오자, 원을 이루고 있는 자들 사이에서 동요가 일었다. 몇몇은 뭐라뭐라 중얼거리며 고개를 설레설레 젓기도 했다.

볼드모트는 그들을 본 척도 하지 않았다. "실망스러운 일이다……. 실망스럽다고 말하지 않을 수 없구나……."

무리 중 한 명이 갑자기 앞으로 뛰쳐나오며 원을 무너뜨렸다. 그는 머리부터 발끝까지 벌벌 떨면서 볼드모트의 발밑에 털썩 엎어졌다.

"주인님!" 그가 새된 목소리로 외쳤다. "주인님, 저를 용서해 주십시오! 저희 모두를 용서해 주십시오!"

볼드모트는 웃음을 터뜨렸다. 그가 마법 지팡이를 들었다. "크루시오!"

땅바닥에 엎어진 죽음을 먹는 자가 몸을 비틀며 비명을 내질렀다. 해리는 그 소리가 근처에 있는 마을까지 다 들릴 거라고 확신했다. ……경찰이 오게 해. 그는 간절히 바랐다……. 누구라도…… 뭐라도 좋으니까…….

볼드모트가 마법 지팡이를 들어 올렸다. 고문을 당한 죽음을 먹는 자가 바닥에 드러누운 채 숨을 헐떡였다.

"일어나라, 에이버리." 볼드모트가 조용히 말했다. "일어서라. 내게 용서를 구하는 거냐? 나는 용서하지 않는다. 나는 잊지 않는다. 13년이라는 긴 세월을……. 나는 널 용서하기 전에 13년이라는 세월의 대가를 치르게 하려는 것이다. 여기 있는 웜테일은 이미 빚을 일부 갚았다. 그렇지 않으냐, 웜테일?"

그는 여전히 흐느끼고 있는 웜테일을 내려다보았다.

"너는 충성심 때문이 아니라 네 옛 친구들에 대한 두려움 때문에 내게 돌아왔다. 너는 이런 고통을 겪어 마땅하다, 웜테일. 너도 알지 않느냐?"

"예, 주인님." 웜테일이 신음하듯 대답했다. "제발, 주인님…… 제발……."

"그러나 너는 내가 몸을 되찾도록 도와주었다." 볼드모트가 땅바닥에서 흐느끼고 있는 웜테일을 바라보며 싸늘하게 말했다. "너는 쓸모없는 배신자지만 나를 도왔다……. 그리고 볼드모트 경은 그를 돕는 자들에게 보상을 내린다……."

볼드모트는 다시 마법 지팡이를 들어 올려 허공에 대고 휘둘렀다. 은을 녹인 것처럼 생긴 뭔가가 마법 지팡이가 지나간 자리를 따라 빛났다. 아무 형체도 없던 그것이 곧 뒤틀리는가 싶더니 달빛처럼 밝게 빛나는 인간 손 모양으로 변했다. 그것이 날아와 웜테일의 피 흐르는 손목에 붙었다.

웜테일의 흐느낌이 즉시 멈췄다. 웜테일은 거칠게 헐떡거리면서 고개를 들고 믿을 수 없다는 표정으로 은빛 손을 바라보았다. 그 손은 마치 눈부신 장갑을 끼고 있는 것처럼 그의 팔에 완벽하게 달라붙어 있었다. 그는 빛나는 손가락들을 구부렸다 폈다 하더니, 부르르 떨면서 땅바닥에서 작은 나뭇가지를 집어 들고 으스러뜨려 가루로 만들어 버렸다.

"주인님." 그가 속삭였다. "주인님…… 정말 아름답습니다……. 고맙습니다……. 고맙습니다……."

그는 무릎을 꿇은 채 허둥지둥 앞으로 기어가 볼드모트의 로브 자락에 입을 맞췄다.

"다시는 네 충성심이 흔들리는 일이 없도록 해라, 웜테일." 볼드모트가 말했다.

"예, 주인님…… 절대 그러지 않겠습니다, 주인님……."

웜테일은 땅바닥에서 일어났다. 그리고 여전히 눈물이 흘러 번들거리는 얼굴로 새로 얻은 강력한 손을 바라보며, 원을 이루고 있는 사람들 사이에 끼었다. 볼드모트는 이제 웜테일의 오른쪽에 있는 남자에게 다가갔다.

"루시우스, 이 미꾸라지 같은 친구." 그가 남자의 앞에 멈춰 서서 속삭였다. "나는 네가 세상에 점잖은 얼굴을 내비치면서도 옛 방식을 버리지 않았다고 들었다. 지금도 머글 고문에 앞장설 준비가 되어 있겠지? 그러나 너는 한 번도 나를 찾으려 하지 않았다, 루시우스……. 퀴디치 월드컵에서 보여 준 네 활약이 흥미로웠다는 건 인정하지……. 하지만 네 주인을 찾아서 돕는 일에 힘을 기울였어야 하지 않았을까?"

"주인님, 저는 계속 주의를 기울이고 있었습니다." 후드 아래에서 루시우스 말포이의 목소리가 신속하게 들려왔다. "주인님이 계신다는 어떤 징후라도 있었다면, 주인님이 어딘가에 계신다는 속삭임이라도 있었다면, 저는 즉시 주인님 곁으로 달려갔을 것입니다. 아무것도 저를 막지 못했을…….."

"그런데도 작년 여름, 내 충성스러운 죽음을 먹는 자가 하늘로 쏘아 올린 내 징표를 보고 도망쳤다는 말인가?" 볼드모트가 느릿느릿 말했다. 말포이 씨가 갑자기 말을 멈췄다. "그래, 나는 그때 일을 다 알고 있다, 루시우스……. 넌 나를 실망시켰다……. 앞으로 더 충성스러운 봉사를 기대한다."

"물론입니다, 주인님. 물론입니다……. 정말 자비로우십니다. 고맙습니다……."

다시 걸음을 옮기던 볼드모트는 루시우스 말포이와 그다음 사람 사이의 빈자리를 바라보며 멈춰 섰다. 두 사람이 서 있을 만한 공간이었다.

"레스트레인지 부부가 여기에 서 있어야 한다." 볼드모트가 조용히 입을 열었다. "하지만 그들은 아즈카반에 갇혀 있다. 정말 충성스러운 자들이다. 나를 저버리느니 차라리 아즈카반에 갈 것을 선택했으니……. 아즈카반의 문이 열리는 순간, 레스트레인지 부부는 상상도 못 할 영광을 누릴 것이다. 디멘터들이 우리와 함께할 것이다……. 그들은 천성적으로 우리와 같은 부류다……. 추방당한 거인들도 다시 불러올 것이다……. 나는 내 헌신적인 종들을 모두 불러들일 것이다. 그리고 모두가 두려워하는 생명체들의 군대를 만들 것이다……."

볼드모트가 걸음을 옮겼다. 그는 몇몇 죽음을 먹는 자들은 말없이 그냥 지나쳤지만, 어떤 자들 앞에서는 멈춰서서 말을 걸었다.

"맥네어…… 웜테일 말로는 요즘 마법 정부를 위해 위험한 짐승들을 없애고 있다던데? 머잖아 그보다 좋은 제물을 얻게 될 것이다. 볼드모트 경이 기꺼이 가져다주도록 하지……."

"고맙습니다, 주인님……. 고맙습니다." 맥네어가 중얼거리듯 말했다.

"그리고 여기……." 볼드모트는 후드를 뒤집어쓴 자들 중 덩치가 가장 큰 두 사람에게로 걸어갔다. "크래브가 와 있군……. 이번에는 더 잘 해내겠지? 안 그런가, 크래브? 너는 어떠냐, 고일?"

그들은 멍청하게 중얼거리면서 엉거주춤 허리를 숙였다.

"네, 주인님……."

"그러겠습니다, 주인님……."

"너도 마찬가지다, 노트." 볼드모트가 고일 씨의 그림자에 가려진 채 구부정하게 서 있는 사람을 지나가면서 조용히 말했다.

"주인님, 주인님 앞에 엎드립니다. 저는 주인님의 가장 충실한……."

"그 정도면 됐다." 볼드모트가 말했다.

그는 여러 개의 빈자리 가운데서도 가장 넓게 비어 있는 곳에 다다라, 그곳에 서 있어야 할 사람들이 보이기라도 하듯 텅 빈 붉은 눈으로 그 공간을 바라보았다.

"그리고 여기에 죽음을 먹는 자 여섯 명의 빈자리가 있다……. 셋은 나를 위해 봉사하다가 죽었다. 하나는 너무 겁이 많아 돌아오지 못했다……. 그자는 대가를 치를 것이다. 하나는 나를 영원히 떠난 것으로 생각된다. ……그자는 물론 죽임을 당할 것이다. ……그리고 나의 가장 충실한 종으로 남았던 하나는 이미 다시 나를 위해 일하고 있다."

죽음을 먹는 자들이 동요했다. 해리는 그들이 가면 너머로 서로 빠르게 눈길을 주고받는 모습을 보았다.

"그는, 그 충실한 종은 호그와트에 있다. 그리고 오늘 밤우리의 어린 친구가 여기에 도착한 것은 그의 노력 덕분이다……. 그래." 볼드모트가 말했다. 원을 이루고 있는 자들의 눈이 해리를 향해 번뜩이자 볼드모트는 입술 없는 입을 비틀며 씩 웃었다. "친절하게도 해리 포터가 내 부활 파티에 참석해 주었다. 귀빈이라고 할 수 있겠지."

침묵이 흘렀다. 잠시 후 웜테일 오른쪽에 서 있던 죽음을 먹는 자가 앞으로 나섰다. 가면 아래에서 루시우스 말포이의 목소리가 흘러나왔다.

"주인님, 저희는 알고 싶습니다……. 부디 말씀해 주십시오……. 어떻게 이런…… 이런 기적을 일으키셨는지……어떻게 저희에게 돌아오실 수 있었는지……."

"아, 그건 굉장한 이야기다, 루시우스." 볼드모트가 말했다. "여기 있는 이 어린 친구에게서 시작됐다가 이 친구에게서 끝나는 이야기지."

그는 느릿느릿 걸어와 해리 옆에 섰다. 원을 그리고 선자들의 눈길이 일제히 그들 두 사람에게 쏠렸다. 뱀은 끊임없이 주위를 빙빙 돌았다.

"너희도 물론 알고 있겠지. 사람들이 이 소년을 나를 몰락시킨 아이라고 부른다는 사실 말이다." 볼드모트가 작은 소리로 말했다. 그의 붉은 눈이 해리를 향했다. 흉터가 맹렬하게 타오르기 시작하자 해리는 아파서 비명을 지를 뻔했다. "너희 모두, 내가 힘과 육체를 잃은 그날 밤 이 소년을 죽이려 했다는 사실을 알고 있다. 이 소년의 어미는 아들을 구하려다가 죽었다. 그리고 자기도 모르게 아이에게 보호막을 남겼지. 내가 그걸 예측 못 한 건 인정한다……. 나는 이 소년에게 손도 댈 수 없었다."

볼드모트는 길고 창백한 손가락을 해리의 뺨에 바짝 들어 올렸다. "소년의 어머니는 아들에게 그 희생의 흔적들을 남겼다……. 아주 오래된 마법이지. 기억했어야 하는데, 어리석게도 간과한 것이다……. 하지만 상관없어. 이제 이 소년을 만질 수 있으니."

차가운 손끝이 뺨에 닿자 극심한 통증으로 머리가 터질 것 같았다.

볼드모트는 해리의 귀에 대고 조용히 웃더니 손가락을 떼고 죽음을 먹는 자들을 향해 말을 이었다. "친구들이여, 내가 잘못 판단했다는 사실을 인정한다. 내가 날린 저주는 그 여자의 어리석은 희생에 튕겨 나와 나에게 되돌아왔다. 아…… 친구들이여, 그것은 고통을 넘어서는 고통이었다. 어떤 것에도 비할 바가 없었지. 나는 내 육체에서 떨어져 나가 영혼보다도 못한, 가장 비천한 유령보다도 못한 존재가 되어 버렸다……. 하지만 그래도 나는 살아 있었다. 내가 무엇이었는지는 나조차도 알 수가 없다……. 내가, 불멸로 향하는 길을 따라 그 누구보다 멀리까지 갔던 이 내가 말이다. 너희는 내 목표를 알고 있다. 바로 죽음을 정복하는 것이지. 지금의 나는 시험을 치렀고, 하나 이상의 실험이 성공했음을 증명해 보였다……. 나는 되돌아온 저주에 맞아 죽었어야 했지만 죽지 않았다. 그럼에도 나는 이 세상에 살아 있는 가장 약한 생명체보다도 힘이 없었고 나 자신을 돌볼 수도 없었다……. 내게는 육체가 없었으니까. 내게 도움이 되는 주문은 모두 마법 지팡이가 있어야 쓸 수 있는 것이었다……. 잠도 자지 않고 끊임없이, 매초 나 자신을 존재하게 하려고 애썼던 것만 기억날 뿐이다……. 나는 머나먼 숲에 자리를 잡고 기다렸다……. 분명 나의 충실한 죽음을 먹는 자들 중 누군가가 와서 나를 찾아내고…… 또 누군가는 나 대신 마법을 걸어 내 몸을 되찾아 주기를……. 하지만 나의 기다림은 헛된 것이었다……."

또 한 번의 전율이, 둥글게 서서 그 이야기를 듣고 있던 죽음을 먹는 자들을 휩쓸었다. 볼드모트는 끔찍한 침묵이 소용돌이치도록 기다렸다가 말을 이었다. "내게는 오직 한 가지 힘만 남아 있었다. 바로 다른 자들의 육체를 지배하는 능력이었지. 하지만 사람 많은 곳에는 감히 갈 엄두를 내지 못했다. 오러들이 여전히 여기저기에서 나를 찾고 있다는 사실을 알았기 때문이다. 가끔은 동물에 기생하기도 했다……. 물론, 뱀을 선호했지. 하지만 동물의 육체에 기생하는 건 순수한 영혼일 때보다 그다지 나을 것이 없었다. 동물의 몸은 마법을 쓰기에 적합하지 않았으니까……. 게다가 내가 기생한 놈들은 수명이 짧아졌다. 어느 놈도 오래 버티지 못했지……. 그러다가…… 4년 전…… 나의 부활이 거의 확실해진 것처럼 보였다. 젊고 멍청하고 잘 속아 넘어가는 남자 마법사 하나가 내가 살고 있는 숲을 헤매다 나와 마주친 것이다. 아, 그자는 내가 꿈꾸던 바로 그 기회처럼 보였다……. 덤블도어의 학교에서 학생들을 가르치는 교수였으니까……. 그자는 내 의지에 쉽게 굴복했다……. 그자가 나를 다시 이 나라로 데려와 주었고, 얼마 뒤 나는 그자의 몸을 차지했다. 그자가 내 명령을 수행하는 동안 나는 그자를 가까이에서 감시했다. 그러나 내 계획은 실패하고 말았지. 나는 마법사의 돌을 훔쳐 내지 못했다. 나는 영원한 삶을 손에 넣지 못했다. 나는 좌절당했다……. 또다시 해리 포터에 의해 좌절당한 것이다…….”

또 한 번의 침묵. 아무런 움직임도 없었다. 심지어 주목나무 잎사귀들조차 흔들리지 않았다. 죽음을 먹는 자들은 꼼짝도 않고 서서 가면 속에서 반짝이는 눈을 볼드모트와 해리에게 고정하고 있었다.

“내가 몸에서 떠나자 그 종은 죽어 버렸다. 그리고 나는 예전처럼 허약한 상태로 남겨졌다.” 볼드모트가 말을 이었다. “나는 멀리 떨어진 내 은신처로 돌아갔다. 두 번 다시 힘을 되찾지 못할지도 모른다는 두려움에 떨었다는 사실을 부정하지는 않겠다……. 그래, 어쩌면 그때가 나의 가장 어두운 시간이었을 것이다……. 몸을 지배할 또 다른 마법사가 찾아오리라는 기대도 할 수 없었다……. 죽음을 먹는 자들 중 누군가가 내 행방에 관심을 갖고 있을 거라는 희망도 버려야 했다…….”

주위를 빙 둘러싼 가면 쓴 마법사들 중 한두 명이 움찔했지만 볼드모트는 신경 쓰지 않았다.

“그러던 중 지금으로부터 겨우 몇 달 전, 거의 희망이 사라진 그때, 마침내 그 일이 일어났다……. 한 명의 종이 내게 돌아온 것이다. 바로 여기 있는 웜테일이다. 법의 심판을 피해 자신의 죽음을 꾸며 냈던 웜테일은 한때 친구라 여겼던 자들에 의해 은신처에서 쫓겨나자 주인에게 돌아가기로 결심했다. 웜테일은 오래전부터 내가 숨어 있다는 소문이 돌고 있던 지역에서 나를 찾았다. ……물론, 가는 길에 만난 쥐들의 도움을 받기도 했지. 웜테일은 쥐들과 신통한 친화력을 갖고 있으니까. 그렇지 않으냐, 웜테일? 웜테일의 그 더럽고 조그만 친구들이 알바니아의 깊은 숲에 자기들이 피해 다니는 장소가 있다고, 자기들 같은 작은 동물들이 어두운 그림자에 지배당해 죽음을 맞이한 장소가 있다고 말해 주었지……. 하지만 내게 오는 길은 그리 순탄치 않았다. 안 그런가, 웜테일? 어느 날 밤, 나를 찾을 수 있을 거라 기대한 바로 그 숲 근처에 도착한 웜테일은 배고픔을 견디지 못하고 어리석게도 음식을 먹으려고 여관에 들렀다. 그리고 하필이면 그곳에서 마법 정부 소속 마법사인 버사 조킨스를 만났다. 자, 운명이 볼드모트 경을 얼마나 총애하는지 봐라. 그 사건은 웜테일의 끝이자, 내가 부활할 마지막 기회의 끝일 수도 있었다. 그러나 웜테일은 내가 전혀 기대도 안 했을 침착함을 보여 주면서 버사 조킨스에게 밤 산책을 나가자고 설득했다. 웜테일은 그 여자를 제압해서…… 나에게 데리고 왔다. 그리고 모든 것을 망쳐 버릴 수도 있었던 버사 조킨스는 오히려 내가 꿈에도 생각 못 했던 선물이 되었다……. 조금 설득이 필요하긴 했지만, 그 여자는 진정한 정보의 보고가 되어 줬어. 버사는 나에게 올해 호그와트에서 트라이위저드 대회가 열릴 예정이라고 말해 주었다. 내가 접촉할 수만 있다면 기꺼이 나를 도와줄 한 명의 충실한 죽음을 먹는 자를 안다고도 했다. 그 여자는 나에게 많은 것을 말해 주었다……. 하지만 나는 버사에게 걸려 있던 망각 마법을 깨뜨리기 위해 강력한 수단을 동원해야 했다. 쓸 만한 정보를 모두 뽑아내고 나자 그 여자의 정신과 육체 모두 치유가 불가능할 정도로 손상되고 말았다. 그 여자는 이제 쓸모를 다했다. 그 육체를 지배할 수도 없었으므로 나는 그녀를 처분했다."

볼드모트는 특유의 끔찍한 미소를 지어 보였다. 붉은 눈동자는 공허하고 냉혹했다.

"물론 웜테일의 몸 또한 지배하기에 적합하지 않았다. 죽었다고 알려진 웜테일이 목격됐다간 지나친 관심을 끌게 될 테니까. 그러나 웜테일은 내가 필요로 했던, 건강한 육체를 가진 종이었다. 마법사로는 형편없지만 웜테일은 내가 내린 지시를 따를 수 있었다. 덕분에 나는 미완성의 허약한 몸이나마 갖게 되었고, 진정한 부활에 필요한 재료들을 구할 때까지 버틸 수 있었다. 내가 직접 발명한 한두 개의 마법 주문과…… 나의 사랑스러운 내기니에게서 약간의 도움을 받아…….” 볼드모트의 붉은 눈이 끊임없이 빙빙 도는 뱀 쪽으로 향했다. “유니콘의 피와 내기니가 제공한 뱀의 독으로 만든 마법약으로 나는 곧 인간의 형상을 갖추고 여행할 수 있을 만큼 강해졌다. 이제 마법사의 돌을 손에 넣을 가능성은 없었다. 덤블도어가 그것을 파괴했을 게 뻔하니까. 하지만 나는 불멸을 추구하기 전에, 일단 필멸의 삶을 기꺼이 다시 받아들이기로 했다. 나는 눈을 낮추고…… 나의 옛 몸에, 나의 옛 힘에 만족하기로 했다. 나는 그 목표를 달성하려면, 즉 오늘 밤 나를 되살린, 오래된 어둠의 마법에 속하는 이 마법약을 만들려면 세 가지 강력한 재료가 필요하다는 사실을 알고 있었다. 자, 그중 하나는 이미 수중에 있었지. 안 그러냐, 웜테일? 종이 바친 살 말이다……. 또 하나의 재료인 아버지의 뼈는 당연히 그자가 묻혀 있는 이곳으로 와야 한다는 것을 의미했다. 하지만 마지막 재료인 원수의 피……. 웜테일은 내게 아무 마법사나 쓰자고 했다. 안 그러냐, 웜테일? 나를 증오한 마법사 누구라도……. 많은 자들이 여전히 나를 증오하고 있으니까. 하지만 나는 내가 몰락할 때보다 더 강해져서 부활하려면 누구의 피를 써야 하는지 알고 있었다. 내게는 해리 포터의 피가 필요했다. 나는 13년 전 내 힘을 빼앗아 간 자의 피를 원했다. 소년의 어머니가 언젠가 아들에게 주었던 지속적인 보호막이 내 핏줄에 깃들게 하기 위해⋯⋯. 하지만 해리 포터에게 어떻게 접근할 수 있을까? 소년은 오래전 그의 미래를 준비할 임무를 떠맡은 덤블도어가 고안한 방법으로 자신도 모르게 철저히 보호받고 있을 텐데. 덤블도어는 고대의 마법을 사용해서, 소년이 친척들의 보호 아래 있는 한 누구도 손댈 수 없도록 만들었다. 심지어 나조차도 그곳에서는 해리 포터에게 손을 댈 수 없다⋯⋯. 그리고 퀴디치 월드컵이 열렸다⋯⋯. 나는 친척들과 덤블도어에게서 멀리 떨어진 그곳에서라면 해리 포터를 둘러싼 보호막이 약해질 거라고 생각했다. 하지만 나는 아직 정부 마법사들로 우글거리는 곳에서 납치를 시도할 만큼 강하지 않았다. 게다가 월드컵이 끝나면 소년은 호그와트로 돌아가 아침부터 밤까지, 그 멍청한 머글 애호가의 구부러진 코앞에 머물 예정이었다. 그렇다면 나는 어떻게 저 소년을 데려올 수 있었을까? 글쎄⋯⋯ 당연히 버사 조킨스가 준 정보를 활용해야겠지. 호그와트에 있는 나의 충실한 죽음을 먹는 자를 이용해 소년의 이름이 반드시 불의 잔에 들어가도록 하는 것이다. 죽음을 먹는 자로 하여금 소년이 시합에서 반드시 승리하도록, 트라이위저드 우승컵을 가장 먼저 건드리도록 하는 것이다. 죽음을 먹는 자가 포트키로 바꿔 놓은 그 우승컵을…… 덤블도어의 도움과 보호가 닿지 않는 이곳, 그를 애타게 기다리는 내 품안으로 소년을 데려다줄 포트키를. 그렇게 소년은 이곳에 왔다……. 너희 모두 나를 몰락시켰다고 믿었던 그 소년이……."

볼드모트는 천천히 앞으로 걸어 나와 해리 쪽으로 돌아섰다. 그가 지팡이를 들어 올렸다. "크루시오!"

해리는 지금껏 그가 경험했던 모든 고통을 뛰어넘는 고통을 느꼈다. 뼛속까지 불타오르는 느낌이었다. 이마의 흉터를 따라 머리가 둘로 쪼개지는 것 같았다. 눈알이 미친 듯이 빙글빙글 돌았다. 그는 고통이 멈추기를 바랐다……. 정신을 잃기를 바랐다……. 차라리 죽기를…….

다음 순간 고통이 사라졌다. 그는 볼드모트 아버지의 묘비에 꽁꽁 묶여 몸이 축 늘어진 채, 안개 비슷한 것 속에서 선명하게 빛나는 붉은 눈동자를 올려다보았다. 죽음을 먹는 자들의 웃음소리가 어둠 속에서 울려 퍼졌다.

"이 소년이 나보다 강할 수도 있다는 생각이 얼마나 어리석은 것인지 너희도 깨달았을 것이다." 볼드모트가 말했다. "하지만 나는 누구도 마음속으로나마 잘못 생각하지 않기를 바란다. 해리 포터가 내 저주에서 살아남은 건 운이 좋았기 때문이다. 그리고 나는 지금 여기, 너희의 눈앞에서 해리 포터를 죽임으로써 내 힘을 증명하고자 한다. 도움을 줄 덤블도어도 없고, 대신 죽어 줄 어머니도 없는 지금 이곳에서. 나는 해리 포터에게 기회를 줄 것이다. 해리 포터에게 싸울 기회를 줘서, 너희로 하여금 둘 중에 누가 더 강한지 한 점의 의혹도 품지 못하게 할 것이다. 조금만 더 기다리거라, 내기니." 그가 부드럽게 속삭이자 뱀은 죽음을 먹는 자들이 서서 지켜보고 있는 곳까지 풀밭을 스르르 미끄러져 갔다.

"이제 소년을 풀어 줘라, 웜테일. 그리고 마법 지팡이를 돌려주어라."

# 34장
# 프라이오리 인칸타템

웜테일이 해리에게 다가왔다. 해리는 밧줄이 풀리기 전에 똑바로 서서 몸을 지탱하려고 허둥거렸다. 웜테일은 새로운 은빛 손으로 재갈 삼아 해리의 입에 물렸던 뭉치를 꺼내고 손을 한 번 휘둘러 해리를 묘비에 묶어 놓았던 밧줄을 끊었다.

순간 해리는 도망쳐야겠다고 생각했지만, 잡초가 무성한 무덤 위에 서자 다친 다리가 그의 무게를 버티지 못하고 후들거렸다. 그러는 사이 죽음을 먹는 자들은 대열을 좁혀 이 자리에 없는 동료들의 자리를 채우면서 그와 볼드모트 주위를 더 빽빽하게 둘러쌌다. 대열에서 빠져나간 웜테일이 세드릭의 시신이 있는 곳으로 가서 해리의 마법 지팡이를 들고 돌아왔다. 그는 해리를 쳐다보지도 않은 채 그의 손에 마법 지팡이를 거칠게 쥐여 주었다. 그런 다음 구경하는 죽음을 먹는 자들 사이로 돌아갔다.

"결투하는 법은 배웠겠지, 해리 포터?" 볼드모트가 조용히 물었다. 그의 붉은 눈이 어둠 속에서 번뜩였다.

이 말에 해리는 전생처럼 아득하게 느껴지는 기억을 떠올렸다. 2년 전 잠깐 참가한 적 있었던 호그와트의 결투 동아리에 대한 기억이었다……. 그때 그가 배운 것이라고는 무장해제 주문인 '엑스펠리아르무스'뿐이었다……. 설령 그가 그 주문으로 볼드모트의 마법 지팡이를 빼앗는다고 한들, 혼자서 적어도 서른 명에 이르는 죽음을 먹는 자들에게 둘러싸여 있는데 무슨 소용이겠는가? 해리는 이런 상황에 맞는 그 어떤 마법도 배운 적이 없었다. 그는 자신이 무디가 항상 경고하던 그 상황에 맞닥뜨렸다는 사실을 알았다……. 무엇으로도 막을 수 없는 아바다 케다브라 저주. 게다가 볼드모트의 말이 맞았다. 이번에는 그를 위해 목숨을 바칠 어머니도 여기에 없었다……. 그를 보호해 주는 것은 아무것도 없었다…….

"먼저 서로 인사한다, 해리." 볼드모트가 허리를 살짝 숙이면서도 뱀 같은 얼굴은 계속 해리에게 향한 채 말했다.

"자, 예의는 반드시 지켜야지……. 덤블도어는 네가 예의를 보이길 바랄 거다……. 죽음에게 인사해라, 해리……."

죽음을 먹는 자들이 다시 웃음을 터뜨렸다. 볼드모트의 입술 없는 입이 미소 짓고 있었다. 해리는 인사하지 않았다. 볼드모트의 손에 죽더라도 그자가 자신을 가지고 놀게 할 생각은 없었다……. 볼드모트에게 그런 만족감을 주지는 않을 것이다…….

"인사하라고 했다." 볼드모트가 마법 지팡이를 들어 올리며 말했다. 해리는 보이지 않는 거대한 손이 그의 몸을 앞으로 무자비하게 짓누르기라도 하는 것처럼 허리가 구부러지는 것을 느꼈다. 죽음을 먹는 자들이 더 큰 소리로 웃음을 터뜨렸다.

"아주 좋아." 볼드모트가 조용히 말하며 마법 지팡이를 들어 올리자 해리를 짓누르던 힘도 사라졌다. "이제는 나를 마주 본다. 사내답게 말이야……. 허리를 펴고 당당하게, 죽은 네 아비가 그랬던 것처럼……. 그리고 이제…… 결투를 시작한다."

볼드모트가 마법 지팡이를 들어 올렸다. 해리는 그 어떤 방어 행동을 할 새도 없이, 심지어 움직일 새도 없이 다시 크루시아투스 저주에 맞았다. 엄청난 고통이 그의 정신을 모조리 빼앗아 그 자신이 어디에 있는지조차 더 이상 알 수 없게 되었다……. 하얗게 달궈진 칼들이 그의 피부를 빈틈 없이 찌르는 듯했고, 머리는 격한 통증으로 꼭 터질 것 같았다. 그는 태어나서 이렇게 소리 질러 본 적이 없을 만큼 큰 소리로 비명을 질렀다…….

다음 순간 고통이 사라졌다. 바닥에서 데굴데굴 구르던 해리는 간신히 몸을 일으켰다. 그는 손이 잘렸을 때의 웜테일처럼 걷잡을 수 없이 부들부들 떨고 있었다. 해리는 이 광경을 지켜보고 서 있는 죽음을 먹는 자들 쪽으로 비틀비틀 걸어갔다. 그들은 해리를 다시 볼드모트 쪽으로 밀었다.

"잠깐 쉬는 시간이다." 볼드모트가 쭉 찢어진 콧구멍을 흥분으로 벌름거렸다. "잠깐 쉬었다 하자……. 아프지 않았느냐, 해리? 그런 일을 또 당하고 싶진 않겠지?"

해리는 대답하지 않았다. 그는 세드릭처럼 죽을 것이다. 냉혹한 붉은 눈동자가 그렇게 말하고 있었다……. 해리는 죽게 될 테고, 그가 할 수 있는 것은 아무것도 없었다……. 하지만 해리는 장단 맞춰 주지 않을 생각이었다. 그는 볼드모트에게 복종하지 않을 것이다……. 애원하지도 않을 것이다…….

"또다시 그런 일을 당하고 싶으냐고 물었다." 볼드모트가 조용히 말했다. "대답해! 임페리오!"

해리는 태어나서 세 번째로 머릿속에서 모든 생각이 싹 사라지는 것을 느꼈다. ……아, 아무런 생각도 하지 않는다는 것은 축복과도 같은 일이었다. 마치 둥둥 떠다니면서 꿈을 꾸는 것 같은 기분이었다……. 그냥 아니요라고 대답해…… 아니요라고 말해……. 아니요라고만 대답하면 되잖아…….

싫어. 그의 머릿속에서 더 강한 목소리가 말했다. 대답하지 않을 거야…….

그냥 '아니요'라고 대답해…….

안 할 거야. 말 안 해…….

그냥 '아니요'라고 대답해…….

**"안 할 거야!"**

해리의 입에서 이 말이 터져 나왔다. 그 소리가 묘지 전체에 울려 퍼지자 찬물을 뒤집어쓴 듯 꿈같은 상태가 별안간 사라졌다. 크루시아투스 저주가 온몸에 남긴 통증이 다시 몰려왔다. 그 자신이 어디에 있고 무엇을 마주하고 있는지에 대한 깨달음이 썰물처럼 되돌아왔다…….

"안 하겠다?" 볼드모트가 나직이 입을 열었다. 죽음을 먹는 자들은 더 이상 웃지 않았다. "'아니요'라고 대답하지 않겠단 말이냐? 해리, 아무래도 널 죽이기 전에 복종이라는 미덕을 가르쳐야겠구나. ……좀 더 고통을 주면 되겠지?"

볼드모트가 마법 지팡이를 들어 올렸지만 이번에는 해리도 준비가 되어 있었다. 그는 퀴디치 훈련으로 익힌 반사 신경을 발휘해 옆으로 몸을 날려 볼드모트 아버지의 대리석 묘비 뒤로 굴러갔다. 저주가 빗나가면서 묘비가 쩍 갈라지는 소리가 들렸다.

"우리는 숨바꼭질을 하고 있는 게 아니다, 해리." 볼드모트의 나직하고 차가운 목소리가 점점 가까이 다가왔다. 죽음을 먹는 자들이 웃음을 터뜨렸다. "내게서 숨을 수는 없다. 우리의 결투에 싫증이 난 거냐? 차라리 지금 끝내 달라는 뜻이냐, 해리? 나와라, 해리……. 나와서 승부를 보자……. 빨리 끝날 것이다……. 고통도 없을 것이다……. 잘은 모르겠지만……. 나야 죽어 본 적이 없으니까……."

묘비 뒤에 바짝 웅크린 해리는 최후가 다가왔음을 알았다. 아무런 희망이 없었다……. 도움을 받을 수도 없었다. 볼드모트가 더 가까이 다가오는 소리를 듣고 있는 지금, 해리에게는 오직 한 가지 생각뿐이었다. 그것은 두려움이나 이성을 뛰어넘는 생각이었다……. 그는 숨바꼭질하는 어린애처럼 여기에 웅크리고 있다가 죽을 생각이 없었다. 볼드모트의 발 앞에 무릎을 꿇은 채 죽지는 않을 것이다…….
그는 아버지처럼 당당하게 서서 죽음을 맞이할 것이다. 설
령 방어가 불가능하다 해도, 스스로를 지키려고 애쓰다가
죽을 것이다…….

해리는 볼드모트가 묘비 주위로 뱀 같은 얼굴을 내밀기
전에 일어섰다……. 그는 마법 지팡이를 움켜쥐고 앞으로
치켜든 채, 묘비 뒤에서 뛰쳐나가 볼드모트를 정면으로 바
라보았다.

볼드모트는 준비되어 있었다. 해리가 "엑스펠리아르무
스!"라고 소리친 순간, 볼드모트도 "아바다 케다브라!"를
외쳤다.

볼드모트의 마법 지팡이에서 녹색 빛 한 줄기가 뿜어져
나오는 동시에 해리의 마법 지팡이 끝에서 빨간빛이 튀어
나왔다. 두 빛줄기가 공중에서 마주쳤다. 갑자기 전류가 흐
르듯 해리의 마법 지팡이가 진동했다. 그의 손이 지팡이를
꽉 움켜잡았다. 놓고 싶어도 놓을 수가 없었다. 가느다란
광선이 두 개의 마법 지팡이를 연결하고 있었다. 빨간색도
녹색도 아닌, 밝고 짙은 황금색 광선이었다. 놀란 눈으로
그 광선을 바라보던 해리는 볼드모트 역시 길고 창백한 손
가락을 부르르 떨면서 흔들리는 마법 지팡이를 잡고 있는

모습을 보았다.

바로 그때(해리가 여기에 대비할 수 있는 건 아무것도 없었다) 해리는 발이 땅에서 떠오르는 것을 느꼈다. 그와 볼드모트 둘 다 공중으로 떠올랐다. 두 사람의 마법 지팡이는 여전히 어슴푸레하게 빛나는 황금빛 광선으로 연결되어 있었다. 그들은 볼드모트 아버지의 묘비에서 천천히 미끄러지듯 날아가다가 무덤 없는 빈 땅에 내려앉았다…….죽음을 먹는 자들이 아우성을 치면서 볼드모트에게 명령을 내려 달라고 청했다. 해리와 볼드모트 쪽으로 다가온 그들은 다시 원을 그리며 두 사람을 빙 둘러쌌다. 뱀이 그들을 따라 스르르 기어 왔다. 죽음을 먹는 자들 중 몇 명은 마법 지팡이를 빼 들고 있었다.

해리와 볼드모트를 연결하던 황금색 광선이 쪼개지면서 수천 개의 빛 가닥이 두 사람의 머리 위로 아치를 그리며 솟구쳤다. 빛 가닥들이 서로서로 엇갈리더니, 여전히 지팡이끼리 연결되어 있는 두 사람을 황금빛 돔 모양의 그물 안에, 그 빛으로 엮인 우리 안에 가둬 버렸다. 죽음을 먹는 자들이 자칼처럼 그 주위를 둘러쌌다. 빛의 우리 밖에서 들리는 그들의 고함 소리가 이상하게 작아졌다…….

"아무것도 하지 마라!" 볼드모트가 죽음을 먹는 자들을 향해 날카롭게 외쳤다. 지금 벌어지는 사태에 그의 붉은색 눈이 놀라움으로 휘둥그레졌다. 그는 여전히 해리의 마법 지팡이와 자신의 마법 지팡이를 연결하고 있는 광선을 끊으려 애쓰고 있었다. 해리는 마법 지팡이를 두 손으로 더욱 세게 붙잡았다. 황금색 광선은 끊어지지 않고 그대로 남아 있었다. "내가 명령을 내리기 전까지는 아무것도 하지 마라!" 볼드모트가 죽음을 먹는 자들에게 소리쳤다.

다음 순간 지상의 것 같지 않은 아름다운 소리가 주위를 가득 채웠다……. 해리와 볼드모트를 둘러싼 빛 그물 한 가닥 한 가닥이 진동하면서 내는 소리였다. 해리는 딱 한 번 들어 본 적 있는 그 소리의 정체를 알아차렸다……. 그것은 불사조의 노래였다…….

해리에게 그것은 희망의 소리였다……. 지금까지 들어 본 것 가운데 가장 아름답고 반가운 소리……. 해리는 그 노래가 주위 어딘가가 아닌 자신의 몸속에서 들려오는 것 같은 기분이 들었다……. 해리에게 그 소리는 그와 덤블도어를 연결하는 소리였다. 마치 친구가 귀에 대고 속삭이는 것만 같았다…….

연결을 끊지 마라.

알아요. 해리는 그 음악 소리를 향해 그렇게 말했다. 그

러면 안 되는 거 알아요……. 하지만 그런 생각을 하자마자
그렇게 하기가 훨씬 어려워졌다. 마법 지팡이가 더욱 격렬
하게 떨리기 시작했다……. 이제는 그와 볼드모트를 연결
하는 광선도 변했다. 마치 마법 지팡이를 연결한 광선을 따
라 큼직한 빛의 구슬들이 미끄러지듯 왔다 갔다 하는 것 같
았다……. 빛 구슬이 해리 쪽으로 천천히, 그리고 꾸준히
미끄러져 오자 해리는 손에 쥔 마법 지팡이가 몸서리치는
것을 느꼈다……. 어느새 그 광선이 해리를 향해 움직이고
있었던 것이다. 마법 지팡이가 분노로 부르르 떠는 것이 느
껴졌다…….

  가장 가까이 있는 빛의 구슬이 해리의 마법 지팡이 끝으
로 바짝 다가오자 나무로 된 마법 지팡이가 이대로 불타 버
리는 게 아닐까 걱정될 정도의 열기가 손가락에서 느껴졌
다. 빛 구슬이 점점 다가올수록 해리의 마법 지팡이는 더
심하게 떨렸다. 그는 그 빛 구슬이 닿으면 마법 지팡이가
견디지 못할 거라고 확신했다. 마치 마법 지팡이가 해리의
손안에서 당장에라도 산산조각 날 것처럼 느껴졌다…….

  그는 그 빛 구슬을 다시 볼드모트 쪽으로 보내는 데 온
정신을 집중했다. 귓가는 불사조의 노래로 가득했고, 눈은
아주 천천히 떨리며 멈췄다가 또 아주 천천히 반대 방향으

로 움직이는 구슬들을 맹렬하게 응시하고 있었다……. 이제 더욱 심하게 진동하는 것은 볼드모트의 마법 지팡이였다……. 볼드모트는 깜짝 놀라다 못해 거의 두려워하는 표정을 짓고 있었다…….

빛 구슬 하나가 볼드모트의 마법 지팡이에서 불과 몇 센티미터 떨어지지 않은 곳에서 부르르 떨고 있었다. 해리는 자신이 왜 그런 행동을 하는지 알지 못했다. 그렇게 하면 어떤 일이 벌어질지도 확신할 수 없었다……. 하지만 이제 그는 그 빛 구슬을 볼드모트의 마법 지팡이로 억지로 되돌려 보내는 데 생애 최고의 집중력을 기울이고 있었다……. 천천히…… 아주 천천히…… 빛 구슬은 황금색 광선을 따라 움직였다……. 빛 구슬은 잠깐 부르르 떨더니…… 볼드모트의 지팡이 끝에 가닿았다…….

곧바로 볼드모트의 마법 지팡이가 고통스러운 비명을 내뿜기 시작했다……. 그러더니 (볼드모트의 붉은 눈이 충격으로 휘둥그레진 가운데) 마법 지팡이 끝에서 짙은 연기로 이루어진 손 하나가 튀어나왔다가 사라졌다……. 그가 웜테일에게 만들어 주었던 손의 환영이었다……. 더 많은 고통의 외침이 울리더니 볼드모트의 마법 지팡이 끝에서 훨씬 커다란 어떤 형상이 피어오르기 시작했다. 아주 단단하고 짙은 연기로 만들어진 듯한 거대한 회색의 무언가……
머리…… 가슴과 팔……. 그것은 세드릭 디고리의 상반신
이었다.

놀라서 마법 지팡이를 놓쳤다면 그것으로 끝이었겠지
만, 해리는 본능적으로 지팡이를 꽉 움켜쥐고 황금색 광선
이 끊어지지 않도록 했다. 볼드모트의 지팡이 끝에서 짙은
회색을 띤 세드릭 디고리의 유령(과연 유령일까? 그러기엔
너무 단단해 보였다)이 아주 좁은 터널을 간신히 빠져나오
는 것처럼 몸 전체를 드러냈을 때도 해리는 지팡이를 놓지
않았다……. 세드릭의 유령이 일어서서 황금색 광선을 이
리저리 살펴보더니 입을 열었다.

"버텨, 해리." 그가 말했다.

멀리서 메아리치듯 들리는 목소리였다. 해리는 볼드모트
를 바라보았다……. 그의 큼직한 붉은 눈은 여전히 충격을
받은 것처럼 보였다……. 그도 해리처럼 이런 상황을 예상
하지 못했던 것이다……. 죽음을 먹는 자들이 황금색 돔 주
변을 서성거리며 겁에 질려 고함을 지르는 소리가 희미하
게 들렸다…….

마법 지팡이에서 고통에 찬 비명 소리가 더 많이 튀어나
왔다……. 그러더니 마법 지팡이 끝에서 뭔가 다른 것이 나

타났다……. 또 다른 사람 머리 모양의 짙은 그림자에 이어 팔과 상반신이 빠르게 뒤따랐다……. 해리가 꿈에서 한 번 봤던 남자 노인이 세드릭이 그랬던 것처럼 마법 지팡이 끝에서 몸을 빼내고 있었다……. 그의 유령인지 그림자인지가 세드릭 옆에 내려섰다. 노인은 지팡이를 짚은 채 해리와 볼드모트와 황금빛 그물과 서로 연결된 두 개의 마법 지팡이를 조금 놀란 눈으로 자세히 바라보았다…….

"그럼, 저자가 진짜 마법사였단 말인가?" 노인이 볼드모트를 바라보며 말했다. "저자가 나를 죽였어……. 싸워 다오, 아이야……."

하지만 이미 또 다른 머리가 나오고 있었다……. 연기로 만들어진 석상처럼 회색을 띤 여자의 머리였다……. 마법 지팡이를 붙들고 있느라 양팔을 부들부들 떨면서, 해리는 바닥에 내려선 그녀가 다른 사람들처럼 허리를 펴는 것을 보았다. 그녀가 눈을 떴다…….

버사 조킨스의 환영이 눈을 휘둥그레 뜨고 눈앞의 전투를 바라보았다.

"놓지 마!" 그녀가 소리쳤다. 세드릭의 목소리처럼 그녀의 목소리도 아주 먼 곳에서 메아리치는 것처럼 들렸다. "저자한테 잡히면 안 돼, 해리. 마법 지팡이를 놓지 마!"

그녀와 다른 두 형상이 황금빛 그물 벽 안쪽을 왔다 갔다 하기 시작했다. 한편 죽음을 먹는 자들은 황금빛 그물 바깥을 분주하게 서성거렸다. 볼드모트의 희생자들은 결투를 벌이는 두 사람 주위를 돌면서 해리에게 응원의 말을 속삭이고, 볼드모트에게는 해리에게 들리지 않는 말들을 쉭쉭 내뱉었다.

이제 볼드모트의 마법 지팡이 끝에서 또 다른 머리가 나오고 있었다……. 해리는 그 머리를 보자 그 사람이 누구인지 알아차렸다. 그는 알고 있었다. 세드릭이 마법 지팡이 끝에서 나타난 순간부터 이런 일이 일어나기를 기대했던 것처럼……. 그는 알았다. 지금 모습을 드러내고 있는 여성은 오늘 밤 해리가 어느 누구보다도 간절히 생각한 사람이었기에…….

긴 머리카락을 가진 젊은 여자의 연기 같은 그림자가 버사가 그랬던 것처럼 바닥에 내려서더니 몸을 펴고 그를 바라보았다……. 그리고 해리는 이제 양팔을 미친 듯이 떨면서 어머니의 유령 같은 얼굴을 마주 보았다.

"아버지가 오고 계셔……." 그녀가 조용히 입을 열었다. "너를 보고 싶어 하신단다……. 괜찮을 거야……. 꿋꿋이 버티렴……."

그리고 그가 나타났다……. 처음에는 머리가, 그다음에
는 몸통이…… 키가 훌쩍하고 해리처럼 머리카락이 헝클
어진 제임스 포터의 연기 같은 환영이 볼드모트의 마법 지
팡이 끝에서 피어나 땅으로 내려서더니 아내처럼 몸을 똑
바로 폈다. 그는 해리에게 다가가 아들을 내려다보며, 다
른 이들과 똑같이 먼 곳에서 울리는 듯한 목소리로 말했다.
자신에게 희생당한 사람들이 주위를 서성거리자 두려움에
얼굴이 파랗게 질린 볼드모트에게는 들리지 않는 조용한
목소리였다…….

"연결이 끊기면 우리는 아주 잠깐만 머물 수 있어…….
하지만 우리가 시간을 벌어 주마……. 너는 포트키를 잡아
야 돼. 포트키가 너를 호그와트로 돌려보내 줄 거다…….
알아들었니, 해리?"

"네." 해리가 숨을 헐떡였다. 그는 이제 손가락에서 자꾸
미끄러지는 마법 지팡이를 붙들고 있느라 애를 쓰고 있었
다.

"해리……." 세드릭의 형상이 속삭였다. "내 시신을 가져
가 줘. 그래 줄 거지? 내 시신을 부모님께 데려다줘……."

"그럴게." 마법 지팡이를 놓치지 않으려고 얼굴을 일그
러뜨린 채 안간힘을 쓰면서 해리가 말했다.

"지금이다." 아버지의 목소리가 속삭였다. "달릴 준비를 하거라……. 지금이야……."

**"지금이야!"** 해리가 소리쳤다. 어쨌든 한순간도 더 버틸 수 없을 것 같았다. 그가 온 힘을 다해 손을 비틀어 마법 지팡이를 위로 향하게 하자 황금빛 광선이 끊겼다. 빛으로 엮인 우리가 사라지고 불사조의 노래도 자취를 감췄다. 그러나 희생자들의 환영 같은 형상은 사라지지 않았다. 그들은 볼드모트가 해리를 보지 못하도록 그의 주위로 몰려들어 시야를 가렸다.

해리는 젖 먹던 힘을 다해 달렸다. 그는 깜짝 놀라 그 자리에서 얼어붙은 죽음을 먹는 자 두 명을 쳐서 넘어뜨리고 달려 나갔다. 묘비 사이로 요리조리 도망치는 가운데, 죽음을 먹는 자들이 그를 향해 날린 저주가 빗나가 묘비를 맞히는 소리가 들렸다……. 해리는 저주와 무덤 들을 피하면서 세드릭의 시신을 향해 맹렬히 달렸다. 이제는 다리의 통증도 느껴지지 않았다. 그의 온 존재가 자신이 해야만 하는 일에 집중하고 있었다…….

*"기절시켜!"* 볼드모트가 부르짖는 소리가 들렸다.

세드릭의 시신을 3미터 앞두고, 해리는 붉은 빛줄기들을 피하기 위해 대리석 천사 뒤로 몸을 날렸다. 주문에 맞은 천사의 날개 끝이 산산조각 났다. 그는 마법 지팡이를 단단히 움켜쥐고 천사 뒤에서 달려 나갔다…….

"임페디멘타!" 그는 어깨 너머로 마법 지팡이를 빠르게 겨누고 자신을 향해 달려오는 죽음을 먹는 자들을 가리키며 소리쳤다.

목멘 고함 소리가 들린 덕분에 해리는 적어도 한 명은 명중시켰다고 생각했지만 돌아볼 여유 같은 것은 없었다. 등 뒤에서 더 많은 마법 지팡이가 해리를 향해 불꽃을 발사하는 소리가 들려왔다. 그는 우승컵을 훌쩍 뛰어넘고 바닥으로 몸을 날렸다. 땅바닥에 넘어진 순간 더 많은 빛줄기가 그의 머리 위를 지나갔다. 해리는 세드릭의 팔을 잡으려고 손을 뻗었다.

"비켜라! 저놈은 내가 죽이겠다! 저놈은 내 것이다!" 볼드모트가 날카롭게 소리쳤다.

해리의 손이 세드릭의 손목을 붙잡았다. 이제 그와 볼드모트 사이에는 묘비 하나만 있을 만큼 거리가 좁혀졌지만, 세드릭의 몸은 끌고 가기에 너무 무거웠고 우승컵에는 손이 닿지 않았다.

볼드모트의 붉은 눈이 어둠 속에서 번뜩였다. 해리는 볼드모트가 입가를 비틀며 마법 지팡이를 들어 올리는 모습을 보았다.

"*아씨오!*" 해리가 마법 지팡이로 트라이위저드 우승컵을 겨누고 소리쳤다.

우승컵이 공중으로 붕 떠올라 그에게 날아왔다. 해리는 우승컵 손잡이를 잡았다.

분노 가득한 볼드모트의 고함이 들려온 것과 동시에, 그는 몸 한가운데가 확 잡아당겨지는 느낌을 받았다. 포트키가 작동한 것이다. 바람과 색채의 소용돌이 속에서 포트키는 순식간에 그를 먼 곳으로 데려가고 있었다. 세드릭과 함께……. 그들은 돌아가고 있었다…….

## 35장

# 베리타세룸

해리는 몸이 바닥에 납작하게 떨어지는 것을 느꼈다. 잔디에 얼굴을 파묻은 탓에 풀 냄새가 콧구멍을 가득 채웠다. 포트키로 이동하는 동안에도 눈을 감고 있었던 해리는 여전히 눈을 뜨지 않았다. 움직이지도 않았다. 온몸의 기운이 빠져나간 것 같았다. 머리가 어찌나 핑핑 도는지, 바닥이 배의 갑판처럼 이리저리 흔들리고 있다는 생각이 들 정도였다. 마음을 진정시키기 위해 그는 그때까지 양손에 각각 쥐고 있던 것을 더욱 꽉 움켜쥐었다. 트라이위저드 우승컵의 매끄럽고 차가운 손잡이와 세드릭의 시신. 둘 중 하나라도 놓친다면 머리 한구석에서부터 몰려드는 암흑 속으로 미끄러져 들어갈 것만 같았다. 충격과 피로 때문에 그는 바닥에서 일어날 수가 없었다. 그는 풀 냄새를 맡으며 기다렸다……. 누군가가 뭐라도 해 주기를…… 무슨 일이 일어나기를……. 그러는 동안 이마의 흉터가 뭉근하게 타오르는 듯한 통증이 느껴졌다…….

소리의 소용돌이 탓에 귀가 멀 것 같았고 혼란스러웠다. 사방에서 목소리가 들려왔다. 발소리, 비명이 들렸다……. 그 소음에 얼굴을 잔뜩 찌푸린 채 해리는 그 자리에 가만히 있었다. 그것이 곧 지나갈 악몽이라도 되는 것처럼…….

그때 어떤 손이 그를 거칠게 잡아서 돌려 눕혔다.

"해리! *해리!*"

그는 눈을 떴다.

별이 총총한 하늘이 보였다. 알버스 덤블도어가 웅크리고 앉아 그를 내려다보고 있었다. 어두운 그림자가 우르르 몰려들어 두 사람을 가까이서 에워쌌다. 해리는 머리를 대고 있는 땅이 사람들의 발걸음에 진동하는 것을 느꼈다.

그는 미로 바깥으로 돌아와 있었다. 그의 위로 솟아 있는 관중석이 보였고, 그 안에서 움직이는 사람들의 형체와 그 위의 별들이 보였다.

해리는 우승컵을 놓았지만 세드릭은 더욱 꽉 잡았다. 그는 다른 쪽 손을 들어 덤블도어의 손목을 잡았다. 초점이 맞지 않아 덤블도어의 얼굴이 흐릿하게 보였다.

"돌아왔어요." 해리가 중얼거렸다. "그자가 돌아왔어요. 볼드모트요."

"무슨 일입니까? 어떻게 된 거예요?"

코닐리어스 퍼지의 얼굴이 해리 위에 나타났다. 해리의 눈에 거꾸로 보이는 그의 얼굴은 하얗게 질려 있었다.

"세상에, 디고리!" 퍼지가 속삭였다. "덤블도어! 애가 죽었소!"

같은 말이 반복되었다. 주위에 몰려든 어두운 형체들이 헉하고 숨을 들이켜면서 주위에 그 말을 전했다…….. 어떤 사람들은 큰 소리로 외쳤다. 어떤 사람들은 비명을 질렀다. 그 말이 밤하늘에 울려 퍼졌다. "죽었대!" "죽었대!" "세드릭 디고리가! 죽었대!"

"해리, 손을 놓거라." 해리는 퍼지의 목소리를 듣고, 세드릭의 축 늘어진 시신에서 그의 손을 떼어 놓으려는 손길들을 느꼈다. 그러나 해리는 세드릭을 놓아주지 않을 작정이었다.

그때 여전히 흐릿하고 안개가 껴 있는 듯한 덤블도어의 얼굴이 가까이 다가왔다. "해리, 이제는 네가 어떻게 할 수 없다. 끝났어. 놓거라."

"저더러 데리고 돌아가 달라고 말했어요." 해리가 중얼거렸다. 이 사실을 설명하는 일이 무엇보다도 중요하게 느껴졌다. "저더러 자기를 부모님한테 데려다 달라고 했어요……."

"그래, 해리……. 이제 그만 놓거라……."

덤블도어가 허리를 구부렸다. 그리고 그렇게 나이 많고 깡마른 사람으로서는 남다른 힘으로 바닥에서 해리를 들어 올리더니 똑바로 일으켜 세웠다. 해리는 중심을 잃고 휘청거렸다. 머리가 윙윙 울렸다. 다친 다리로는 더 이상 몸을 지탱하지 못할 것 같았다. 주위에 있던 사람들이 더 가까이 다가오려고 몸싸움을 하며 서로를 밀쳤다. 사람들이 해리 주위로 몰려들었다. "무슨 일이야?" "쟤 왜 저래?" "디고리가 죽었대!"

"해리는 병동에 가야 합니다!" 퍼지가 큰 소리로 외쳤다. "다쳤어요. 덤블도어, 디고리의 부모님이 여기 와 있소. 관중석에……. 내가 해리를 데려가겠소, 덤블도어. 나한테 맡기……."

"아니, 그보다는……."

"덤블도어, 에이머스 디고리가 달려오고 있소……. 이쪽으로 오고 있군……. 당신이 말해 줘야 하지 않겠소? 그가 직접 보기 전에……."

"해리, 여기 있거라……."

여학생들이 발작적으로 흐느끼면서 비명을 질렀다…….
해리의 눈앞에서 그 광경이 이상하게 깜빡거리는 것처럼
보였다…….

"괜찮다, 이 녀석. 내가 데려다주마……. 가자…… 병동
으로……."

"덤블도어 교수님이 여기 있으라고 했어요." 해리가 쉰
목소리로 말했다. 이마의 흉터가 쿵쿵 울리는 탓에 당장에
라도 토할 것만 같았다. 눈앞이 점점 더 뿌옇게 흐려졌다.

"누워 있어야지……. 자, 어서……."

해리보다 크고 힘이 센 누군가가 그를 반쯤은 끌고 반쯤
은 들어 올리면서, 겁에 질린 사람들 사이를 헤치고 성을
향해 나아갔다. 사람들이 숨을 들이켜고 비명을 지르고 고
함치는 소리가 들렸다. 잔디밭을 가로지르고 호수와 덤스
트랭 배를 지났다. 이윽고 그를 부축하고 있는 사람의 무거
운 숨소리 말고는 아무것도 들리지 않게 되었다.

"무슨 일이 있었느냐, 해리?" 마침내 그 사람이 해리를
돌계단으로 끌어 올리면서 물었다. 턱. 턱. 턱. 매드아이 무
디였다.

"우승컵이 포트키였어요." 현관홀을 가로지르면서 해리가 말했다. "저랑 세드릭을 묘지로 데려가서…… 그리고 볼드모트가 거기에 있었는데…… 볼드모트 경이……."

틱. 틱. 틱. 대리석 계단을 올라갔다…….

"어둠의 왕이 거기에 있었느냐? 그래서 무슨 일이 일어났지?"

"세드릭을 죽였어요……. 그놈들이 세드릭을 죽였어요……."

"그러고 나서?"

틱. 틱. 틱. 복도를 따라…….

"마법약을 만들었어요……. 몸을 되찾고……."

"어둠의 왕이 몸을 되찾았다고? 돌아왔다는 말이냐?"

"그리고 죽음을 먹는 자들이 왔어요……. 그런 다음 우리는 결투를 벌였는데……."

"네가 어둠의 왕과 결투를 벌였다고?"

"도망쳤어요……. 제 마법 지팡이가…… 뭔가 이상한 일을 해서…… 엄마 아빠를 봤어요……. 그자의 마법 지팡이에서 나왔어요……."

"이리 들어와라, 해리……. 들어와서 앉아라……. 이제 괜찮아질 거다……. 이걸 마셔라……."

해리는 자물쇠 안에서 열쇠가 돌아가는 소리를 듣고, 그의 두 손에 컵이 쥐어지는 것을 느꼈다.

"마셔라……. 기분이 나아질 거다……. 어서, 해리. 무슨 일이 일어났는지 정확히 알아야겠다……."

무디는 해리가 목구멍으로 그 음료를 넘기도록 도와주었다. 해리는 기침을 했다. 후추 향이 목구멍을 태우는 듯했다. 눈의 초점이 돌아오면서 무디의 연구실이 점점 또렷이 보였다. 무디의 모습도 보였다……. 그의 얼굴은 퍼지만큼이나 하얗게 질려 있었고, 두 눈은 깜빡이지도 않고 해리의 얼굴에 고정되어 있었다.

"볼드모트가 돌아왔느냐, 해리? 돌아온 게 확실해? 어떻게 그럴 수 있었지?"

"자기 아버지의 무덤에서 뭔가를 꺼냈어요. 웜테일하고 저한테서도 필요한 재료를 얻었고요." 해리가 말했다. 머리가 맑아진 기분이었다. 흉터도 그렇게 심하게 아프지는 않았다. 연구실이 어두웠는데도 이제는 무디의 얼굴이 또렷이 보였다. 저 멀리 퀴디치 경기장에서는 여전히 비명과 고함이 들려오고 있었다.

"어둠의 왕이 너한테서 뭘 가져갔느냐?" 무디가 물었다.

"피요." 해리가 팔을 들어 올리면서 말했다. 웜테일의 단검에 찔린 소매가 쭉 찢어져 있었다.

무디가 길고 낮은 숨을 내뱉었다. "그리고 죽음을 먹는 자들은? 그들이 돌아왔느냐?"

"네." 해리가 말했다. "꽤 많은 자가 돌아왔어요……."

"어둠의 왕이 그자들을 어떻게 대하더냐?" 무디가 조용히 물었다. "그자들을 용서했느냐?"

갑자기 해리의 머릿속에 뭔가가 떠올랐다. 덤블도어에게 이 얘기를 했어야 하는데, 곧바로 말했어야 하는데……. "호그와트에 죽음을 먹는 자가 있어요! 여기에 죽음을 먹는 자가 있다고요. 그자가 제 이름을 불의 잔에 넣고, 제가 반드시 마지막 과제까지 통과하도록……."

해리는 일어나려 했지만 무디가 그의 어깨를 눌러 다시 앉혔다.

"나는 그 죽음을 먹는 자가 누구인지 안다." 그가 나직한 목소리로 말했다.

"카르카로프인가요?" 해리는 정신없이 질문을 던졌다. "어디 있어요? 잡으셨어요? 갇혀 있나요?"

"카르카로프?" 무디가 묘한 웃음을 터뜨리며 말했다. "카르카로프는 오늘 밤 도망쳤다. 자신의 팔에 찍힌 어둠의 징표가 뜨겁게 타오르는 걸 느끼고 말이지. 그렇게 많은 어둠의 왕의 충성스러운 추종자들을 배신했으니 꿈에서라도 그들을 다시 만나긴 싫었을 테지. ……하지만 멀리 가지는 못할 거다. 어둠의 왕은 적을 추적하는 방법을 여럿 알고 있으니."

"카르카로프가 도망쳤다고요? 달아났다는 거예요? 하지만 그럼…… 그 사람이 제 이름을 우승컵에 넣은 게 아닌가요?"

"아니다." 무디가 천천히 입을 열었다. "아니야, 그자가 넣은 게 아니다. 내가 넣었다."

해리는 그 말을 똑똑히 들었지만 도저히 믿을 수 없었다.

"아뇨, 그럴 리가요." 그가 말했다. "그런 짓 안 하셨잖아요……. 교수님이 그랬을 리 없잖아요……."

"확실히 말하지만 내가 그랬다." 무디가 말했다. 그의 마법 눈이 휙 돌아가더니 문에 고정되었다. 해리는 그가 밖에 아무도 없는지 확인하고 있다는 사실을 알아차렸다. 그와 동시에 무디는 마법 지팡이를 꺼내 해리를 겨누었다.

"그럼 그자들을 용서하셨단 말이냐?" 그가 말했다. "자유롭게 풀려난 죽음을 먹는 자들을? 아즈카반을 빠져나간 그자들을?"

"네?" 해리가 되물었다.

그는 무디가 겨누고 있는 마법 지팡이를 바라보았다. 이건 너무나 짓궂은 장난이었다. 그래야만 했다.

"내가 묻지 않느냐?" 무디가 조용히 말을 이었다. "결코 그분을 찾으려 하지 않았던 그 쓰레기들을 그분께서 용서하셨느냔 말이다. 그분을 위해 아즈카반에 들어갈 용기도 내지 못했던 그 비겁한 배신자들을…… 퀴디치 월드컵에서 얼굴을 가리고 신나게 날뛸 용기는 있으면서 내가 하늘로 어둠의 징표를 쏘아 올리자 그걸 보고 도망쳤던 충성심 없고 쓸모없는 쓰레기들을……."

"교수님이 쏘아 올렸다니…… 지금 무슨 소리를 하시는 거예요……?"

"내가 말했지, 해리……. 전에 말하지 않았느냐. 내가 무엇보다 싫어하는 게 딱 한 가지 있다면 그건 자유롭게 풀려난 죽음을 먹는 자들이라고. 그자들은 내 주인께서 그들을 가장 필요로 하실 때 그분께 등을 돌렸다. 나는 그분께서 그자들을 벌하실 거라고, 고문하실 거라고 생각했다. 그분께서 그자들을 벌하셨다고 말해 다오, 해리……." 무디의 얼굴이 갑자기 미치광이 같은 웃음으로 빛났다. "그분께서 그자들에게 이 내가, 나만이 충성을 지켰다 말씀하셨다고 말해 다오……. 나는 그분께서 무엇보다도 원했던 한 가지를 바치기 위해 모든 것을 잃을 각오가 되어 있었다고…….
바로 너를 말이다…….”

“그럴 리가 없어요……. 교, 교수님이 그런 짓을 할 리
가…….”

“또 다른 학교가 있는 것처럼 불의 잔에 네 이름을 넣은
사람은 누구였을까? 나였다. 네가 시합에서 승리하는 것을
방해하거나 너를 해치려 들지 모르는 사람을 모조리 겁줘
서 쫓아 버린 건 누구였을까? 나였다. 해그리드를 부추겨
서 너에게 용들을 보여 주게 한 사람은 누구였을까? 나였
다. 네가 용을 이길 수 있는 유일한 방법을 깨닫도록 도와
준 사람은 누구였을까? 나였다.”

무디의 마법 눈은 이제 문을 떠나 해리에게 고정되어 있
었다. 그의 삐뚤어진 입이 어느 때보다도 활짝 벌어진 채
음흉한 웃음을 흘렸다. “쉽지는 않았다, 해리. 의심을 불러
일으키지 않으면서 네가 이 과제들을 해내도록 이끄는 것
말이야. 네가 거둔 성공에서 내가 손을 쓴 흔적을 없애려
고 온갖 꾀를 짜내야 했지. 네가 모든 과제를 너무 쉽게 해
낸다면 덤블도어는 꽤 의심스러워했을 거다. 나는 네가 그
미로에 들어가기만 한다면, 더 좋게는 상당히 앞서서 들어
간다면, 나에게 다른 대표 선수들을 제거하고 네 앞에 있

는 장애물을 치워 줄 기회가 생길 거라는 사실을 알고 있었
다. 하지만 나는 너의 멍청함과도 싸워야 했지. 두 번째 과
제 말이다……. 일이 실패할까 봐 가장 두려웠을 때가 바로
그때였다. 나는 줄곧 널 지켜보고 있었다, 포터. 난 네가 그
알의 단서를 풀지 못했다는 사실을 알고 있었기에 너에게
또 다른 힌트를 주어야 했다…….”

“교수님이 준 게 아니었잖아요.” 해리가 쉰 목소리로 말
했다. “그건 세드릭이…….”

“세드릭한테 그 알을 물속에서 열어 보라고 말해 준 사람
이 누굴까? 나다. 나는 세드릭이 너에게 그 정보를 알려 줄
거라 믿었다. 선량한 사람들은 조종하기가 아주 쉽지, 포
터. 나는 세드릭이 네가 용 얘기를 해 준 것에 대해 보답하
고 싶어 할 거라고 확신했다. 역시나 그랬고. 하지만 그럼
에도 포터 너는 실패할 가능성이 높아 보였다. 네가 도서
관에서 그 오랜 시간을 보내는 동안 난 계속 지켜보고 있
었다……. 너에게 필요한 책이 내내 네 기숙사에 있었다는
사실을 깨닫지 못했느냐? 내가 진작에 넣어 둔 것이지. 롱
보텀 녀석에게 줘서 말이야. 기억나지 않느냐? 《지중해의
마법 수생식물과 그 특성》. 그 책은 아가미풀에 대해 알아
야 할 모든 것을 알려 주었을 것이다. 나는 네가 누구에게

든 도움을 요청할 거라 생각했다. 롱보텀한테 물었다면 곧
바로 말해 주었겠지. 하지만 너는 그렇게 하지 않았다…….
그러지 않았어……. 너의 오만함과 제멋대로인 성격이 모
든 것을 망쳐 놓을 뻔했다. 그러면 내가 뭘 할 수 있었을
까? 또 다른 순진한 정보원을 통해 네게 정보를 떠먹여 줘
야지. 크리스마스 무도회에서 너는 도비라는 집요정한테
크리스마스 선물을 받았다고 말했다. 나는 로브 몇 벌을 세
탁해 달라고 그 집요정을 교무실로 불렀다. 그리고 잡혀 간
인질들에 대해, 또 포터가 과연 아가미풀을 생각해 낼 수
있을지에 대해 맥고나걸 교수와 큰 소리로 대화하는 상황
을 연출했지. 그러자 네 조그만 집요정 친구는 곧바로 스
네이프의 저장고로 달려갔고, 그다음 다급히 널 찾으러 갔
지…….”

　무디는 마법 지팡이를 여전히 해리의 심장에 곧장 겨누
고 있었다. 그의 어깨 너머로, 벽에 걸린 적 탐지경이 보였
다. 적 탐지경에 흐릿한 형상들이 움직이는 모습이 비치고
있었다. “너는 그 호수 속에서 너무 오래 머물렀어, 포터.
나는 네가 빠져 죽은 줄 알았다. 하지만 다행스럽게도, 덤
블도어는 네 멍청함을 고결함으로 여기고 높은 점수를 줬
지. 나는 다시 한숨 돌렸다. 당연히 너는 오늘 밤 그 미로에

서도 원래 겪었어야 하는 것보다 수월한 시간을 보냈다."

무디가 말을 이었다. "내가 주변을 순찰하고 있었기 때문이지. 나는 울타리 바깥에서 그 안을 들여다보면서 저주 마법으로 네가 가는 길에 있는 수많은 장애물을 치워 버릴 수 있었다. 플뢰르 들라쿠르가 지나갈 때는 그 애에게 기절 마법을 걸었다. 크룸에게는 임페리우스 저주를 걸어서 디고리를 끝장내도록 했지. 그렇게 네가 우승컵으로 가는 길을 열어 준 거다."

해리는 무디를 뚫어지게 바라보았다. 그는 어떻게 이런 일이 벌어질 수 있는지 도무지 이해가 되지 않았다……. 덤블도어의 동료이자 유명한 오러…… 그 많은 죽음을 먹는 자들을 잡아들인 사람이……. 이건 말도 안 되는 일이었다……. 전혀 말이 되지 않았다…….

적 탐지경에 비친 흐릿한 형상들이 점점 선명해지더니 더욱 또렷하게 보였다. 해리는 무디의 어깨 너머로, 점점 가까이 다가오는 세 사람의 윤곽을 보았다. 하지만 무디는 그들을 보지 못했다. 그의 마법 눈은 오직 해리를 향해 있었다.

"어둠의 왕께서는 너를 죽이지 못했다, 포터. 하지만 그러고 싶어 하셨지." 무디가 속삭이듯 말했다. "내가 그분을 위해 그 일을 해냈다는 사실을 아신다면 그분께서 내게 어떤 보상을 내려 주실지 상상해 봐라. 나는 너를 그분께 바쳤다. 그분께서 되살아나시는 데 무엇보다 필요로 했던 존재인 너를……. 그런 다음 그분을 위해 널 죽일 것이다. 나는 다른 어떤 죽음을 먹는 자들보다 큰 영광을 누리게 될 것이다. 그분께서 가장 총애하는 자, 그분과 가장 가까운 추종자가 될 것이다……. 아들보다도 가까운……."

무디의 멀쩡한 눈이 튀어나올 지경으로 불거졌다. 마법 눈은 해리에게 고정된 채였다. 문에는 빗장이 걸려 있었고, 무디에게 저지당하기 전에 해리가 마법 지팡이를 뽑아 드는 것도 불가능해 보였다…….

"어둠의 왕과 나는……." 무디가 입을 열었다. 앞에 우뚝 서서 해리를 내려다보고 있는 그는 이제 완전히 미친 사람처럼 보였다. "닮은 점이 많다. 예컨대 우리 둘 다 매우 실망스러운 아버지를 뒀지. 참으로 실망스러운……. 우리 둘 다 치욕을 겪었다, 해리. 그 아버지의 이름을 그대로 물려받는 치욕 말이야. 그리고 우리 둘 다 같은 기쁨을 누렸다……. 엄청난 기쁨…… 어둠의 질서를 부활시키기 위해 아버지를 죽이는 기쁨을!"

"미쳤어." 도저히 참을 수 없게 된 해리가 소리쳤다. "당신은 미쳤어!"

"내가 미쳤다고?" 무디가 말했다. 그의 목소리가 걷잡을 수 없이 커지고 있었다. "어디 보자! 미친 게 어느 쪽인지 보잔 말이다. 마침내 어둠의 왕께서 돌아오셨다. 그리고 그 곁에는 내가 있다! 그분이 돌아오신 거다, 해리 포터. 너는 그분을 무너뜨리지 못했어. 그리고 이제, 내가 널 무너뜨릴 것이다!"

무디가 지팡이를 들어 올리고 입을 벌렸다. 해리는 로브 속으로 손을 집어넣었다…….

"스튜페파이!" 눈이 멀 듯한 붉은빛이 번쩍이더니 뭔가가 쪼개지고 부서지는 엄청난 소리와 함께 무디의 연구실 문이 산산조각 났다.

무디는 뒤로 날아가 연구실 바닥에 널브러졌다. 그때까지도 무디의 얼굴이 있던 곳을 바라보고 있던 해리는 적 탐지경에 비친 알버스 덤블도어와 스네이프 교수, 맥고나걸 교수를 보았다. 해리가 고개를 돌리자 어느새 문 앞에 서 있는 세 사람의 모습이 보였다. 마법 지팡이를 앞으로 뻗은 덤블도어가 맨 앞에 서 있었다.

그 순간 해리는 사람들이 왜 덤블도어를 볼드모트가 두려워했던 유일한 마법사라고 말하는지 처음으로 온전히 이해할 수 있었다. 의식을 잃은 매드아이 무디를 내려다보는 덤블도어의 표정은 해리의 상상을 초월할 만큼 무시무시했다. 친절한 미소는 더 이상 찾아볼 수 없었고, 안경 뒤에서 반짝거리는 눈도 없었다. 나이 든 얼굴에 패어 있는 주름살마다 차가운 분노가 어려 있었다. 마치 불타는 열기가 뿜어져 나오듯 그에게서 강력한 힘이 발산되고 있었다.

연구실로 들어온 덤블도어가 무디의 의식 잃은 몸 아래 발을 집어넣고 그의 등을 걷어찼다. 무디의 몸이 뒤집히면서 얼굴이 드러났다. 덤블도어를 뒤따라 들어온 스네이프가 여전히 방 안을 노려보는 스네이프 자신의 얼굴이 비치고 있는 적 탐지경을 들여다보았다.

맥고나걸 교수가 곧바로 해리에게 향했다.

"따라오너라, 포터." 그녀가 작은 소리로 말했다. 그녀의 가느다란 입술이 금방이라도 울음을 터뜨릴 것처럼 움찔거리고 있었다. "따라오너라……. 병동으로 가자……."

"안 됩니다." 덤블도어가 날카롭게 말했다.

"덤블도어, 포터는 병동에 가야 합니다. 이 아이를 좀 보세요. 오늘 밤에 괴로움을 겪을 만큼 겪었다고요."

"해리는 여기 있을 겁니다, 미네르바. 그 아이도 알아야 하니까요." 덤블도어가 단호하게 말했다. "받아들이려면 먼저 이해해야 하고, 그래야만 상처를 치유할 수 있습니다. 해리는 오늘 밤 이런 시련을 겪도록 만든 사람이 누구인지 알아야 합니다. 왜 그랬는지도요."

"무디······." 해리가 입을 열었다. 그는 아직도 이 상황을 도저히 믿을 수 없는 듯했다. "무디 교수님이 어떻게 이럴 수가 있죠?"

"이자는 앨러스터 무디가 아니다." 덤블도어가 조용히 말했다. "너는 앨러스터 무디를 몰라. 진짜 무디라면, 오늘 밤 그런 일이 일어난 상황에서 너를 내가 볼 수 없는 곳으로 데려가지 않았을 거다. 나는 이자가 너를 데려간 순간 그 사실을 깨닫고 바로 뒤따라왔단다."

덤블도어가 허리를 구부리더니 축 늘어진 무디의 로브 속에 손을 집어넣어 휴대용 술병과 열쇠 꾸러미를 꺼냈다. 그런 다음 맥고나걸 교수와 스네이프에게 돌아섰다.

"세베루스, 자네가 가진 것 중에서 가장 강력한 진실의 마법약을 가져다주지 않겠나. 그리고 주방으로 내려가 윙키라는 집요정을 데리고 오게. 미네르바, 미안하지만 해그리드의 집에 가면 호박밭에 커다란 검은 개가 앉아 있을 겁니다. 그 개를 내 연구실로 데려가서 잠깐 기다리라고 말한 다음 여기로 다시 와 주세요."

속으로는 이런 지시 사항을 이상하게 여겼을지 몰라도 스네이프와 맥고나걸은 어리둥절한 티를 내지 않았다. 둘 다 곧바로 돌아서서 연구실을 나갔다. 덤블도어는 일곱 개의 자물쇠가 달린 짐 가방으로 걸어가 첫 번째 열쇠를 자물쇠에 넣고 가방을 열었다. 가방에는 마법 책이 잔뜩 들어 있었다. 덤블도어는 짐 가방을 닫고 두 번째 열쇠를 두 번째 자물쇠에 꽂은 뒤 다시 열었다. 마법 책은 온데간데없이 사라지고, 부서진 스니코스코프와 양피지, 깃펜 몇 자루, 은빛 투명 망토처럼 보이는 물건이 들어 있었다. 해리는 깜짝 놀라 덤블도어가 세 번째, 네 번째, 다섯 번째, 여섯 번째 열쇠를 각각의 자물쇠에 꽂고 짐 가방을 다시 여는 모습을 지켜보았다. 가방에는 매번 다른 물건들이 들어 있었다. 잠시 후 그가 일곱 번째 열쇠를 자물쇠에 꽂고 가방을 확 열었다. 해리는 놀라서 소리를 질렀다.

가방 속에는 구덩이 비슷한 지하의 방이 있었다. 그리고 3미터쯤 아래 있는 바닥에, 오래 굶주린 듯 뼈만 앙상한 진짜 매드아이 무디가 누워 있었다. 그는 깊이 잠든 것처럼 보였다. 나무다리는 어디론가 사라졌고, 마법 눈이 들어가 있어야 할 눈구멍은 눈꺼풀 아래 텅 비어 있었으며, 반백이 된 머리카락은 듬성듬성 잘려 있었다. 해리는 충격을 받은 얼굴로, 짐 가방 안에 잠들어 있는 무디와 연구실 바닥에 의식을 잃고 누워 있는 무디를 번갈아 보았다.

덤블도어는 짐 가방 안으로 들어가 잠든 무디 옆 바닥에 가볍게 내려섰다. 그가 무디 위로 허리를 숙였다.

"기절했구나. 임페리우스 저주에 조종당했어. 아주 약해져 있다." 그가 말했다. "물론, 무디를 살려 뒀어야 했겠지. 해리, 저 사기꾼의 망토를 던져 다오. 앨러스터의 몸이 차갑구나. 폼프리 선생님이 살펴봐야겠지만, 지금 당장 위급한 상태는 아닌 것 같다."

해리는 망토를 던져 주었다. 덤블도어는 무디에게 망토를 덮어 주고 다시 짐 가방 밖으로 나왔다. 그런 다음 책상에 놓여 있는 휴대용 술병을 들고 마개를 연 다음 병을 뒤집었다. 걸쭉하고 끈적끈적한 액체가 연구실 바닥으로 뚝뚝 떨어졌다.

"폴리주스 마법약이다, 해리." 덤블도어가 말했다. "너도 얼마나 간단하고 영리한 계획인지 알겠지. 무디는 자신의 휴대용 술병에 담긴 것 말고는 *아무것도* 마시지 않는다. 무디의 이런 습관은 잘 알려져 있지. 물론 이 사기꾼은 진짜 무디를 가까이 두어야 했다. 그래야 계속 마법약을 만들 수 있으니까. 무디의 머리카락을 보렴……." 덤블도어는 짐

가방 안에 있는 무디를 내려다보았다. "이 사기꾼은 1년 내
내 무디의 머리카락을 잘랐던 거야. 머리카락 길이가 들쭉
날쭉한 게 보이니? 하지만 내 생각에 오늘 밤에는 우리의
가짜 무디가 너무 흥분한 나머지 매번 정해진 시간에 약을
마셔야 한다는 사실을 잊었는지도 모르겠다…….  곧 알게
되겠지."

덤블도어는 책상 의자를 빼고 앉았다. 그의 눈은 의식을
잃고 바닥에 누워 있는 무디에게 고정되어 있었다. 해리도
그자를 물끄러미 바라보았다. 묵직한 침묵 속에서 몇 분이
흘러갔다…….

잠시 후, 바로 해리의 눈앞에서 바닥에 쓰러진 남자의 얼
굴이 변하기 시작했다. 흉터가 사라지고 피부가 매끄러워
졌다. 망가진 코가 멀쩡해지더니 줄어들기 시작했다. 길고
희끗희끗한 갈기 같은 머리카락이 바짝 짧아지면서 밀짚
색깔로 변했다. 돌연 커다란 '턱' 소리가 나면서 나무다리
가 떨어지고 정상적인 다리가 그 자리에 다시 자라났다. 다
음 순간, 그자의 얼굴에서 마법 눈이 튀어나오고 진짜 눈이
그 자리를 대신했다. 바닥 저쪽으로 굴러간 마법 눈은 끊임
없이 뱅글뱅글 돌고 있었다.

해리는 눈앞에 누워 있는 남자를 보았다. 창백한 피부와

약간의 주근깨, 부스스한 금발. 해리는 그 남자를 알아보았다. 해리는 이 남자를 덤블도어의 펜시브에서 본 적이 있었다. 그 남자가 크라우치 장관에게 자신의 결백함을 주장하면서 디멘터들에게 붙들려 법정에서 끌려 나가는 모습을 지켜보았다……. 하지만 지금의 그는 눈가에 주름이 져 있었고 훨씬 나이 들어 보였다…….

복도에서 다급히 달려오는 발소리가 들렸다. 스네이프가 윙키를 데리고 돌아왔다. 맥고나걸 교수가 그들을 바로 뒤따라 들어왔다.

"크라우치!" 스네이프가 문 앞에 우뚝 멈춰 서서 소리쳤다. "바티 크라우치!"

"세상에." 맥고나걸 교수도 걸음을 딱 멈추고 바닥에 있는 남자를 내려다보았다.

더럽고 단정하지 않은 모습의 윙키가 스네이프의 다리 사이로 그 광경을 바라보았다. 그녀는 입을 크게 벌리고 날카로운 비명을 질렀다. "바티 도련님, 바티 도련님, 여기서 뭘 하고 계세요?"

윙키가 젊은 남자의 가슴으로 뛰어들었다. "당신이 이분을 죽였어요! 당신이 이분을 죽였어요! 당신이 주인님의 아들을 죽였어요!"

"단지 기절 마법에 걸렸을 뿐이란다, 윙키." 덤블도어가 말했다. "좀 비켜 주지 않겠니. 세베루스, 마법약은 가져왔나?"

스네이프는 덤블도어에게 완전히 투명한 액체가 담긴 작은 유리병을 건넸다. 그가 수업 시간에 해리에게 먹이겠다고 협박한 베리타세룸이었다. 의자에서 일어난 덤블도어가 바닥에 쓰러진 남자 쪽으로 허리를 구부리더니 그를 적 탐지경 아래의 벽에 기대 앉혔다. 적 탐지경 안에서는 덤블도어와 스네이프, 맥고나걸의 형상이 여전히 그들 모두를 내려다보고 있었다. 윙키는 무릎을 꿇은 채 양손에 얼굴을 묻고 부들부들 떨고 있었다. 덤블도어는 남자의 입을 억지로 벌리고 마법약을 세 방울 떨어뜨렸다. 그런 다음 남자의 가슴에 마법 지팡이를 겨누고 주문을 외웠다. "레네르바테."

크라우치의 아들이 눈을 떴다. 그러나 얼굴은 멍하니 풀려 있었고 눈에는 초점이 없었다. 덤블도어는 그의 앞에 무릎을 꿇고 눈높이를 맞췄다.

"내 말이 들리느냐?" 덤블도어가 조용히 물었다.

남자의 눈꺼풀이 깜빡거렸다.

"네." 남자가 중얼거렸다.

"우리에게 말해 주었으면 한다." 덤블도어가 나직한 목소리로 말했다. "어떻게 해서 여기에 왔는지. 어떻게 아즈카반에서 빠져나왔는지?"

크라우치는 부르르 떨면서 깊은 숨을 들이쉬더니, 아무런 감정도 실려 있지 않은 단조로운 목소리로 이야기를 시작했다. "어머니가 구해 주었습니다. 어머니는 자기 목숨이 얼마 남지 않았다는 사실을 알고 있었습니다. 어머니는 마지막 소원이라면서 아버지를 설득해 나를 구해 주게 했습니다. 아버지는 나를 결코 사랑한 적 없지만 그만큼 어머니를 사랑했습니다. 아버지는 어머니의 부탁을 받아들였습니다. 그들은 나를 만나러 와서 내게 어머니의 머리카락이 들어 있는 폴리주스 마법약을 주었습니다. 어머니는 내 머리카락이 들어 있는 폴리주스 마법약을 마셨습니다. 우리는 서로의 모습으로 변했습니다."

윙키는 부들부들 떨면서 고개를 저었다. "더는 말하지 마세요, 바티 도련님. 더 이상 말하지 마세요. 도련님은 아버지를 곤경에 빠뜨리고 계세요!"

하지만 크라우치는 또 한 번 심호흡을 하더니 똑같이 단조로운 목소리로 말을 이었다. "디멘터들은 앞이 보이지 않습니다. 그들은 건강한 사람 한 명과 죽어 가는 사람 한 명이 아즈카반에 들어가는 것을 감지했습니다. 그리고 건강한 사람 한 명과 죽어 가는 사람 한 명이 그곳을 나가는 것을 감지했습니다. 아버지는 죄수들이 문틈으로 지켜볼 경우에 대비해 나를 어머니로 위장시키고 몰래 **빼냈습니다**. 어머니는 머잖아 아즈카반에서 죽었습니다. 어머니는 마지막 순간까지 폴리주스 마법약을 마시는 것을 잊지 않았습니다. 어머니는 내 이름이 적힌 묘비 아래 내 모습을 하고 묻혔습니다. 모두 어머니를 나라고 믿었습니다."

남자의 눈꺼풀이 다시 깜빡였다.

"그럼 널 집으로 데리고 온 다음에는 어떻게 했느냐?" 덤블도어가 담담하게 물었다.

"어머니의 죽음을 꾸몄습니다. 조용한 비공개 장례식을 치렀습니다. 그때 만든 무덤은 비어 있습니다. 내가 건강을 되찾을 때까지 집요정이 나를 돌봐 주었습니다. 그런 다음 나는 숨겨져야 했습니다. 통제되어야 했습니다. 아버지는 나를 굴복시키기 위해 수많은 주문을 사용했습니다. 힘을 되찾았을 때, 나는 주인님을 찾고…… 그분께 다시 봉사할 생각뿐이었습니다."

"네 아버지가 널 어떤 식으로 굴복시켰지?" 덤블도어가 다시 물었다.

"임페리우스 저주를 걸었습니다." 크라우치가 말했다. "나는 아버지의 통제하에 있었습니다. 나는 낮이고 밤이고 억지로 투명 망토를 써야 했습니다. 나는 언제나 집요정과 함께했습니다. 집요정이 나의 감시인이자 간병인이었습니다. 집요정은 나를 불쌍히 여겼습니다. 집요정은 아버지를 설득해 가끔씩 내게 보상을 주게 했습니다. 착한 행동에 대한 보상 말입니다."

"바티 도련님, 바티 도련님." 윙키가 두 손으로 얼굴을 가린 채 흐느꼈다. "이 사람들에게 말씀하시면 안 돼요. 우리가 곤란해지고 있어요……."

"네가 아직 살아 있다는 사실을 안 사람이 있느냐?" 덤블도어가 부드럽게 말을 이었다. "네 아버지와 집요정을 **빼**고 말이야."

"네." 크라우치가 말했다. 그의 눈꺼풀이 다시 깜빡거렸다. "아버지의 직장에서 일하는 마법사, 버사 조킨스가 알았습니다. 그 사람이 아버지의 서명을 받을 서류를 가지고 집으로 왔을 때였습니다. 아버지는 집에 없었습니다. 윙키는 그 사람을 집 안으로 안내하고 부엌에 있는 나에게 왔습니다. 하지만 버사 조킨스는 윙키가 나에게 말하는 소리를 듣고 말았습니다. 버사 조킨스는 무슨 일인지 알아보러 부엌에 왔다가, 투명 망토 아래 누가 숨어 있는지 추측할 수 있을 만큼 많은 얘기를 들었습니다. 아버지가 집에 도착했습니다. 버사 조킨스가 아버지를 추궁했습니다. 아버지는 버사 조킨스에게 아주 강력한 망각 마법을 걸어 그 여자가 알아낸 것을 잊게 만들었습니다. 너무나 강력한 망각 마법이었습니다. 아버지는 그 마법이 버사 조킨스의 기억력을 영구적으로 손상시켰다고 말했습니다."

"그 여자는 왜 우리 주인님의 사적인 일에 참견하나요?" 윙키가 흐느꼈다. "왜 우리를 그냥 놔두지 않나요?"

"퀴디치 월드컵에서 일어난 일에 대해 말해 다오." 덤블도어가 말했다.

"내가 퀴디치 월드컵을 보러 갈 수 있도록 윙키가 아버지를 설득했습니다." 크라우치가 아까와 같은 단조로운 목소리로 말했다. "윙키는 몇 달 동안 아버지를 설득했습니다. 내가 몇 년 동안이나 집 밖으로 나간 적이 없다고, 내가 퀴디치를 아주 좋아한다고, 보러 가게 해 달라고 윙키는 말했습니다. 투명 망토를 쓰고 관람하면 될 거라고, 한 번이라도 신선한 공기를 마시게 해 달라고 설득했습니다. 윙키는 내 어머니가 그러길 바랐을 거라고 말했습니다. 윙키는 아버지에게 내 어머니가 죽은 건 내게 자유를 주기 위해서라

고 말했습니다. 평생 갇힌 채 살게 하려고 나를 구한 게 아
니라고 말했습니다. 아버지는 결국 허락했습니다. 그 일은
치밀하게 계획되었습니다. 아버지는 그날 이른 시간에 나
와 윙키를 데리고 1등석으로 갔습니다. 윙키는 아버지를
위해 자리를 맡아 놓는 거라고 말하기로 했습니다. 그곳에
는 모습이 보이지 않는 내가 앉아 있었습니다. 우리는 모두
가 1등석을 떠난 뒤에 나오기로 했습니다. 윙키는 혼자 있
는 것처럼 보일 테고 아무도 모를 것이었습니다. 하지만 윙
키는 내가 점점 강해지고 있다는 사실을 몰랐습니다. 나는
아버지의 임페리우스 저주에 맞서 싸우기 시작했습니다.
가끔은 거의 나 자신을 되찾을 때도 있었습니다. 내가 아버
지의 통제에서 벗어난 것 같은 짧은 순간들도 있었습니다.
그 일이 그곳, 1등석에서 일어났습니다. 깊은 잠에서 깨어
나는 것 같았습니다. 퀴디치 월드컵 경기가 한창 벌어지고
있는 도중에 나는 사람들 사이에 있는 나 자신을 발견했습
니다. 내 앞에 앉은 소년의 주머니에서 마법 지팡이가 삐죽
나와 있는 것이 보였습니다. 나는 아즈카반에 들어가기 전
부터 줄곧 마법 지팡이를 허락받지 못했습니다. 나는 그 마
법 지팡이를 훔쳤습니다. 윙키는 몰랐습니다. 윙키는 높은
곳을 무서워했습니다. 윙키는 얼굴을 가리고 있었습니다.”

"바티 도련님, 나쁜 아이로군요!" 윙키가 손가락 사이로 눈물을 뚝뚝 떨어뜨렸다.

"네가 마법 지팡이를 가져간 거구나." 덤블도어가 말했다. "그 마법 지팡이로 뭘 했느냐?"

"우리는 텐트로 돌아갔습니다." 크라우치가 말했다. "그때 들었습니다. 죽음을 먹는 자들의 목소리를 들었습니다. 아즈카반에는 한 번도 들어간 적이 없는 자들이었습니다. 나의 주인을 위해 한 번도 고통받은 적이 없는 자들이었습니다. 그들은 주인님께 등을 돌렸습니다. 그들은 나와 달리 노예 상태가 아니었습니다. 자유롭게 그분을 찾을 수 있었는데도 그들은 그렇게 하지 않았습니다. 그들은 그저 머글들을 데리고 장난만 치고 있었습니다. 그들의 소리가 나를 일깨웠습니다. 내 정신은 지난 몇 년 사이 어느 때보다도 맑았습니다. 나는 화가 났습니다. 내게는 마법 지팡이가 있었습니다. 나는 주인님께 불충한 그들을 공격하고 싶었습니다. 아버지는 머글들을 구하러 가는 바람에 텐트에 없었습니다. 그토록 화가 난 나를 본 윙키는 겁에 질렸습니다. 윙키는 자기 나름의 마법을 써서 나를 자신에게 묶어 두었습니다. 윙키는 나를 텐트에서 끌어내 죽음을 먹는 자들에게서 멀리 떨어진 숲으로 데려갔습니다. 나는 윙키를 막으려 했습니다. 나는 야영장으로 돌아가고 싶었습니다. 나는 죽음을 먹는 자들에게 어둠의 왕에 대한 충성을 바친다는 게 어떤 건지 보여 주고 싶었고, 그런 충성심이 없는 그들을 벌하고 싶었습니다. 나는 훔친 마법 지팡이를 사용해 어둠의 징표를 하늘로 쏘아 올렸습니다. 정부 마법사들이 도착했습니다. 그들은 사방으로 기절 마법을 발사했습니다. 그중 하나가 윙키와 내가 서 있던 나무들 사이로 날아왔습니다. 우리 둘을 연결하고 있던 끈이 끊어졌습니다. 우리는 둘 다 기절 마법에 걸렸습니다. 윙키가 발견되자 아버지는 내가 근처에 있을 게 틀림없다는 걸 알았습니다. 아버지는 윙키가 발견된 덤불을 뒤져 거기에 누워 있는 나를 찾아냈습니다. 아버지는 다른 정부 직원들이 숲을 떠날 때까지 기다렸습니다. 아버지는 내게 다시 임페리우스 저주를 걸고 나를 집으로 데려갔습니다. 아버지는 윙키를 해고했습니다. 윙키가 아버지의 입장을 난처하게 만들었기 때문입니다. 윙키는 내가 마법 지팡이를 손에 넣도록 방치했습니다. 하마터면 내가 도망치게 할 뻔했습니다."

윙키가 절망적으로 울부짖었다.

"이제 집에는 아버지와 나 단둘뿐이었습니다. 그런 다음…… 바로 그때……." 크라우치의 머리가 목 위에서 돌아가더니 그의 얼굴에 미치광이 같은 미소가 번졌다. "주인님께서 내게 오셨습니다. 주인님께서는 그분의 부하 웜테일의 팔에 안긴 채 어느 날 밤늦게 우리 집에 도착했습니다. 주인님께서는 내가 아직도 살아 있다는 걸 알아내셨던 겁니다. 주인님은 알바니아에서 버사 조킨스를 붙잡았습니다. 그 여자를 고문했습니다. 그 여자는 주인님께 아주 많은 것을 말해 주었습니다. 트라이위저드 대회에 관해서 말했습니다. 나이 든 오러 무디가 호그와트에서 학생들을 가르치게 되었다고 말했습니다. 주인님은 내 아버지가 그녀에게 걸어 둔 망각 마법이 깨질 때까지 그녀를 고문하셨습니다. 그 여자는 주인님께 내가 아즈카반에서 탈출했다고 말했습니다. 그녀는 주인님께 내가 주인님을 찾지 못하도록 아버지가 나를 가뒀다고 말했습니다. 그렇게 주인님께서는 내가 여전히 그분의 충실한 부하라는 사실을 알게 되신 겁니다. 아마도 가장 충직한 부하라는 사실을 말이죠. 주인님께서는 버사가 그분께 드린 정보를 토대로 한 가지 계획을 세우셨습니다. 그분께는 내가 필요했습니다. 그분은 자정이 가까울 무렵 우리 집에 도착했습니다. 아버지가 문을 열었습니다."

삶에서 가장 달콤한 기억을 떠올리는 것처럼 크라우치의

얼굴에 더욱 환한 미소가 번졌다. 윙키의 손가락 사이로 극도로 겁에 질린 그녀의 갈색 눈동자가 보였다. 윙키는 너무 겁을 먹어 입을 열지 못하는 것 같았다.

"그 일은 순식간에 일어났습니다. 아버지는 주인님에 의해 임페리우스 저주에 걸렸습니다. 이제는 아버지가 감금당하고 조종당하는 사람이 된 것입니다. 주인님은 아버지가 평소대로 일을 하도록, 아무런 문제도 없는 것처럼 행동하도록 했습니다. 그리고 나는 풀려났습니다. 깨어났습니다. 다시 나 자신이 되었습니다. 지난 몇 년 동안 잃어버렸던 나 자신을 되찾았습니다."

"볼드모트 경이 너에게 무슨 일을 시켰느냐?" 덤블도어가 물었다.

"주인님께서는 내가 그분을 위해 모든 것을 감당할 준비가 되어 있는지 물으셨습니다. 나는 준비가 되어 있었습니다. 그분께 봉사하는 것, 그분께 나 자신을 증명해 보이는 것은 나의 꿈이자 가장 위대한 야망이었습니다. 그분께서는 나에게 호그와트에 충실한 부하를 두어야 한다고 말씀하셨습니다. 아무에게도 들키지 않고 해리 포터를 트라이위저드 대회에 끌어들일 사람 말입니다. 해리 포터를 감시하고, 해리 포터가 반드시 트라이위저드 우승컵에 도달하도록 만들 사람, 우승컵을 포트키로 바꿔 거기에 첫 번째로 손대는 사람을 주인님께 데려가게 할 사람 말입니다. 하지만 일단은…….”

“앨러스터 무디가 필요했겠군.” 덤블도어가 말을 받았다. 목소리는 여전히 침착했지만 그의 푸른 눈은 활활 불타오르고 있었다.

“웜테일과 내가 그 일을 했습니다. 우리는 미리 폴리주스 마법약을 준비해 두었습니다. 우리는 무디의 집으로 갔습니다. 무디는 저항했습니다. 소동이 일었습니다. 우리는 간신히 그를 제압할 수 있었습니다. 그의 마법 가방 한 칸에 무디를 억지로 가뒀습니다. 그의 머리카락을 조금 잘라 마법약에 넣었습니다. 나는 그걸 마시고 무디의 복제품이 되었습니다. 나는 그의 다리와 눈을 가져갔습니다. 아서 위즐리가 소란스러운 소리를 들은 머글들을 정리하러 도착했을 때 나는 그를 맞이할 준비가 되어 있었습니다. 나는 쓰레기통들이 마당을 돌아다니도록 만들었습니다. 나는 아서 위즐리에게 누군가가 우리 집 마당에 침입하는 소리를 들었고, 그자들이 쓰레기통의 경보 장치를 울리게 한 거라고 말했습니다. 그런 다음 나는 무디의 옷과 어둠의 마법 탐지기들을 챙겨 무디가 들어 있는 짐 가방에 넣고 호그와트로 떠났습니다. 나는 무디에게 임페리우스 저주를 걸어 놓고 그를 계속 살려 두었습니다. 나는 그를 심문할 수 있어야 했습니다. 그의 과거를 캐고 그의 습관을 익혀 덤블도어조차 속일 수 있도록. 또한 폴리주스 마법약을 만들려면 그의 머리카락이 필요했습니다. 다른 재료들은 얻기 쉬웠습니다. 나는 지하 감옥에서 붐슬랑 독사 가죽을 훔쳤습니다. 마법약 교수가 자신의 연구실에서 나를 발견했을 때, 나는 그곳을 수색하라는 지시를 받았다고 말했습니다."

"그럼 네가 무디를 공격한 다음 웜테일은 어떻게 되었느냐?" 덤블도어가 물었다.

"웜테일은 주인님을 돌보고 아버지를 감시하기 위해 아버지의 집으로 돌아갔습니다."

"그런데 네 아버지가 도망친 거로구나." 덤블도어가 말했다.

"네. 시간이 지나자 아버지는 내가 그랬듯 임페리우스 저주에 맞서 싸우기 시작했습니다. 가끔은 무슨 일이 벌어지고 있는지 깨닫기도 했습니다. 주인님께서는 아버지를 집 밖으로 내보내는 것이 더 이상 안전하지 않다고 판단하셨습니다. 주인님께서는 아버지에게 억지로 정부에 편지를 보내게 하셨습니다. 아버지에게 아프다는 편지를 쓰게 했습니다. 하지만 웜테일이 임무를 소홀히 하고 말았습니다. 감시에 충분히 주의를 기울이지 않았습니다. 아버지가 도망친 것입니다. 주인님께서는 아버지가 호그와트로 갈 거라고 추측하셨습니다. 아버지는 덤블도어에게 모든 것을 말할 터였습니다. 본인이 저지른 일을 고백할 것이었습니다. 나를 아즈카반에서 몰래 빼냈다는 사실을 인정할 작정이었습니다. 주인님께서 나에게 아버지가 도망쳤다는 소식을 전해 주셨습니다. 주인님께서는 나에게 어떤 수를 써서라도 아버지를 막으라고 말씀하셨습니다. 그래서 나는 기다리며 지켜보았습니다. 나는 해리 포터에게서 얻은 지도를 사용했습니다. 하마터면 모든 것을 망쳐 버릴 뻔했던 지도 말입니다."

"지도라니?" 덤블도어가 재빨리 말했다. "무슨 지도 말이냐?"

"포터가 가지고 있던 호그와트 지도 말입니다. 포터는 그지도에서 나를 봤습니다. 포터는 어느 날 밤 내가 스네이프의 연구실에서 폴리주스 마법약 재료를 훔치는 것을 보았습니다. 나와 내 아버지의 이름이 같으므로, 포터는 내 아버지를 보았다고 생각했습니다. 그날 밤 나는 포터에게서 그 지도를 얻었습니다. 나는 포터에게 내 아버지가 어둠의 마법사들을 싫어한다고 말했습니다. 포터는 내 아버지가 스네이프를 쫓고 있다고 믿었습니다. 1주일 동안 나는 아버지가 호그와트에 도착하기를 기다렸습니다. 마침내 어느 날 저녁, 지도는 아버지가 교정에 들어오는 것을 보여 주었습니다. 나는 투명 망토를 걸치고 아버지를 만나러 갔습니다. 아버지는 금지된 숲 근처를 돌아다니고 있었습니다. 그때 포터와 크룸이 왔습니다. 나는 기다렸습니다. 나는 주인님께 필요한 포터를 해칠 수 없었습니다. 포터가 덤블도어를 부르러 가자 나는 크룸에게 기절 마법을 걸었습니다. 나는 아버지를 죽였습니다."

"안돼애애애!" 윙키가 울부짖었다. "바티 도련님, 바티 도련님, 무슨 말씀을 하시는 거예요?"

"네가 아버지를 죽였군." 덤블도어가 여전히 담담한 목소리로 말했다. "시신은 어떻게 했지?"

"금지된 숲으로 옮겼습니다. 투명 망토로 시체를 덮었습니다. 나는 지도를 가지고 있었습니다. 나는 포터가 성으로 들어가 스네이프를 만나는 것을 지켜봤습니다. 덤블도어가 그들과 합류했습니다. 나는 포터가 덤블도어를 성에서 데리고 나오는 것을 지켜보았습니다. 금지된 숲에서 걸어 나온 나는 그들의 뒤에서 왔던 길을 되돌아간 다음 그들을 만나러 갔습니다. 덤블도어한테는 스네이프에게 이야기를 듣고 온 거라고 말했습니다. 덤블도어는 나에게 가서 아버지를 찾아보라고 했습니다. 나는 아버지의 시체가 있는 곳으로 돌아갔습니다. 지도를 보았습니다. 모두가 성으로 돌아가자 나는 아버지의 시체를 변신시켰습니다. 아버지는 뼈가 되었습니다……. 나는 투명 망토를 걸친 채 그 뼈를 해그리드의 오두막 앞, 새로 파헤친 흙 아래 묻었습니다."

무거운 침묵이 흐르는 가운데 윙키의 흐느낌만 끊임없이 이어졌다.

잠시 후 덤블도어가 입을 열었다. "그리고 오늘 밤……."

바티 크라우치가 작은 목소리로 말했다. "나는 저녁 식사 전에 트라이위저드 우승컵을 미로에 가져다 놓겠다고 했습니다. 그리고 그것을 포트키로 바꿔 놓았습니다. 주인님의 계획이 이루어진 것입니다. 주인님께서는 힘을 되찾으셨고, 나는 그분 곁에서 마법사들은 감히 꿈도 꾸지 못할 영광을 누리게 될 것입니다."

그의 얼굴에 또 한 번 미치광이 같은 미소가 떠올랐다. 윙키가 곁에서 울부짖고 흐느끼는 가운데 그의 머리가 어깨로 축 늘어졌다.

## 36장

# 갈림길

덤블도어가 일어섰다. 그는 잠깐 동안 혐오가 가득 담긴 눈으로 바티 크라우치를 내려다보았다. 그런 다음 다시 한 번 마법 지팡이를 들어 올렸다. 그의 마법 지팡이에서 밧줄이 튀어나오더니 저절로 바티 크라우치를 꽁꽁 묶었다.

그는 맥고나걸 교수에게 고개를 돌렸다. "미네르바, 내가 해리를 위층에 데려다주는 동안 이곳을 지켜 주시겠어요?"

"물론입니다." 맥고나걸 교수가 말했다. 그녀는 방금 누가 토하는 장면을 보기라도 한 것처럼 약간 메스껍다는 표정을 짓고 있었다. 하지만 마법 지팡이를 꺼내 바티 크라우치를 겨누는 그녀의 손은 전혀 흔들림이 없었다.

"세베루스." 덤블도어가 스네이프에게 고개를 돌렸다.

"폼프리 선생님에게 여기로 와 달라고 전해 주게. 앨러스터 무디를 병동으로 데려가야 하네. 그런 다음 교정으로 나가 코닐리어스 퍼지를 찾아서 이 연구실로 데리고 오게. 분명 그 자신이 직접 크라우치에게 질문을 던지고 싶어 할 테니. 나를 찾으면 30분 뒤에 병동으로 가 있겠다고 말해 주게."

스네이프는 조용히 고개를 끄덕이고 방을 달려 나갔다.

"해리?" 덤블도어가 부드러운 목소리로 해리를 불렀다.

자리에서 일어난 해리는 다시 휘청거렸다. 크라우치의 말을 듣는 내내 알아차리지도 못했던 다리의 통증이 이제 완전히 돌아왔다. 몸이 떨리는 것도 느껴졌다. 덤블도어는 그의 팔을 움켜잡고 그를 부축해 어두운 복도로 나갔다.

"먼저 내 연구실로 가자꾸나, 해리." 복도를 걸어가며 그가 조용히 말했다. "시리우스가 거기서 기다리고 있단다."

해리는 고개를 끄덕였다. 얼떨떨하고 모든 것이 비현실적으로 느껴졌지만 아무래도 좋았다. 오히려 그런 상태가 달가웠다. 해리는 트라이위저드 우승컵을 처음 만진 순간부터 지금까지 일어난 일들 가운데 단 한 가지도 떠올리고 싶지 않았다. 끊임없이 그의 머릿속에 번쩍이며 떠오르는, 사진처럼 생생하고 선명한 그 기억들을 자세히 살피고 싶지 않았다. 짐 가방 안에 있던 매드아이 무디. 손이 잘려 나간 팔 끝을 감싼 채 바닥에 쓰러진 윔테일. 김이 자욱한 솥에서 일어서던 볼드모트. 세드릭…… 죽은…… 세드릭, 부모님에게 데려다 달라고 부탁하던 세드릭…….

"교수님." 해리가 중얼거렸다. "세드릭의 부모님은 어디에 계세요?"

"스프라우트 교수님과 함께 계신단다." 덤블도어가 말했다. 바티 크라우치를 취조하는 내내 무척이나 담담했던 그의 목소리가 처음으로 살짝 떨렸다. "스프라우트 교수님은 세드릭이 속한 기숙사의 담임 교수니 그 아이에 대해 가장 잘 아시지."

그들은 가고일 석상 앞에 도착했다. 덤블도어가 암호를 대자 석상은 옆으로 펄쩍 비켜섰고, 덤블도어와 해리는 움직이는 나선형 계단을 타고 오크나무 문으로 향했다. 덤블도어가 문을 밀어젖혔다.

시리우스가 그곳에 서 있었다. 그의 얼굴은 아즈카반에서 탈출했을 때처럼 창백하고 야위어 있었다. 그가 순식간에 방을 가로질러 왔다. "해리, 괜찮니? 이럴 줄 알았다. 이런 일이 일어날 줄 알았어. 무슨 일이 있었던 거냐?"

해리를 부축해 책상 앞 의자에 앉히는 그의 손이 떨렸다.

"무슨 일이야?" 그가 더욱 다급한 목소리로 물었다.

덤블도어는 시리우스에게 바티 크라우치가 했던 모든 이 야기를 들려주었다. 해리는 반만 귀를 기울였다. 너무나 피 곤한 나머지 온몸의 뼈가 쑤시지 않는 곳이 없을 지경이었 다. 그는 아무런 방해도 받지 않고 오랫동안 그저 그 자리 에 앉아 있다가, 무엇도 생각하거나 느낄 필요가 없도록 잠 드는 것 말고는 아무것도 바라지 않았다.

부드럽게 퍼덕거리는 소리가 들렸다. 횃대를 떠나 연구 실을 날아온 불사조 폭스가 해리의 무릎 위에 내려앉았다.

"안녕, 폭스." 해리는 조용히 인사를 건넸다. 그는 불사조 의 아름다운 진홍색과 황금색 깃털을 쓰다듬었다. 폭스는 온화하게 그를 올려다보면서 눈을 깜빡였다. 폭스의 따뜻 한 묵직함이 어쩐지 위로가 되었다.

덤블도어가 이야기를 멈췄다. 그는 해리의 맞은편, 자신 의 책상 뒤 의자에 앉았다. 덤블도어가 자신을 바라보자 해 리는 그의 눈을 피했다. 이제 덤블도어는 그에게 질문을 던 질 것이다. 해리가 그 모든 일을 다시 겪게 만들 것이다.

"나는 네가 미로에서 포트키를 만진 뒤 무슨 일이 일어났 는지 알아야 한단다, 해리." 덤블도어가 말했다.

"아침까지 기다릴 수 있잖습니까, 덤블도어 교수님?" 시 리우스가 쉰 목소리로 말했다. 그는 해리의 어깨에 손을 얹고 있었다. "좀 자게 해 주십시오. 쉬게 해 주세요."

해리는 시리우스를 향한 고마움이 솟구치는 것을 느꼈지만 덤블도어는 시리우스의 말에 전혀 귀 기울이지 않았다. 그가 해리 쪽으로 몸을 구부렸다. 해리는 마지못해 고개를 들고 그 푸른 눈을 들여다보았다.

덤블도어가 부드럽게 말했다. "너를 마법으로 잠들게 해서, 오늘 밤 일어난 일들을 생각해야 하는 순간을 미루도록 해 주는 것이 너에게 정말 도움이 된다고 생각했다면 그렇게 했을 거다. 하지만 나는 잘 알고 있단다. 고통을 잠깐 마비시키면 결국 나중에 그것을 다시 느낄 때 더 괴로울 뿐이지. 넌 내가 너에게 기대할 수 있는 것 이상의 용기를 보여 주었다. 그 용기를 한 번 더 보여 줬으면 좋겠구나. 무슨 일이 일어났는지 우리에게 말해 다오."

불사조가 한 차례 부드럽게 떨리는 울음소리를 냈다. 그 소리가 공기를 울리자, 해리는 뜨거운 액체 한 방울이 목구멍을 지나 뱃속으로 들어가 몸을 데우고 힘을 주는 것 같은 기분이 들었다.

그는 심호흡을 하고 이야기하기 시작했다. 그날 밤의 장면 하나하나가 눈앞에 떠오르는 것 같았다. 볼드모트를 부활시킨 마법약의 반짝이는 표면이 보였다. 죽음을 먹는 자들이 주위의 무덤 사이사이로 순간이동 해 오던 장면이 보였다. 우승컵 옆에 쓰러져 있는 세드릭의 시신이 보였다.

여전히 해리의 어깨를 꽉 잡고 있던 시리우스가 한두 번 무슨 말을 하려는 듯 입을 열었다. 하지만 덤블도어가 손을 들어 그를 막았고 해리는 그것이 다행스러웠다. 일단 시작한 지금은 말을 이어 가는 게 더 쉬웠기 때문이다. 심지어 마음이 홀가분해졌다. 속에서 독기가 빠져나가는 것 같은 기분이었다. 계속 말을 하려면 남아 있는 의지력을 모두 대가로 치러야 했지만, 그럼에도 일단 이야기를 다 하고 나면 기분이 나아질 것 같았다.

하지만 웜테일이 해리의 팔을 단검으로 찌른 대목에 이르자 시리우스는 화가 나서 버럭 소리를 질렀다. 덤블도어가 벌떡 일어서는 바람에 해리는 깜짝 놀랐다. 덤블도어는 책상을 돌아와 해리에게 팔을 뻗으라고 말했다. 해리는 두 사람에게 찢어진 로브 아래 상처를 보여 주었다.

"제 피가 다른 사람의 피를 썼을 때보다 자기를 더 강하게 만들어 줄 거라고 했어요." 해리가 덤블도어에게 말했다. "저한테 남아 있는 제, 제 어머니의 보호막이 자기한테도 깃들게 될 거라고 했어요. 그 말이 맞았어요. 그자는 고통을 느끼지 않고도 저를 만질 수 있었어요. 제 얼굴을 만

지기까지 했어요."

아주 짧은 순간, 해리는 덤블도어의 눈에서 승리감 비슷한 것이 반짝이는 것을 본 듯했다. 하지만 다음 순간에는 그저 상상이었을 뿐이라는 확신이 들었다. 책상 뒤 자신의 자리로 돌아간 덤블도어는 지금까지 해리가 보았던 어떤 모습보다도 늙고 지쳐 보였다.

"잘 알겠다." 그가 다시 앉으며 말했다. "볼드모트가 그 특별한 장애물을 뛰어넘었구나. 해리, 부디 계속해 다오."

해리는 말을 이었다. 그는 볼드모트가 어떻게 솥 안에서 부활했는지 설명하고, 볼드모트가 죽음을 먹는 자들에게 뭐라고 연설했는지 기억나는 대로 전부 이야기했다. 그런 다음 그는 볼드모트가 자기를 풀어 주고 마법 지팡이를 돌려준 다음 결투를 제안했다고 말했다.

하지만 황금색 광선이 그와 볼드모트의 마법 지팡이를 연결한 대목에 이르자 해리는 목이 메는 것을 느꼈다. 말을 계속하려 했지만 볼드모트의 마법 지팡이에서 나온 것들에 대한 기억이 머릿속에 밀려들었다. 그는 세드릭이 나오는 것을 보았다. 노인과 버사 조킨스가 나오는 것을 보았다……. 그의 어머니와…… 아버지가…….

해리는 시리우스가 침묵을 깬 것이 고마웠다.

"마법 지팡이가 연결됐다고?" 그는 해리에게서 덤블도어에게로 눈길을 돌리며 물었다. "왜 그런 걸까요?"

해리는 다시 덤블도어를 올려다보았다. 덤블도어는 어떤 생각에 사로잡힌 듯한 표정이었다.

"프라이오리 인칸타템." 그가 중얼거렸다.

그의 눈이 해리의 눈을 응시했다. 둘 사이에 보이지 않는 이해의 빛이 오간 것 같았다.

"역추적 마법 말씀입니까?" 시리우스가 날카로운 목소리로 물었다.

"그렇다네." 덤블도어가 말했다. "해리의 마법 지팡이와 볼드모트의 마법 지팡이는 같은 심지를 가지고 있네. 둘 다 같은 불사조의 꼬리 깃이 들어 있지. 사실은 이 불사조의 깃털이라네." 그는 해리의 무릎에 평온하게 앉아 있는 주홍색과 황금색의 새를 가리키며 덧붙였다.

"제 마법 지팡이 깃털이 폭스 거라고요?" 해리가 놀라서 물었다.

"그렇단다." 덤블도어가 말했다. "올리밴더 씨가 나한테 편지로 네가 그 두 번째 마법 지팡이를 샀다고 전해 주었단다. 4년 전, 네가 그의 가게를 나서자마자 말이야."

"그럼 마법 지팡이가 형제를 만나면 어떤 일이 벌어지

죠?" 시리우스가 물었다.

"서로에 대항해서는 제대로 작동하지 않는다네." 덤블도어가 말했다. "하지만 그 주인들이 억지로 싸우게 하면…… 아주 드문 효과가 일어나지. 마법 지팡이 하나가 다른 지팡이에게 이전에 썼던 마법을 되풀이하도록 강제하게 된다네. 역순으로 말이야. 먼저 가장 최근에 쓴 마법이 나오고…… 그다음에는 그전에 쓴 마법이 나오고……."

그가 실제로 그랬냐는 듯 해리를 바라보자 해리는 고개를 끄덕였다.

"그 말은……." 덤블도어가 해리의 얼굴에 시선을 둔 채 천천히 말을 이었다. "세드릭이 어떤 형상을 띠고 다시 나타났을 거라는 뜻이지."

해리가 다시 고개를 끄덕였다.

"디고리가 살아났다고요?" 시리우스가 큰 소리로 다시 물었다.

"어떤 마법도 죽은 자를 되살아나게 할 수는 없네." 덤블도어가 무거운 목소리로 말했다. "기껏해야 메아리 같은 것일 뿐이지. 마법 지팡이에서 세드릭의 움직이는 환영이 나왔을 테지……. 내 말이 맞니, 해리?"

"세드릭이 저한테 말을 걸었어요." 해리가 말했다. 그는 갑자기 다시 몸을 떨었다. "그…… 세드릭의 유령인지 뭔지는 모르겠지만, 아무튼 저한테 말을 걸었어요."

"메아리란다." 덤블도어가 말했다. "세드릭의 모습과 성격을 갖고 있는 메아리지. 그와 비슷한 다른 형상들도 나타났을 것 같은데……. 그보다 시간을 좀 더 거슬러 올라가서 볼드모트의 마법 지팡이에 희생당한 사람들 말이다……."

"어떤 노인이 있었어요." 해리가 말했다. 아직도 목구멍이 죄어 왔다. "버사 조킨스도요. 그리고……."

"네 부모님도?" 덤블도어가 조심스럽게 물었다.

"네." 해리가 대답했다.

시리우스는 이제 아플 정도로 해리의 어깨를 움켜쥐고 있었다.

"그 마법 지팡이가 마지막으로 저지른 살인들이 보인 게다." 덤블도어가 고개를 끄덕이며 말했다. "역순으로 말이야. 네가 계속 연결을 유지했다면 더 많은 사람들이 나타났겠지. 그래, 해리. 이 메아리들, 이 그림자들이…… 어떤 행동을 했느냐?"

해리는 마법 지팡이에서 나온 형상들이 황금 그물망 가장자리를 서성거린 일과 볼드모트가 그들을 두려워하는 것처럼 보였던 일, 해리 아버지의 환영이 그에게 뭘 해야

하는지 말해 준 일, 세드릭이 마지막으로 어떤 부탁을 했는
지를 이야기했다.

이 대목에 이르자 해리는 더 이상 말을 이을 수가 없었
다. 그는 시리우스에게 눈길을 돌려 그가 손에 얼굴을 묻고
있는 모습을 보았다.

해리는 문득 폭스가 자신의 무릎에서 날아갔다는 사실
을 깨달았다. 불사조는 날개를 퍼덕여 바닥에 내려앉아 있
었다. 불사조가 그 아름다운 머리를 해리의 다친 다리에 댔
다. 폭스의 눈에서 굵고 진주 같은 눈물방울이 흘러나와 거
미에게 입은 상처로 뚝뚝 흘러내렸다. 통증이 사라졌다. 상
처가 아물었다. 그의 다리가 치료된 것이다.

"다시 말하마." 불사조가 공중으로 날아올라 다시 문 옆
횃대에 내려앉자 덤블도어가 말했다. "너는 오늘 밤 내가
너한테 기대할 수 있는 것 이상의 용기를 보여 주었다, 해
리. 너는 가장 강력했던 시절의 볼드모트와 싸우다가 죽은
사람들에 맞먹는 용기를 보여 줬어. 너는 어른 마법사들이
나 감당할 법한 짐을 졌고, 너 자신이 그 짐을 짊어질 수 있
다는 사실을 증명했다. 우리가 이 이상을 기대한다면 그건
정당한 일이 아니다. 나와 함께 병동으로 가자. 오늘 밤에
는 기숙사로 돌아가지 않았으면 좋겠다. 수면 마법약을 먹

고 좀 쉬거라……. 시리우스, 자네가 해리와 같이 있어 주
겠나?"

시리우스는 고개를 끄덕이고 일어섰다. 다시 커다란 검
은색 개로 변신한 그는 해리와 덤블도어를 따라 연구실을
나선 뒤 그들과 함께 계단을 내려가 병동으로 향했다.

덤블도어가 문을 열자 위즐리 부인과 빌, 론, 헤르미온느
가 잔뜩 시달린 표정의 폼프리 선생 주위에 모여 있는 것
이 보였다. 폼프리 선생에게 해리가 어디에 있으며 그에게
무슨 일이 일어났는지 알려 달라고 요구하고 있었던 것 같
았다.

해리와 덤블도어, 그리고 검은 개가 들어오자 모두가 홱
돌아섰다. 위즐리 부인은 소리 죽여 비명 비슷한 소리를 내
질렀다. "해리! 아, 해리!"

서둘러 해리에게 다가오려 하는 그녀를 덤블도어가 가로
막았다.

"몰리." 그가 손을 들어 올리며 말했다. "잠깐만 내 말을
들어주게. 해리는 오늘 끔찍한 시련을 겪었네. 방금 나 때
문에 다시 그 시련을 떠올려야 했고. 지금 해리에게 필요한
건 잠과 평화와 고요라네. 만약 해리가 모두 함께 있어 주
기를 바란다면……." 그는 론과 헤르미온느와 빌 또한 돌

아보며 덧붙였다. "그건 괜찮네. 하지만 해리가 대답할 준비가 될 때까지는 질문을 던지지 않았으면 좋겠군. 오늘 저녁에는 확실히 안 되고."

위즐리 부인이 고개를 끄덕였다. 그녀의 얼굴은 새하얗게 질려 있었다.

그녀는 론과 헤르미온느와 빌이 시끄럽게 굴기라도 했던 것처럼 그들에게 돌아서서 숨죽인 목소리로 힘주어 말했다. "들었지? 조용히 해야 한다!"

"교장 선생님." 폼프리 선생이 커다란 검은 개의 모습을 한 시리우스를 보며 말했다. "저 개는……?"

"이 개는 잠시 해리와 함께 있을 겁니다." 덤블도어가 간단하게 말했다. "내가 보증하지요. 이 개는 훈련이 아주 잘돼 있어요. 해리, 어서 침대에 눕거라."

해리는 다른 사람들에게 질문을 던지지 말아 달라고 부탁한 덤블도어에게 뭐라 말할 수 없는 고마움을 느꼈다. 사람들이 그곳에 있는 것이 싫지는 않았지만 그 모든 일을 다시 한 번 떠올리면서 설명한다고 생각하니 도저히 견딜 수 없었다.

"퍼지를 만나고 바로 돌아오마, 해리." 덤블도어가 말했다. "내가 학생들에게 설명할 때까지는 내일도 여기에 그대로 있어 주면 좋겠구나." 그는 병동을 나갔다.

폼프리 선생이 근처 침대로 데려가는 동안 해리는 병동 저 끝의 침대에 꼼짝 없이 누워 있는 진짜 무디를 보았다. 그의 나무다리와 마법 눈이 침대 옆 탁자에 놓여 있었다.

"저분은 괜찮으세요?" 해리가 물었다.

"괜찮으실 거야." 폼프리 선생이 해리에게 잠옷을 주고 침대 주위에 가림막을 치면서 말했다. 해리는 로브를 벗고 잠옷을 입은 뒤 침대에 누웠다. 론과 헤르미온느, 빌, 위즐리 부인과 검은 개가 가림막 안으로 들어와 침대 양옆 의자에 앉았다. 론과 헤르미온느는 해리가 두렵기라도 한 듯 조심스럽게 그를 바라보았다.

"난 괜찮아." 그가 그들에게 말했다. "그냥 피곤해서 그래."

괜히 해리의 이불보 주름을 펴는 위즐리 부인의 눈에 눈물이 가득 고였다.

부산스럽게 사무실로 달려간 폼프리 선생이 잔과 웬 자주색 마법약이 담긴 작은 병을 가지고 돌아왔다.

"이걸 다 마셔야 한다, 해리." 그녀가 말했다. "꿈도 꾸지 않고 푹 자게 만들어 주는 마법약이야."

해리는 잔을 받아 몇 모금 삼켰다. 곧바로 졸음이 쏟아졌다. 주위의 모든 것이 흐릿해졌다. 병동 안의 등불들이 침대 가림막 너머로 그를 향해 다정하게 깜박거리는 것이 보였다. 몸이 깃털 매트리스의 온기 속으로 더욱 깊이 가라앉는 것 같았다. 너무나 피곤했던 그는 마법약을 다 마시기도 전에, 뭔가 다른 말을 하기도 전에 잠들어 버렸다.

아주 따뜻하고 나른한 상태에서 깨어난 해리는 다시 잠들고 싶은 마음에 눈을 뜨지 않았다. 방은 여전히 어슴푸레하게 밝혀져 있었다. 그는 아직 한밤중일 거라고 확신했다. 아주 오래 잠들어 있었던 것 같진 않았다.

그때 주위에서 속삭거리는 소리가 들렸다.

"저 사람들이 입을 다물지 않으면 해리가 깨고 말 거야."

"뭐 때문에 소리치는 걸까요? 또 무슨 일이 일어났을 리는 없잖아요?"

해리는 게슴츠레하게 눈을 떴다. 누군가가 그의 안경을 벗겨 놓았다. 가까운 곳에 있는 위즐리 부인과 빌의 어렴풋한 윤곽이 보였다. 위즐리 부인은 일어서 있었다.

"퍼지 목소리인데." 그녀가 속삭였다. "그리고 저건 미네르바 맥고나걸 교수 목소리잖니? 그런데 뭐 때문에 싸우는 걸까?"

이제는 해리의 귀에도 그 소리가 들렸다. 사람들이 고함을 지르며 병동으로 달려오는 소리가 들려왔다.

"미안하지만, 그렇더라도 마찬가지요, 미네르바." 코닐리어스 퍼지가 큰 소리로 말하고 있었다.

"그런 걸 성안에 들여오시다니 절대 안 됩니다!" 맥고나걸 교수가 소리쳤다. "덤블도어 교수님이 아시면······."

해리는 병동 문이 활짝 열리는 소리를 들었다. 빌이 가림막을 열어젖히자 모두 문 쪽을 바라보았다. 해리는 침대 주위에 있는 사람들 모르게 일어나 앉아 안경을 썼다.

퍼지가 성큼성큼 병동으로 들어왔다. 맥고나걸 교수와 스네이프가 그의 뒤를 따르고 있었다.

"덤블도어는 어디 있습니까?" 퍼지가 위즐리 부인에게 물었다.

"여기 안 계세요." 위즐리 부인이 화가 난 듯 말했다. "여기는 병동입니다, 총리님. 이러시면 안 될······."

하지만 문이 열렸고, 덤블도어가 미끄러지듯 병동으로 들어왔다.

"무슨 일입니까?" 덤블도어가 퍼지에게서 맥고나걸 교수에게로 시선을 돌리며 날카로운 목소리로 물었다. "왜 이 사람들을 방해하는 거지요? 미네르바, 의외로군요. 내가 바티 크라우치를 지키고 있어 달라고 부탁했는데…….”

 “더 이상 그자를 지키고 있을 필요가 없습니다, 덤블도어!” 그녀가 날카롭게 소리쳤다. “총리께서 확실히 조치하셨으니까요!”

해리는 이렇게 이성을 잃고 화를 내는 맥고나걸 교수의 모습은 한 번도 본 적이 없었다. 양 뺨은 빨갛게 달아올랐고 두 손은 주먹을 꽉 쥐고 있었다. 그녀는 분노로 부들부들 떨고 있었다.

스네이프가 나직한 목소리로 입을 열었다. “저희가 퍼지 총리께 오늘 밤 사건에 책임이 있는 죽음을 먹는 자를 잡았다고 말하자, 총리께서는 본인의 안전에 문제가 있다고 느끼신 모양입니다. 디멘터를 소환해서 함께 성으로 들어가겠다고 고집을 부리셨습니다. 총리님이 바티 크라우치가 있는 연구실로 디멘터를 데리고 올라가자…….”

 “저는 교장 선생님이 동의하지 않으실 거라고 말했습니다, 덤블도어!” 맥고나걸 교수가 호통을 치듯 말했다. “교장 선생님은 디멘터가 성안에 발을 들이는 일은 결코 허락하지 않으실 거라고 했는데…….”

 “이것 봐요!” 퍼지가 소리쳤다. 그 역시 해리가 여태껏 보아 온 그 어느 때보다도 화가 난 듯했다. “마법 정부의 총리로서, 위험 가능성이 있는 자를 만날 때 보호책을 동원하는 건 내가 결정할 사안⋯⋯."

하지만 맥고나걸 교수가 더 큰 목소리로 퍼지의 목소리를 눌렀다.

"그, 그것이 연구실에 들어간 순간⋯⋯." 그녀가 온몸을 부들부들 떨면서 퍼지를 가리키며 소리쳤다. "크라우치에게 휙 날아들더니⋯⋯ 그러더니⋯⋯."

맥고나걸 교수가 어떤 일이 일어났는지 설명할 말을 찾으려고 애쓰는 가운데 해리는 가슴속이 싸늘해지는 것을 느꼈다. 해리는 그녀가 말을 끝맺지 않아도 디멘터가 무슨 짓을 했을지 알고 있었다. 디멘터는 바티 크라우치에게 그 치명적인 입맞춤을 집행한 것이다. 입으로 영혼을 빨아냈다. 바티 크라우치는 죽은 것보다 못한 상태가 되었다.

"어느 면으로 보나 그자를 잃은 건 손실이라 할 수 없소!" 퍼지가 고함쳤다. "그자는 몇 건의 사망 사건에 책임이 있지 않소!"

"그러나 이제 증언할 수 없게 됐군요, 코닐리어스." 덤블도어가 말했다. 그는 제대로 보는 게 처음이라는 것처럼 퍼지를 빤히 쳐다보았다. "그 사람들을 왜 죽였는지 증언할 수 없게 되어 버렸소."

"왜 죽였느냐고? 뭐, 그야 의문의 여지가 없지 않소?" 퍼지가 소리쳤다. "미쳐 날뛰는 정신병자니까! 미네르바와 세베루스가 말해 준 얘기에 따르면, 그자는 이 모든 일을 '그 사람'의 지시에 따라서 한 거라고 생각하는 것 같던데!"

"볼드모트 경이 정말 그에게 지시를 내리고 있었던 거요, 코닐리어스." 덤블도어가 말했다. "그 사람들의 죽음은 볼드모트가 힘을 완전히 되찾는 과정에서 발생한 사건에 불과하오. 그 계획은 성공했소. 볼드모트가 몸을 되찾았소."

퍼지는 마치 누군가가 그의 얼굴에 묵직한 추를 집어던진 것 같은 표정이었다. 그는 멍하니 눈을 깜빡이며 방금 자신이 들은 말을 도저히 믿지 못하겠다는 듯 덤블도어를 마주 보았다.

그는 여전히 휘둥그렇게 뜬 눈으로 덤블도어를 보며 말을 더듬기 시작했다. "'그 사람'이…… 돌아와? 말도 안 돼. 왜 이럽니까, 덤블도어…….'

"미네르바와 세베루스가 확실히 말해 줬겠지만……." 덤블도어가 말했다. "우리는 바티 크라우치의 자백을 들었소. 베리타세룸의 효과로 그자는 우리에게 어떻게 아즈카반에서 몰래 빠져나왔는지, 버사 조킨스를 통해 크라우치가 여전히 살아 있다는 사실을 알게 된 볼드모트가 어떻게 그자를 그의 아버지에게서 해방시켰는지, 또 어떻게 그자를 이용해 해리를 납치했는지 말해 주었소. 장담하는데, 그 계획은 성공했소. 크라우치는 볼드모트의 귀환을 도운 거요."

"이보시오, 덤블도어." 퍼지가 말했다. 해리는 그의 얼굴에 가느다란 미소가 떠오르는 것을 보고 충격을 받았다. "그, 그 얘길 진심으로 믿는 건 아니겠지? '그 사람'이……돌아왔다고? 이보시오, 자자…… 확실히 크라우치는 자신이 '그 사람'의 명령에 따라 행동하고 있다고 *믿었을지* 모르지. 하지만 그런 미치광이의 말을 곧이곧대로 듣다니, 덤블도어……."

"오늘 밤 트라이위저드 우승컵을 만졌을 때, 해리는 곧바로 볼드모트가 있는 곳으로 옮겨졌소." 덤블도어가 침착하게 말을 이었다. "해리는 볼드모트 경의 부활을 목격했소. 내 연구실로 올라가면 전부 설명해 주겠소."

힐끗 시선을 돌려 해리가 깨어 있는 것을 본 덤블도어가 고개를 젓고 말했다. "미안하지만, 오늘 밤에는 해리에게 질문하는 걸 허용할 수 없소."

퍼지의 이상한 미소는 그의 얼굴에 그대로 남아 있었다.

그 역시 해리를 힐끔 보더니 덤블도어를 보며 말했다. "어…… 음…… 이 문제에 대해서 해리의 말을 그대로 믿을 참이오, 덤블도어?"

순간 정적이 흐르다가 시리우스가 으르렁거리는 소리에 곧 깨지고 말았다. 시리우스는 목덜미 털을 곤두세우고 퍼지에게 이빨을 드러냈다.

"물론 나는 해리를 믿소." 덤블도어가 말했다. 이제 그의 눈은 이글이글 타오르고 있었다. "나는 크라우치의 자백을 들었고, 해리에게 트라이위저드 우승컵에 손을 댄 이후 무슨 일이 벌어졌는지도 들었소. 두 이야기는 정확히 들어맞고, 작년 여름 버사 조킨스가 실종된 이후에 벌어진 일들을 모두 설명해 준다오."

퍼지의 얼굴에는 여전히 그 기묘한 미소가 떠올라 있었다. 그가 다시 한 번 해리를 힐끔 바라보더니 말했다. "당신은 볼드모트 경이 돌아왔다는 말을 믿을 셈이로군. 정신 나간 살인자와 어린애가 한 말을……. 게다가 그냥 어린애도 아니고……."

퍼지가 또 한 번 시선을 던지자 해리는 그가 지금 무슨 말을 하고 있는지 문득 깨달았다.

"리타 스키터의 기사를 읽으셨군요, 퍼지 총리님." 해리가 조용히 말했다.

론, 헤르미온느, 위즐리 부인, 빌 모두 깜짝 놀라서 펄쩍 뛰었다. 그들은 해리가 깨어 있었다는 사실을 전혀 알아차리지 못하고 있었다.

퍼지는 얼굴을 살짝 붉히면서도, 고집스럽고 완고한 표정을 지어 보였다.

"읽었다면 어쩔 거요?" 그가 덤블도어를 보며 말했다. "당신이 이 아이에 대해 꽁꽁 숨기고 있던 것들을 알게 된 게 뭐? 파셀마우스라니? 게다가 아무 데서나 졸도하지를 않나……."

"해리가 흉터에서 느끼는 통증을 말하는 거요?" 덤블도어가 싸늘하게 물었다.

"그럼 이 아이가 그런 통증을 느꼈다는 건 인정하는 거로군?" 퍼지가 재빨리 말을 이었다. "두통? 악몽? 어쩌면…… 환각?"

"내 말 잘 들으시오, 코닐리어스." 덤블도어가 퍼지에게 한 발짝 다가가며 말했다. 다시 한 번 그에게서, 그가 젊은 크라우치에게 기절 마법을 걸었을 때 느껴지던 뭐라 정의할 수 없는 힘이 뿜어 나오는 듯했다. "해리는 당신과 나만큼이나 제정신이라오. 이마의 저 흉터는 해리의 정신을 혼란스럽게 만들지 않았소. 나는 볼드모트 경이 가까이 있거나, 그자가 특별히 살인을 저지르고 싶은 기분을 느낄 때 해리의 흉터가 아픈 거라고 생각하오."

퍼지는 덤블도어에게서 반걸음 물러나 있었지만 고집스러운 표정은 조금도 사그라들지 않았다. "미안하지만, 덤블도어. 저주 흉터가 비상벨처럼 작동한다는 얘기는 들어본 적이 없……."

"아니, 제가 볼드모트가 부활하는 것을 봤다니까요!" 해리가 소리쳤다. 그는 침대에서 일어나려 했지만 위즐리 부인이 억지로 그를 눌렀다. "제가 죽음을 먹는 자들을 봤다고요! 이름도 댈 수 있어요! 루시우스 말포이……."

갑자기 몸을 움찔했던 스네이프는 해리가 쳐다보자 빠르게 퍼지에게로 눈을 돌렸다.

"말포이는 누명을 벗었다!" 퍼지가 모욕이라도 당한 것처럼 소리쳤다. "아주 전통 있는 가문이야. 자선단체들에 기부도 하고……."

"맥네어!" 해리가 말을 이었다.

"마찬가지로 결백해! 지금은 정부를 위해 일하고 있다!"

"에이버리, 노트, 크래브, 고일……."

"너는 그저 13년 전 죽음을 먹는 자라는 혐의를 받았다가 무죄를 선고받은 사람들의 이름을 되풀이하고 있을 뿐이야!" 퍼지가 화를 내며 말했다. "오래된 재판 기록에서 그 이름들을 찾아낼 수 있었겠지! 세상에, 덤블도어. 이 녀석은 지난 학년 말에도 웬 희한한 이야기를 잔뜩 쏟아 냈소. 얘기가 점점 거창해지는군. 그런데도 여전히 덥석덥석 받아 주니……. 이 녀석은 뱀과 대화를 할 수 있소, 덤블도어. 그런데도 이 애가 믿을 만하다고 생각하는 거요?"

"이런 멍청이 같으니!" 맥고나걸 교수가 소리쳤다. "세드릭 디고리! 크라우치 장관! 이 사람들의 죽음은 정신병자가 닥치는 대로 벌인 일이 아닙니다!"

"그렇지 않다는 증거도 딱히 없는 것 같소만!" 퍼지가 맥고나걸에게 지지 않을 만큼 큰 소리로 외쳤다. 그의 얼굴이 붉으락푸르락했다. "내 눈에는 당신들이 우리가 지난 13년 동안 일구어 온 모든 것을 무너뜨리려고 발악하는 것처럼 보이는데!"

해리는 자신의 귀를 믿을 수 없었다. 그는 지금까지 퍼지를 친절한 사람이라고, 조금 잘난 척하고 허세를 부리기는 해도 본질적으로는 선량한 사람이라고 생각해 왔다. 하지만 지금 해리의 눈앞에 있는 이 조그맣고 분노에 가득 찬 마법사는 자신만의 안락하고 질서 잡힌 세계를 파괴할지도 모르는 추측을, 다시 말해 볼드모트가 부활했을지도 모른다는 믿음을 막무가내로 거부하고 있었다.

"볼드모트는 돌아왔소." 덤블도어가 다시 말했다. "퍼지, 이 사실을 있는 그대로 받아들이면, 그리고 필요한 조치를 취하면 아직 상황을 수습할 수 있을 거요. 가장 시급하고 중요한 일은 아즈카반을 디멘터들의 통제에서 벗어나게 하는……."

"말도 안 되는 소리!" 퍼지가 다시 소리쳤다. "디멘터들을 없앤다니! 그런 제안만 해도 나는 내 자리에서 쫓겨날 거요! 그나마 디멘터들이 아즈카반을 지키고 있다는 걸 알기 때문에 우리 중 절반이 안심하고 잠자리에 들 수 있는 거라고!"

"나머지 절반은 그리 깊이 잠들지 못합니다, 코닐리어스. 어둠의 왕이 요청하는 순간 그자에게 가담할 생명체들이 볼드모트의 가장 위험한 추종자들을 맡고 있다는 사실을 알고 있으니까!" 덤블도어가 말했다. "그들이 언제까지나 당신에게 충성하지는 않을 거요, 퍼지! 볼드모트는 당신이 그들에게 주는 것보다 더 많은 권한과 기쁨을 줄 수 있소! 디멘터들을 거느리게 된다면, 그리고 그자의 옛 추종자들이 그에게로 돌아간다면, 그자가 13년 전에 가졌던 힘을 되찾는 것을 막기는 어려울 거요!"

퍼지는 자신의 분노를 표현할 단어가 없는 듯 입을 벌렸다 다물었다 했다.

"두 번째로 즉각 취해야 할 조치는……." 덤블도어가 밀어붙였다. "거인들에게 특사를 보내는 거요."

"거인들에게 특사를 보내?" 퍼지가 말을 되찾았는지 꽥소리를 질렀다. "이건 또 무슨 미친 소리요?"

"그들에게 우호의 손길을 내미는 거요. 당장, 너무 늦기 전에." 덤블도어가 말했다. "그렇지 않으면 전에도 그랬듯이 볼드모트가 그들을 설득할 거요. 오직 자신만이 거인들에게 권리와 자유를 찾아 줄 유일한 마법사라면서!"

"서, 설마 진심은 아니겠지!" 퍼지가 고개를 젓고 숨을 헉 들이켜더니 덤블도어에게서 더욱 물러났다. "내가 거인들에게 접근했다는 소문이 마법 사회에 돌면……. 사람들은 거인을 아주 싫어한단 말이오, 덤블도어. 그렇게 되면 내 경력은 끝이야."

"눈이 멀었군요." 덤블도어가 말했다. 이제는 목소리가 커지고 있었고, 주위로 뿜어 나오는 기운은 만져질 만큼 강력했다. 그의 눈이 또 한 번 이글거렸다. "당신이 차지하고 있는 자리를 너무 사랑해서 말이오, 코닐리어스! 당신은 예전부터 이른바 순수 혈통이라는 것을 지나치게 중요하게 여겨 왔소! 어떻게 태어났는지가 아니라 어떻게 자랐는지가 중요하다는 걸 깨닫지 못한 거요! 당신이 데려온 디멘터가 방금 어떤 가문만큼이나 유서 깊은 순수 혈통 가문의 유일한 후손을 망가뜨려 버렸소. 그전에 그자가 어떤 삶을 선택했는지 보시오! 분명히 말하는데, 내가 제안한 조치들을 취하도록 하시오. 그러면 당신은 그 자리를 잃든 유지하든, 지금까지 우리가 알았던 마법 정부 총리 가운데 가장 용감하고 위대한 사람으로 기억될 거요. 행동에 옮기지 못하면, 볼드모트에게 길을 비켜 줌으로써 우리가 애써 재건하고 있던 세상을 두 번째로 파괴할 기회를 준 사람으로 역사에 기억되겠지!"

"제정신이 아니군." 퍼지가 계속 물러나며 중얼거렸다. "미쳤어……."

한동안 침묵이 흘렀다. 폼프리 선생은 손으로 입을 가린 채 해리의 침대 발치에 얼어붙은 듯 서 있었다. 위즐리 부인은 여전히 해리 옆에 서서 그의 어깨에 손을 대고 그가 일어나지 못하게 막았다. 빌, 론, 헤르미온느는 퍼지를 노려보고 있었다.

"아무것도 못 본 척하려 해도 여기까지는 올 수 있었겠지만, 코닐리어스." 덤블도어가 말했다. "우리는 갈림길에 이른 것 같군요. 당신은 당신이 옳다고 생각하는 대로 하시오. 그리고 나는…… 나는 내가 옳다고 생각하는 대로 행동하겠소."

덤블도어의 목소리에는 위협적인 기색이 전혀 없었다. 그냥 어떤 사실을 담담하게 선언하는 것처럼 들렸다. 하지만 퍼지는 덤블도어가 마법 지팡이를 들고 다가오기라도 하는 것처럼 발끈했다.

"이보시오, 이것 보시오, 덤블도어." 그가 위협하듯 손가락을 흔들며 말했다. "나는 늘 당신에게 자율적인 재량권을 주었소. 나는 당신을 많이 존경해 왔소. 당신이 내린 몇몇 결정에는 동의하지 않았을 수도 있지만 침묵을 지켰소. 당신이 늑대인간들을 고용하게 놔두거나, 해그리드를 계속 데리고 있게 하거나, 정부의 의견을 참고하지 않고 학생들에게 무엇을 가르칠지 결정하도록 허용할 사람은 별로 없을 거요. 하지만 나에게 대항하려 든다면……."

"내가 대항하려는 유일한 사람은……." 덤블도어가 말을 이었다. "볼드모트 경뿐이오. 코닐리어스, 당신이 그에게 대항한다면 우리는 계속 같은 편으로 남겠지."

퍼지는 이 말에 아무런 대답도 떠올릴 수 없는 듯했다. 그는 작은 발로 바닥을 딛고 잠깐 앞뒤로 몸을 흔들더니 손에 든 중산모를 빙글 돌렸다.

마침내 그가 목소리에 거의 애원하는 기색을 띠고 말했다. "그자가 돌아왔을 리 없소, 덤블도어……. 절대 돌아왔을 리가……."

스네이프가 앞으로 성큼성큼 걸어 나와 덤블도어를 지나치면서 로브 왼쪽 소매를 걷어 올렸다. 그는 앞으로 내민 팔을 퍼지에게 보여 주었다. 퍼지가 움찔했다.

"보십시오." 스네이프가 사납게 말했다. "자, 어둠의 징표입니다. 한 시간 전쯤 검게 타올랐을 때만큼 선명하지는 않지만 그래도 보이시겠지요. 어둠의 왕은 죽음을 먹는 자들 모두에게 이러한 낙인을 찍었습니다. 이건 서로를 구분하는 방법이자 그자가 우리를 소환하는 수단이었습니다. 그자가 죽음을 먹는 자의 낙인에 손을 대면 우리는 순간이동으로 곧장 그자의 곁으로 가게 되어 있습니다. 이 징표는 1년 동안 점점 선명해졌습니다. 카르카로프의 것도 마찬가지였죠. 오늘 밤 카르카로프가 왜 도망쳤다고 생각하십니까? 우리 둘 다 징표가 타오르는 것을 느꼈습니다. 우리 둘 다 그자가 돌아왔다는 사실을 알았습니다. 카르카로프는 어둠의 왕에게 보복당할까 두려웠던 겁니다. 무리에서 다시 환영받기에는 동료였던 죽음을 먹는 자들을 너무 많이 배신했으니까."

퍼지는 스네이프에게서도 물러섰다. 그는 고개를 설레설레 젓고 있었다. 스네이프의 말을 한 마디도 받아들이지 않은 듯했다. 그는 노골적으로 역겹다는 티를 내며 스네이프의 팔에 찍힌 흉측한 징표를 바라보더니 눈을 들어 덤블도어를 향해 속삭였다. "당신과 당신네 교수들이 무슨 장난을 꾸미는 건지 모르겠군요, 덤블도어. 하지만 이만하면 들을 만큼 들었소. 더 이상 할 말은 없소. 내일 연락하겠소, 덤블도어. 이 학교의 운영에 대해 논의해야겠군. 나는 정부로 돌아가야겠소."

그는 거의 문에 이르렀다가 잠깐 멈춰 섰다. 그는 몸을 돌려 성큼성큼 병동으로 걸어오더니 해리의 침대 앞에서 걸음을 멈췄다.

"네 상금이다." 그가 주머니에서 금화가 들어 있는 커다란 자루를 꺼내 해리의 침대 옆 탁자에 떨어뜨리며 짧게 말했다. "1,000갈레온이다. 수여식을 해야 하지만, 상황이 이러니……."

그는 중산모를 머리에 눌러 쓰고는 병동을 나가 문을 쾅 닫았다. 그가 나가자마자 덤블도어는 해리의 침대 주위에 모여 있는 사람들에게로 시선을 돌렸다.

"할 일이 있습니다." 그가 말했다. "몰리…… 자네와 아서는 믿을 수 있다고 생각하는데, 맞나?"

"당연하죠." 위즐리 부인이 말했다. 그녀는 입술까지 하얗게 질려 있었지만 표정은 단호했다. "아서는 퍼지가 어떤 사람인지 알아요. 그이가 그 오랜 세월 정부를 떠나지 않은 건 머글에 대한 사랑 때문이었어요. 퍼지는 그런 아서한테 마법사로서 당연히 가져야 할 긍지가 부족하다고 생각하고요."

"그럼 아서에게 메시지를 전해야겠군." 덤블도어가 말했다. "우리가 진실을 납득시킬 수 있는 모든 사람에게 즉시 이 사실을 알려야 하네. 아서는 코닐리어스처럼 근시안적인 시각을 갖고 있지 않은 정부 사람들에게 연락을 취하기 좋은 위치에 있으니까."

"제가 아빠한테 갈게요." 빌이 일어서며 말했다. "지금 당장요."

"훌륭한 생각이다." 덤블도어가 말했다. "아버지한테 무슨 일이 일어났는지 말씀드리거라. 머잖아 내가 직접 연락할 거라고도 전하고. 하지만 신중하게 행동해야 할 거야. 만약 내가 정부 일에 간섭한다고 퍼지 총리가 생각하게 된다면……."

"그건 저한테 맡겨 주세요." 빌이 말했다.

그는 해리의 어깨를 한 번 짚고 어머니의 뺨에 입을 맞추
더니 망토를 걸치고 서둘러 성큼성큼 병동을 나섰다.

"미네르바." 덤블도어가 맥고나걸 교수에게 돌아서며 말
했다. "되도록 빨리 내 연구실에서 해그리드를 만나야겠습
니다. 또, 와 준다고 동의할 경우의 얘기지만…… 막심 교
장도요."

맥고나걸 교수는 고개를 끄덕이더니 말없이 나갔다.

"포피." 덤블도어가 이번에는 폼프리 선생을 불렀다. "무
디 교수의 연구실로 가 주지 않겠습니까? 그곳에서 윙키라
는 집요정이 상당히 괴로워하고 있을 거예요. 윙키에게 해
줄 수 있는 조치를 취하고, 다시 주방으로 데려다주세요.
아마 도비가 우리 대신 윙키를 돌봐 줄 겁니다."

"자, 잘 알겠습니다." 폼프리 선생이 깜짝 놀란 표정으로
말하더니 마찬가지로 병동을 떠났다.

문이 닫혀 있는지 확인한 덤블도어는 폼프리 선생의 발
소리가 사라지자 다시 입을 열었다.

"그리고 이제……." 그가 말했다. "우리 중 두 사람이 서
로의 진짜 모습을 알 때가 되었군. 시리우스…… 원래 모습
으로 돌아와 주겠나."

커다란 검은 개는 덤블도어를 올려다보더니, 순식간에

사람의 모습으로 돌아왔다.

위즐리 부인이 비명을 지르며 침대 옆에서 펄쩍 뛰어 물러났다.

"시리우스 블랙!" 그녀가 그를 가리키며 날카롭게 소리쳤다.

"엄마, 조용히 좀!" 론이 소리쳤다. "괜찮아요!"

고함을 지르거나 깜짝 놀라 펄쩍 물러서지는 않았지만, 스네이프의 얼굴에는 분노와 공포가 뒤섞인 표정이 떠올라 있었다.

"저놈이!" 스네이프가 시리우스를 노려보며 으르렁거렸다. 시리우스의 얼굴에도 마찬가지의 증오가 드러났다. "저놈이 여기에서 뭘 하는 겁니까?"

"시리우스는 내 초대로 여기에 와 있는 거네." 덤블도어가 두 사람을 번갈아 보면서 말했다. "자네가 그렇듯이 말일세, 세베루스. 나는 자네들을 모두 믿네. 지금은 둘 다 해묵은 다툼은 내려놓고 서로를 믿어야 할 때야."

해리는 덤블도어가 기적에 가까운 것을 요구한다고 생각했다. 시리우스와 스네이프는 증오가 가득 담긴 눈으로 서로를 바라보았다.

"우선은" 하고, 덤블도어가 목소리에 약간 초조한 기색을 띠고 말했다. "적대감을 공공연하게 드러내지 않는 것으로 만족하겠네. 악수하게나. 이제 자네들은 같은 편이야. 남은 시간은 길지 않고, 진실을 아는 몇 사람끼리도 단합하지 않는다면 우리에게는 아무 희망이 없네."

시리우스와 스네이프는 아주 천천히, 하지만 여전히 상대방이 잘못되기만을 바라는 눈으로 서로를 노려보며 각자 앞으로 나아가 악수했다. 그러고는 굉장히 **빠르게** 손을 놓았다.

"그 정도면 괜찮은 시작이군." 덤블도어가 다시 그들 사이에 끼어들며 말했다. "이제 자네들 각자가 할 일을 맡기도록 하지. 예상 못 한 건 아니지만, 퍼지의 태도가 모든 걸 바꿔 놓는군. 시리우스, 자네는 즉시 출발하도록 하게. 자네의 옛 친구 리머스 루핀, 아라벨라 피그, 먼덩거스 플레처에게 경고해야 하네. 잠깐 루핀의 집에서 숨어 지내도록 하게. 그곳으로 연락하지."

"하지만……." 해리가 입을 열었다.

그는 시리우스가 남아 주었으면 했다. 또 한 번 이렇게 빨리 작별 인사를 하고 싶지 않았다.

"조만간 다시 보게 될 거다, 해리." 시리우스가 그를 돌아보며 말했다. "약속하마. 하지만 나는 내가 할 수 있는 일을 해야 해. 너도 알지?"

"네." 해리가 말했다. "네…… 당연히 알죠."

시리우스는 그의 손을 잠깐 잡았다가 덤블도어를 향해 고개를 끄덕이고는, 다시 검은 개로 변신하더니 병동을 가로질러 문으로 달려갔다. 그는 앞발로 손잡이를 돌려 문을 열고 사라졌다.

"세베루스." 덤블도어가 스네이프를 돌아보며 말했다. "자네는 내가 어떤 부탁을 하려는지 알 거야. 준비가 됐다면…… 각오가 되었다면……."

"준비되어 있습니다." 스네이프가 말했다.

그는 평소보다 조금 창백해 보였고, 차갑고 검은 두 눈은 이상하게 번뜩이고 있었다.

"그럼, 행운을 비네." 덤블도어는 걱정스러운 기색이 역력한 얼굴로, 시리우스에 뒤이어 아무 말 없이 병동을 나서는 스네이프의 뒷모습을 지켜보았다.

덤블도어가 다시 입을 열기까지 몇 분이 흘렀다.

"나는 내려가 봐야겠다." 그가 마침내 말했다. "디고리 부부를 만나야지. 해리, 마법약을 마저 마시거라. 다들 나중에 보자."

덤블도어가 사라지자 해리는 다시 베개 위로 털썩 드러

누웠다. 헤르미온느, 론, 위즐리 부인 모두 그를 바라보고 있었다. 그들 중 누구도 꽤 오랫동안 입을 열지 않았다.

"마법약을 마저 마셔야지, 해리." 결국 위즐리 부인이 말했다. 병과 잔으로 손을 뻗던 그녀는 침대 옆 탁자 위의 금화 자루를 쿡 찔렀다. "오래 푹 자거라. 당분간은 다른 일을 생각하려고 해 보렴. ……상금으로 뭘 할지 생각해 보는 거야!"

"저는 그 금화 필요 없어요." 해리가 아무 감각 없는 목소리로 말했다. "아줌마 가지세요. 누구든 가져요. 제가 받아선 안 되는 상금이에요. 세드릭이 받았어야 해요."

미로에서 나온 이래 계속 억누르려던 생각이 걷잡을 수 없이 밀려들었다. 눈시울이 뜨거워지더니 따끔거렸다. 해리는 눈을 깜빡이고 천장을 올려다보았다.

"네 잘못이 아니었어, 해리." 위즐리 부인이 속삭였다.

"제가 세드릭한테 같이 우승컵을 잡자고 했어요." 해리가 말했다.

이제는 목구멍도 뜨거워지고 있었다. 그는 론이 눈을 딴데로 돌려 주기를 바랐다.

위즐리 부인은 마법약을 침대 옆 탁자에 내려놓고 허리를 구부려 해리를 끌어안아 주었다. 그는 이렇게 어머니에게 안기듯 안겨 본 기억이 전혀 없었다. 위즐리 부인이 안아 주자 그날 밤 봤던 모든 것이 온전한 무게로 묵직하게 그에게로 떨어져 내리는 것 같았다. 어머니의 얼굴, 아버지의 목소리, 바닥에 쓰러진 세드릭의 시신, 모든 것이 견디기 힘들 만큼 그의 머릿속에서 빙빙 돌기 시작했다. 마침내 그는 터져 나오려는 비참한 울음을 억누르느라 얼굴을 잔뜩 일그러뜨렸다.

요란한 쾅 소리가 들린 순간 위즐리 부인과 해리는 서로에게서 떨어졌다. 헤르미온느가 손에 뭔가를 움켜쥔 채 창가에 서 있었다.

"미안." 그녀가 조그만 목소리로 말했다.

"마법약 먹어라, 해리." 위즐리 부인이 재빨리 말하며 손등으로 눈을 닦았다.

해리는 단숨에 약을 들이켰다. 곧바로 효과가 나타났다. 꿈조차 꿀 수 없는 묵직하고 저항할 수 없는 잠의 물결이 해리를 덮쳤고, 그는 다시 베개 위에 쓰러져 더 이상 아무런 생각도 하지 않았다.

## 37장

# 시작

한 달이 지난 뒤에 돌이켜봤을 때도, 해리의 머릿속에는 이어진 며칠 동안의 기억이 거의 없었다. 마치 머리가 더 이상 뭔가를 받아들이기에는 이미 너무 많은 일을 겪은 것 같았다. 떠오르는 기억들은 매우 고통스러웠다. 가장 고통스러웠던 기억은 아마도 다음 날 아침 디고리 부부를 만난 일이었을 것이다.

그들은 해리를 원망하지 않았다. 오히려 두 사람 모두 세드릭의 시신을 가지고 돌아온 것을 고마워했다. 디고리 씨는 만나는 동안 대부분 흐느꼈다. 디고리 부인의 슬픔은 눈물을 넘어서는 듯했다.

"그럼 고통은 아주 적었겠구나." 해리가 세드릭이 어떻게 죽었는지 들려주자 그녀가 말했다. "어쨌든, 에이머스…… 세드릭은 시합에서 우승하고 죽었어. 분명 행복했을 거야."

자리에서 일어선 그녀가 해리를 내려다보며 말했다. "이젠 네 몸을 돌보렴."

해리는 침대 옆 탁자에 놓아두었던 금화 자루를 집어 들었다.

"이거 가져가세요." 그가 그녀에게 웅얼거렸다. "세드릭이 받았어야 해요. 세드릭이 먼저 우승컵 있는 곳에 도착했으니까요. 가져가세요……."

하지만 그녀는 해리에게서 한 걸음 물러났다. "아니, 아니야. 그건 네 거란다, 애야. 우리는 받을 수 없어……. 가져가거라."

해리는 다음 날 저녁 그리핀도르 탑으로 돌아갔다. 헤르미온느와 론의 말에 따르면 덤블도어는 그날 아침 식사 시간에 학생들에게 소식을 전했다. 그는 그저 학생들에게 해리를 가만히 내버려 두라고, 아무도 그에게 질문을 던지거나 미로에서 무슨 일이 있었는지 얘기해 달라고 조르지 말라고 부탁했다. 해리는 학생들 대부분이 복도에서 슬슬 그

를 피하고 그의 눈길을 외면한다는 사실을 눈치챘다. 몇몇
은 해리가 지나갈 때 입을 가리고 속삭거리기도 했다. 해리
는 그들 중 많은 사람이 그가 정신적으로 불안하고 위험할
수 있다는 리타 스키터의 기사를 믿는 거라고 짐작했다. 어
쩌면 세드릭이 어떻게 죽었는지 나름대로 추측해 보고 있
는지도 몰랐다. 하지만 해리는 그다지 신경 쓰이지 않았다.
그는 론, 헤르미온느와 함께 있을 때가 가장 좋았다. 그들
은 다른 일에 대해서 이야기하거나 둘이 체스를 두면서 해
리가 조용히 앉아 있게 해 주었다. 그들 셋 모두 굳이 말을
주고받지 않고도 서로를 이해하는 경지에 도달한 것 같은
기분이었다. 그들은 각자 호그와트 밖에서 벌어지는 일에
대한 어떤 징조나 소식을 기다리고 있었다……. 뭔가 확실
해지기 전에는 무슨 일이 닥쳐올지 추측해 봐야 아무런 의
미가 없었다. 그들이 유일하게 이 주제를 입에 올린 건, 론
이 해리에게 위즐리 부인이 집으로 돌아가기 전 덤블도어
와 만났던 일을 이야기해 주었을 때였다.

"엄마가 덤블도어한테 올여름에 너를 우리 집으로 바로
데리고 가도 되는지 물어보러 갔었어." 그가 말했다. "하지
만 덤블도어는 네가 더즐리네 집으로 돌아가서 지내기를
바랐어. 적어도 처음 며칠 동안은."

"왜?" 해리가 물었다.

"엄마는 덤블도어가 그렇게 말하는 데는 나름의 이유가 있을 거라고 했어." 론이 무겁게 고개를 저으며 말했다. "믿어야지, 뭐. 안 그래?"

론과 헤르미온느를 제외하면 해리가 유일하게 이야기할 수 있는 사람은 해그리드뿐이었다. 이제 어둠의 마법 방어법 교수가 없었으므로 그 수업은 자유 시간이 되었다. 세 사람은 목요일 오후 빈 수업 시간을 이용해 오두막으로 가서 해그리드를 만났다. 밝고 햇살 가득한 날이었다. 그들이 다가가자 팽이 컹컹 짖으며 미친 듯이 꼬리를 흔들면서 열린 문으로 달려 나왔다.

"누구야?" 뒤이어 해그리드가 집 밖으로 나오며 소리쳤다. "*해리!*"

성큼성큼 그들을 맞으러 나온 해그리드가 해리를 한 팔로 끌어안고 그의 머리카락을 헝클어뜨리며 말했다. "얼굴 보니까 좋구나, 이 녀석. 다시 보니까 좋아."

해그리드의 오두막에 들어선 그들은 벽난로 앞 나무 탁자 위에 양동이만 한 컵 두 개와 접시들이 놓여 있는 것을 보았다.

"올랭프와 차 한잔하고 있었어." 해그리드가 말했다. "방금 갔다."

"누구요?" 론이 궁금해하며 물었다.

"당연히 막심 교장이지!" 해그리드가 말했다.

"화해했나 보네요?" 론이 말했다.

"뭔 소린지 모르겠구나." 해그리드가 대수롭지 않다는 듯 찬장에서 더 많은 잔을 내오며 말했다. 해그리드는 차를 우리고 설구운 비스킷을 나눠 준 다음 의자에 뒤로 기대 딱 정벌레 같은 검은 두 눈으로 해리를 자세히 살펴보았다.

"너 괜찮냐?" 그가 걸걸한 목소리로 물었다.

"네." 해리가 대답했다.

"아니, 괜찮지 않아." 해그리드가 말했다. "당연히 안 괜찮지. 하지만 괜찮아질 거다."

해리는 아무 말도 하지 않았다.

"그자가 돌아올 줄 알고 있었어." 해그리드가 말하자 해리, 론, 헤르미온느는 깜짝 놀라서 그를 올려다보았다. "몇 년 전부터 알고 있었다, 해리. 그자가 저 밖에서 시간을 벌고 있다는 걸 알았어. 일어날 수밖에 없었던 일이야. 뭐, 이제는 그 일이 일어났으니 받아들여야겠지. 우린 싸울 거다. 어쩌면 그자가 힘을 제대로 되찾기 전에 막을 수 있을지도 몰라. 아무튼 그게 덤블도어 교수님의 계획이야. 덤블도어 교수님은 위대한 분이야. 덤블도어 교수님이 있는 한 난 별로 걱정 안 한다."

해그리드는 믿을 수 없다는 듯한 그들의 표정을 보고 덥수룩한 눈썹을 치켜올렸다.

"가만히 앉아서 걱정해 봐야 아무 소용 없어." 그가 말했다. "일어날 일은 일어나게 돼 있어. 그런 일이 일어나면, 우리는 그 일을 마주하면 돼. 덤블도어 교수님이 네가 한 일을 얘기해 주셨다, 해리."

해리를 바라보는 해그리드의 가슴이 부풀었다. "네 아버지가 했을 법한 일을 해냈더구나. 이거 이상으로는 칭찬해 줄 수가 없겠는데."

해리는 그에게 마주 미소 지었다. 며칠 만에 처음으로 짓는 미소였다.

"덤블도어 교수님이 뭘 부탁하셨어요, 해그리드?" 그가 물었다. "맥고나걸 교수님한테 아저씨랑 막심 교장을 불러 달라고 하시던데……. 그날 밤에요."

"여름방학 동안 할 일을 좀 맡기셨지." 해그리드가 말했다. "근데 비밀이야. 그 얘기는 하지 못하게 돼 있어. 너희한테도. 올랭프는…… 그러니까 막심 교장은 나랑 같이 갈지도 몰라. 아마 그럴 거야. 내가 설득했거든."

"볼드모트와 관련된 일인가요?"

해그리드는 그 이름을 듣고 움찔했다.

"그럴지도." 그가 얼버무렸다. "자…… 나랑 마지막 남은 스크루트 보러 갈 사람? 농담이야. 농담한 거라니까!" 그는 그들의 표정을 보고 얼른 덧붙였다.


프리빗가로 돌아가기 전날 밤, 침실에서 짐 가방을 싸는 해리의 마음은 무거웠다. 보통은 기숙사 챔피언십의 우승자가 발표되고 축하를 받는 시간이었지만 이번만큼은 종강 연회가 두려웠다. 병동을 나온 이후 그는 사람이 가득 차 있는 대연회장을 줄곧 피해 왔다. 다른 학생들의 눈을 피해 대연회장이 거의 비었을 때 식사하는 게 나았다.

그와 론, 헤르미온느는 연회장에 들어선 순간 예전의 장식물이 없다는 사실을 알아차렸다. 종강 연회 때 대연회장은 보통 우승한 기숙사의 색깔로 장식되었다. 그러나 오늘 밤에는 교직원 식탁 뒤에 검은 휘장이 걸려 있었다. 해리는 세드릭에게 조의를 표하는 의미로 휘장이 걸렸음을 곧바로 알아차렸다.

교직원 식탁에는 진짜 매드아이 무디가 있었다. 그의 나무다리와 마법 눈도 제자리에 돌아와 있었다. 그는 심하게 움찔거렸고, 누가 말을 걸 때마다 소스라치게 놀랐다. 해리는 그를 탓할 수 없었다. 자신의 짐 가방에 열 달을 갇혀 있었으니, 공격당할지도 모른다는 무디의 두려움은 더 심해질 수밖에 없었다. 카르카로프 교장의 의자는 비어 있었다. 해리는 다른 그리핀도르 학생들과 함께 앉으면서 생각했다. 카르카로프는 지금 어디에 있을까? 볼드모트가 그를 붙잡았을까?

막심 교장은 아직 돌아가지 않고 해그리드 옆에 앉아 있었다. 그들은 조용한 목소리로 이야기를 나누고 있었다. 눈으로 식탁을 쭉 따라가자 맥고나걸 교수 옆에 앉아 있는 스네이프가 보였다. 해리는 그를 쳐다보았다. 그의 눈도 잠시 해리에게 머물렀다. 해리는 그의 얼굴에 떠오른 표정을 도무지 읽을 수가 없었다. 그는 여느 때만큼이나 시큰둥하고 불쾌한 얼굴이었다. 해리는 스네이프가 시선을 돌린 뒤에도 한참 동안 그를 바라보았다.

볼드모트가 돌아온 그날 밤, 덤블도어가 스네이프에게 지시한 일은 무엇이었을까? 그리고 왜…… 어째서…… 덤블도어는 스네이프가 정말로 그들의 편이라고 그렇게 확신하는 걸까? 스네이프는 우리 편 첩보원이었다고, 덤블도어는 펜시브에서 그렇게 말했다. 스네이프가 '개인적으로 큰 위험을 감수하면서' 볼드모트에 맞서 첩보원의 임무를 맡았다고 말했다. 이번에도 다시 그 일을 맡게 된 걸까? 어쩌면 죽음을 먹는 자들과 접촉한 건 아닐까? 진심으로 덤블도어 편에 선 적은 한 번도 없었던 척, 마치 볼드모트처럼 시간을 벌고 있었던 척하면서?

해리의 고민은 덤블도어 교수가 교직원 식탁에서 일어나면서 끝이 났다. 안 그래도 이전의 종강 연회에 비해 덜 소란스러웠던 대연회장이 아주 조용해졌다.

덤블도어가 모두를 둘러보며 말했다. "또 한 학년이 끝났습니다."

잠시 말을 멈춘 그의 눈길이 후플푸프 식탁으로 향했다. 후플푸프 식탁은 덤블도어가 일어나기 전부터 분위기가 가장 가라앉아 있었다. 학생들의 얼굴도 이 연회장 안에서 가장 슬프고 창백했다.

"오늘 밤에는 여러분 모두에게 하고 싶은 말이 무척 많습니다." 덤블도어가 말했다. "하지만 먼저 이곳에 앉아 있어야 할 아주 훌륭한 사람 하나를 잃었다는 사실을 언급하지 않을 수 없군요." 그는 후플푸프 학생들을 손짓했다. "여기에 앉아, 우리와 함께 연회를 즐겼어야 할 사람 말입니다. 여러분 모두, 부디 자리에서 일어나 세드릭 디고리를 위해 잔을 들어 주길 바랍니다."

그들은 모두 자리에서 일어나 잔을 들었다. 대연회장 안에 있는 모두가 일어서자 여기저기서 긴 의자가 바닥에 끌리는 소리가 들렸다. 일제히 잔을 들어 올린 그들은 크고 엄숙한 울림이 깃든 목소리로 말했다. "세드릭 디고리를 위하여."

해리는 사람들 사이로 초를 잠깐 보았다. 그녀의 얼굴에는 조용히 눈물이 흘러내리고 있었다. 모두가 다시 자리에 앉는 가운데 해리는 식탁을 내려다보았다.

"세드릭은 후플푸프 기숙사가 갖추고 있는 수많은 자질의 본보기가 되는 학생이었습니다." 덤블도어가 말을 이었다. "세드릭은 착하고 의리 있는 친구이자 성실한 학생이었으며, 무엇보다 정정당당한 경쟁을 중요하게 여겼습니다. 여러분이 그를 잘 알았든 아니든, 그의 죽음은 여러분 모두에게 영향을 미쳤습니다. 그러므로 나는 여러분에게 어떻게 이런 일이 벌어졌는지 정확히 알 권리가 있다고 생각합니다."

해리는 고개를 들고 덤블도어를 바라보았다.

"세드릭 디고리는 볼드모트 경에게 살해당했습니다."

공포에 사로잡힌 속삭임이 대연회장을 휩쓸었다. 학생들

은 겁에 질린 채 믿지 못하겠다는 듯 덤블도어를 쳐다보고 있었다. 덤블도어는 놀랍도록 침착한 얼굴로, 학생들이 웅성거리다가 조용해지는 모습을 지켜보았다.

덤블도어가 말을 이었다. "마법 정부는 내가 여러분에게 이 사실을 알리기를 바라지 않습니다. 여러분의 부모님 중에는 내가 이런 말을 한 것에 경악하는 분들도 있을 겁니다. 볼드모트 경이 돌아왔다는 사실을 믿지 않기 때문일 수도 있고, 여러분처럼 어린 학생들에게 그런 말을 해서는 안된다고 생각하기 때문일 수도 있습니다. 그러나 보통은 진실이 거짓보다 나으며, 세드릭이 우연한 사고나 또는 그 자신이 저지른 실수로 인해 죽었다고 꾸며 내려는 모든 시도는 우리의 기억 속에 있는 그에 대한 모독이라고 나는 생각합니다."

충격을 받고 겁에 질린 대연회장 안의 모든 얼굴…… 혹은 거의 모든 얼굴이 이제 덤블도어에게로 향해 있었다. 건너편 슬리데린 식탁에서 드레이코 말포이가 크래브와 고일에게 뭔가 중얼거리는 모습이 보였다. 해리는 속에서 역겨움과 뜨거운 분노가 솟구치는 것을 느꼈다. 그는 억지로 덤블도어 쪽으로 시선을 돌렸다.

"세드릭의 죽음과 관련해서 반드시 언급해야 하는 사람

이 있습니다." 덤블도어가 말을 이었다. "물론, 해리 포터입니다."

몇몇 얼굴이 해리를 향했다가 다시 덤블도어 쪽으로 휙 돌아가면서 대연회장 안에 물결 비슷한 움직임이 만들어졌다.

"해리 포터는 볼드모트 경에게서 가까스로 도망쳤습니다." 덤블도어가 말했다. "해리는 세드릭의 시신을 호그와트로 가져오기 위해 목숨을 걸었습니다. 모든 면에서 그는 볼드모트 경을 마주한 소수의 마법사들만이 보여 주었던 용기를 보여 줬으며, 이 점에 대해 나는 그에게 경의를 표합니다."

덤블도어는 엄숙한 태도로 해리에게 고개를 돌리며 다시 한 번 잔을 들었다. 대연회장의 거의 모두가 그를 따라 했다. 그들은 세드릭의 이름을 중얼거렸듯 해리의 이름을 읊조리며 그를 위해 잔을 들었다. 하지만 해리는 서 있는 사람들 사이사이로 말포이, 크래브와 고일을 비롯한 수많은 슬리데린 학생들이 반항하듯 자리에 앉아 잔에는 손도 대지 않는 모습을 보았다. 마법 눈이 달리지 않은 덤블도어는 그런 그들을 보지 못했다.

모두 다시 자리에 앉자 덤블도어가 말을 이었다. "트라이위저드 대회의 목적은 마법사들 사이의 이해를 넓히고 증진하는 것입니다. 볼드모트 경의 부활이라는 지금의 상황에 비추어 볼 때, 그러한 결속은 그 어느 때보다도 중요합니다."

덤블도어는 막심 교장과 해그리드에게서 플뢰르 들라쿠르와 그녀의 동료 보바통 학생들에게로, 또 슬리데린 식탁에 있는 빅토르 크룸과 덤스트랭 학생들에게로 눈을 돌렸다. 해리가 보니 크룸은 지친 듯했고, 거의 겁에 질린 것처럼 보였다. 덤블도어가 뭔가 가혹한 말을 할 거라고 예상하는 것 같았다.

"이 연회장에 있는 손님 모두……." 덤블도어가 입을 열었다. 그의 눈이 덤스트랭 학생들에게 머물렀다. "이곳에 다시 오고 싶다면 언제든 환영받을 것입니다. 여러분 모두에게 다시 말합니다. 볼드모트 경이 부활한 지금, 우리는 단합하는 만큼 강해지고 분열하는 만큼 약해질 것입니다. 볼드모트 경은 불화와 적의를 퍼뜨리는 능력이 아주 뛰어납니다. 반대로 우리는 강력한 우정과 신뢰의 결속을 보여 줄 때만 그와 맞서 싸울 수 있습니다. 우리의 목표가 같고 마음이 열려 있다면 관습과 언어의 차이는 아무것도 아닙니다. 지금만큼 내가 착각한 것이기를 바란 적도 없습니다만, 나는 우리 모두 어둡고 험난한 시기를 앞두고 있다고 생각합니다. 이 연회장에 있는 여러분 가운데 몇 명은 이미 볼드모트 경에 의해 직접 고통을 겪었습니다. 여러분의 수많은 가족이 산산이 파괴됐습니다. 1주일 전에는 한 학생이 우리 곁을 떠났습니다. 세드릭을 기억하십시오. 옳은 것과 쉬운 것 사이에서 선택해야 할 때가 온다면, 착하고 친절하고 용감했던 한 소년이 볼드모트의 앞길에 잘못 들어섰다는 이유만으로 어떤 일을 당했는지를 기억하십시오. 세드릭 디고리를 기억하십시오."

해리는 이미 짐 가방을 꾸려 놓았다. 헤드위그도 가방 꼭대기에 얹힌 새장에 돌아와 있었다. 그와 론, 헤르미온느는 다른 4학년 학생들과 함께 사람들로 북적이는 현관홀에서 그들을 호그스미드역으로 데려다줄 마차들을 기다리고 있었다. 또 한 번의 아름다운 여름날이었다. 프리빗가는 덥고 녹음으로 우거져 있을 것이다. 그날 저녁 도착했을 때 꽃밭은 다채로운 색깔로 물들어 있을 것이다. 하지만 그 생각은 그에게 아무런 기쁨도 주지 못했다.

"애리!"

그가 돌아보았다. 플뢰르 들라쿠르가 성으로 들어오는

돌계단을 다급히 올라오고 있었다. 그녀의 등 뒤로 교정 저편에서 해그리드가 막심 교장을 도와 거대한 두 마리 말에게 마구를 씌우는 모습이 보였다. 보바통 마차가 출발하기 직전이었다.

"다시 볼 수 있었으명 좋겠어." 플뢰르가 해리 앞에 와서 손을 내밀며 말했다. "나능 여기에서 일자리를 얻을 생각이야. 영어를 더 잘하려고."

"지금도 아주 잘하는데." 론이 숨 막히는 듯한 목소리로 말했다. 플뢰르가 그에게 미소 지었다. 헤르미온느는 눈을 모로 뜨고 그 광경을 흘겨보았다.

"안녕, 애리." 플뢰르가 몸을 돌리며 말했다. "망나서 즐거웠어!"

다시 잔디밭을 가로질러 막심 교장에게 달려가는 플뢰르의 모습을 보자 기분이 좋아지는 건 해리도 어쩔 수 없었다. 그녀의 은빛 머리카락이 햇빛을 받으며 찰랑거렸다.

"덤스트랭 애들은 어떻게 돌아갈지 궁금하네?" 론이 말했다. "카르카로프가 없어도 저 배를 조종할 수 있나?"

"카르카로프가 초총한 게 아니다." 퉁명스러운 목소리가 말했다. "그 사람은 선실에 머물면서 우리에게 초총하도록 했다." 크룸이 헤르미온느에게 작별 인사를 하러 와 있었다. "얘기 좀 할 수 있을까?" 그가 그녀에게 물었다.

"아…… 응…… 그래." 헤르미온느는 약간 당황해서 대답하고는 크룸을 따라 사람들 사이로 사라졌다.

"빨리 오는 게 좋을 거야!" 론이 그녀의 등 뒤에 대고 크게 소리쳤다. "조금 있으면 마차가 올 테니까!"

하지만 그는 해리에게 마차가 오는지 지켜보게 하고, 몇 분 동안 사람들 머리 위로 목을 쭉 내민 채 크룸과 헤르미온느가 뭘 하는지 보려고 애썼다. 그들은 금방 돌아왔다. 론이 헤르미온느를 뚫어지게 바라봤지만 그녀의 얼굴은 무표정했다.

"나는 디고리가 마음에 들었다." 크룸이 불쑥 해리에게 말했다. "디고리는 언제나 나에게 예의를 치켰다. 언제나. 내가 덤스트랭에서 왔는데도. 카르카로프와 함께 왔는데도." 그가 매서운 눈으로 덧붙였다.

"아직 새 교장은 안 왔어?" 해리가 물었다.

크룸은 어깨를 으쓱했다. 그는 플뢰르가 그랬듯 손을 내밀고 해리와 악수한 뒤 론과도 악수했다.

론의 내면에서 고통스러운 싸움이 벌어지고 있는 듯했다. 론은 크룸이 이미 멀리 걸어간 뒤에야 소리쳤다. "사인 좀 해 줄래?"

헤르미온느는 막 진입로를 따라 덜그럭거리며 다가오는 말 없는 마차를 향해 고개를 돌리고 싱긋 웃었다. 크룸은 놀란 눈으로, 하지만 기뻐하며 론이 내민 양피지에 사인했다.

킹스크로스로 돌아가는 길의 날씨는 작년 9월 호그와트로 오던 때와 완전히 달랐다. 하늘에는 구름 한 점 없었다. 해리, 론, 헤르미온느는 간신히 객실 한 칸을 차지할 수 있었다. 피그위전이 계속 부엉부엉 우는 바람에 다시 한 번 론의 정장 로브로 새장을 덮어 버렸다. 헤드위그는 날개 아래 머리를 묻은 채 졸고 있었으며, 크룩생스는 커다랗고 북슬북슬한 적갈색 쿠션처럼 빈 좌석에 웅크리고 있었다. 기차가 빠르게 그들을 남쪽으로 데려가는 동안 해리, 론, 헤르미온느는 지난 한 주 그 어느 때보다 홀가분한 마음으로 이야기를 나누었다. 해리는 종강 연회에서 덤블도어의 연설을 듣고 왠지 속이 뻥 뚫린 기분이었다. 이제는 무슨 일이 일어났는지 이야기하는 것도 덜 고통스러웠다. 그들은 덤블도어가 지금이라도 볼드모트를 막기 위해 어떤 조치를 취할지 이야기를 나누다가 간식 수레가 도착하자 잠깐 대화를 멈췄다.

수레에서 돌아온 헤르미온느는 거스름돈을 가방에 집어

넣고 가방에 들어 있던 《예언자일보》를 꺼냈다.

해리는 어떤 기사가 실렸는지 정말로 보고 싶은지 아닌지 확신이 안 서는 상태에서 신문을 바라봤다. 하지만 그런 해리의 표정을 읽은 헤르미온느가 담담하게 말했다. "여기엔 아무것도 없어. 봐도 돼. 아예, 아무것도 없어. 내가 매일 확인하고 있거든. 세 번째 과제 다음 날 짧은 기사가 실렸을 뿐이야. 네가 시합에서 우승했다고. 세드릭에 대해서는 언급조차 안 했어. 그 일에 관해선 아무것도 안 실렸어. 내 생각엔, 퍼지가 억지로 조용히 시키고 있는 것 같아."

"리타는 절대 조용하게 만들 수 없을걸." 해리가 말했다. "이런 기삿거리를 두고는 말이야."

"아, 리타는 세 번째 과제 이후로 아무것도 안 썼어." 헤르미온느가 이상하게 부자연스러운 목소리로 말했다. "실은……." 그녀가 살짝 떨리는 목소리로 덧붙였다. "리타 스키터는 한동안 아무것도 쓰지 않을 거야. 내가 자기 비밀을 폭로하기를 바라지 않는다면 말이지."

"무슨 소리야?" 론이 물었다.

"교내에 들어오지 못하게 되어 있는 리타 스키터가 어떻게 사적인 대화들을 들을 수 있었는지 알아냈거든." 헤르미온느가 단숨에 말했다.

해리는 지난 며칠 동안 헤르미온느가 그들에게 뭔가를 말하고 싶어 입이 근질근질하는 것 같은 느낌을 받았다. 하지만 그녀는 온갖 일이 벌어진 만큼 말하는 것을 꾹 참고 있었다.

"어떻게 한 건데?" 해리가 곧바로 물었다.

"어떻게 알아냈어?" 론이 그녀를 뚫어지게 바라보며 물었다.

"뭐, 사실 나한테 아이디어를 준 건 너였어, 해리." 그녀가 말했다.

"내가?" 해리가 어리둥절해서 물었다. "어떻게?"

"네가 '도청'을 붙였을 수도 있다고 하니까 론이 '도충'이 무슨 곤충이냐고 물었잖아." 헤르미온느가 즐거워하며 말했다.

"하지만 네가 도청 장치는 작동하지 않는다고……."

"아, 도청 장치가 아니라 진짜 곤충이었어." 헤르미온느가 말했다. "그러니까…… 리타 스키터는……." 헤르미온느의 목소리가 조용한 승리감으로 떨렸다. "미등록 애니마구스야. 그 여자는 변신을 할 수 있어."

헤르미온느가 가방에서 봉인된 작은 유리병을 꺼냈다.

"……딱정벌레로."

"설마." 론이 믿을 수 없다는 듯 말했다. "너 설마…… 그게 혹시……."

"응. 맞아, 그 여자." 헤르미온느가 그들 앞에서 유리병을 마구 흔들며 만족스러운 듯 말했다.

유리병 안에는 나뭇가지, 잎사귀 몇 개와 함께 크고 통통한 딱정벌레 한 마리가 들어 있었다.

"설마…… 농담이지?" 론이 유리병을 얼굴 앞으로 들어 올리며 작게 속삭였다.

"아닌데." 헤르미온느가 활짝 웃으며 말했다. "병동 창틀에 있는 걸 잡았어. 아주 자세히 보면, 더듬이 주위에 그 여자가 쓰고 다니는 그 더러운 안경이랑 정확히 똑같은 무늬가 있다는 걸 알 수 있을 거야."

해리는 자세히 살펴보고 헤르미온느의 말이 맞다는 것을 깨달았다. 다른 기억도 떠올랐다. "해그리드가 막심 교장한테 엄마 얘기를 하던 날 밤에도 조각상 위에 딱정벌레가 있었어!"

"바로 그거야." 헤르미온느가 말했다. "그리고 호숫가에서 이야기를 나눈 다음 빅토르가 내 머리카락에 붙은 딱정벌레를 떼어 주었거든. 점술 수업 시간에 네가 흉터에서 통증을 느꼈을 때도 틀림없이 교실 창틀에 앉아 있었을 거야.

1년 내내 기삿거리를 찾아서 붕붕 날아다닌 거지."

"말포이가 나무 밑에서 손으로 입을 가리고 뭔가를 지껄이고 있었을 때도……." 론이 천천히 말했다.

"리타 스키터한테 말하고 있었던 거야, 손에 쥐고서." 헤르미온느가 말했다. "말포이는 당연히 알고 있었겠지. 그런 방법으로 그 여자는 슬리데린 애들과 그 멋진 인터뷰를 할 수 있었던 거야. 걔들은 우리랑 해그리드에 대한 끔찍한 이야깃거리만 줄 수만 있으면 리타 스키터가 어떤 불법적인 일을 저질러도 전혀 신경 쓰지 않았어."

헤르미온느는 론에게서 다시 유리병을 받아 들고 딱정벌레를 보며 미소 지었다. 딱정벌레는 화가 난 듯 윙윙거리면서 유리병에 부딪쳤다.

"런던에 돌아가면 내보내 주겠다고 했어." 헤르미온느가 말했다. "변신하지 못하도록 내가 이 유리병에 안 깨짐 마법을 걸어 놨거든. 그리고 리타 스키터한테 1년 동안 깃펜은 그냥 간직하고만 있으라고 했어. 사람들에 대해 지독한 거짓말을 써 대는 습관을 고칠 수 있는지 보자고."

헤르미온느는 평온하게 미소 지으며 딱정벌레가 들어 있는 병을 다시 가방 안에 집어넣었다.

객실 문이 스르르 열렸다.

"아주 똑똑한데, 그레인저." 드레이코 말포이가 말했다.

크래브와 고일이 그의 뒤에 서 있었다. 셋 모두 어느 때보다 즐거워 보였고, 더 거만하고 더 심술궂어 보였다.

"그러니까……." 말포이가 객실로 살짝 발을 들여 놓으며 천천히 말했다. 그러고는 히죽거리는 웃음을 입가에 띤 채 그들을 둘러보았다. "너는 웬 한심한 기자를 잡았고, 포터는 다시 덤블도어가 가장 아끼는 녀석이 됐다는 거지. 대단하네."

그의 히죽거리는 웃음이 얼굴 가득 퍼져 나갔다. 크래브와 고일이 음흉하게 웃었다.

"그 일은 생각하지 않으려나 보네. 그치?" 말포이가 셋 모두를 둘러보며 조용히 말했다. "없었던 일인 셈 치려고?"

"나가." 해리가 말했다.

그는 덤블도어가 세드릭에 관한 연설을 하던 중 말포이가 크래브와 고일에게 뭐라고 중얼거리는 모습을 본 이후 한 번도 말포이 근처에 간 적이 없었다. 귓속이 응응 울리는 것 같았다. 그의 손이 로브 속에서 마법 지팡이를 움켜잡았다.

"넌 잘못된 편에 선 거야, 포터! 내가 경고했지! 난 너한테 친구를 좀 더 신중하게 골라야 한다고 말했어. 기억나냐? 처음 호그와트로 가던 날, 기차에서 만났을 때 말이야. 너한테 이런 쓰레기들하고 어울리지 말라고 했어!" 그는 고개를 홱 젖혀 론과 헤르미온느를 가리켰다. "이제 너무 늦었어, 포터! 이제 어둠의 왕이 돌아왔으니, 저놈들이 가장 먼저 죽을 거야! 머드블러드와 머글 애호가들이 첫 번째지! 아니, 두 번째구나. 디고리가 첫 번⋯⋯."

누군가가 객실 안에서 불꽃놀이 폭죽 한 상자를 터뜨린 것 같았다. 사방에서 날아든 마법 주문들의 불꽃에 눈이 부셨고 연이은 폭발음에 귀가 먹먹해졌다. 해리는 눈을 깜빡이다가 바닥을 내려다보았다.

말포이, 크래브, 고일 모두 정신을 잃고 문 앞에 쓰러져 있었다. 그와 론, 헤르미온느는 서 있었다. 셋 모두 각각 다른 공격 마법을 사용한 것이다. 그런데 공격 마법을 사용한 건 셋만이 아니었다.

"저 세 녀석이 뭔 짓을 꾸미는지 봐야 할 것 같아서." 프레드가 고일을 밟고 객실로 들어오며 아무렇지도 않게 말했다. 그는 마법 지팡이를 꺼내 들고 있었고 조지도 마찬가지였다. 그는 프레드를 따라 들어오면서 일부러 말포이를 지르밟았다.

"흥미로운 효과네." 조지가 크래브를 내려다보며 말했

다. "퍼넌큘러스 마법을 쓴 건 누구야?"

"나." 해리가 말했다.

"희한하다." 조지가 가벼운 어조로 말했다. "나는 흐느적 다리 저주를 썼거든. 그 둘을 섞어서 쓰면 안 되나 봐. 얼굴 전체에 작은 촉수가 잔뜩 돋아난 것처럼 보이는데. 뭐, 여기에 두지는 말자. 미관상 좋지가 않아서 말이지."

론, 해리, 조지는 의식을 잃은 말포이, 크래브, 고일(그들은 각각 얻어맞은 혼합된 마법 때문에 확실히 더 못생겨 보였다)을 걷어차고 굴리고 밀쳐서 복도로 내보낸 다음 객실로 돌아와 문을 닫았다.

"폭발하는 카드 게임 할 사람?" 프레드가 카드 한 상자를 꺼내며 말했다.

다섯 번째 게임을 하던 도중 해리가 그들에게 물었다.

"근데, 말 안 해 줄 거야?" 그가 조지에게 물었다. "누구한테 협박 편지를 보내고 있었어?"

"아." 조지가 우울하게 말했다. "그거?"

"별거 아니야." 프레드가 짜증스러운 듯 고개를 저으며 말했다. "별로 중요한 일 아니야. 어쨌든 지금은."

"이제 포기했거든." 조지가 어깨를 으쓱하며 말했다.

하지만 해리, 론, 헤르미온느가 계속 묻자 마침내 프레드가 말했다. "알았어, 알았어. 그렇게 알고 싶으면 말해 줄게. ……루도 배그먼이었어."

"배그먼?" 해리가 날카로운 목소리로 말했다. "그 사람도 이 일에 연루되었다는……."

"아냐." 조지가 힘 빠진 목소리로 말했다. "그런 건 전혀 아니야. 그 사람은 멍청한 얼간이거든. 그럴 만한 머리도 없어."

"그래? 그럼 뭔데?" 론이 물었다.

프레드는 망설이다가 입을 열었다. "퀴디치 월드컵에서 우리가 그 사람이랑 내기했던 거 기억나? 경기는 아일랜드가 이기지만 스니치는 크룸이 잡을 거라고 했던."

"응." 해리와 론이 천천히 대답했다.

"뭐, 그 얼간이가 우리한테 아일랜드 마스코트한테서 얻은 레프러콘 금화를 줬어."

"그래서?"

"그래서" 하고, 프레드가 못 참겠다는 듯 말을 이었다. "금화가 사라졌지 뭐겠냐? 다음 날 아침에 사라졌다고!"

"하지만…… 모르고 그런 거 아닐까?" 헤르미온느가 말했다.

조지는 아주 씁쓸하게 웃었다. "그래, 우리도 처음엔 그렇게 생각했어. 그 사람한테 편지를 보내서 실수했다고 말해 주면 금화를 토해 낼 거라고 생각했지. 하지만 어림도 없더라. 우리 편지를 무시했어. 우리는 호그와트에서 계속 배그먼한테 그 얘기를 하려고 했는데, 배그먼은 항상 이런 저런 핑계를 대면서 우리를 피했어."

"결국에는 꽤 추잡해지더라고." 프레드가 말했다. "우리는 도박을 하기엔 너무 어리기 때문에 아무것도 줄 수 없다는 거야."

"그래서 우리 돈을 돌려 달라고 했어." 조지가 도끼눈을 하고 말했다.

"거절한 건 아니지?" 헤르미온느가 숨을 들이켰다.

"바로 그거야." 프레드가 말했다.

"하지만 그건 형들이 모은 돈 전부였잖아!" 론이 말했다.

"내 말이." 조지가 말했다. "물론, 우리도 결국 일이 어떻게 된 건지 알아냈어. 리 조던의 아빠도 배그먼한테서 돈을 받는 데 조금 어려움을 겪었대. 알고 보니까 배그먼이 고블린들하고 문제가 좀 있었더라고. 고블린들한테서 금화를 엄청 빌린 거지. 월드컵이 끝난 뒤에 고블린 무리가 숲에서 배그먼을 구석에 몰아넣고, 그가 가지고 있던 금화를 다 빼앗았대. 그랬는데도 배그먼의 빚을 다 갚기에는 모자랐다는 거야. 고블린들은 배그먼을 감시하려고 이 먼 호그와트까지 따라왔어. 배그먼은 도박에서 모든 걸 잃었어. 먹고 죽으려도 갈레온 두 닢조차 없게 됐지. 그런데 그 멍청이가 고블린들한테 어떻게 돈을 갚으려고 한 줄 알아?"

"어떻게 했는데?" 해리가 물었다.

"너한테 내기를 걸었단다, 친구." 프레드가 말했다. "네가 시합에서 우승하는 쪽에 엄청난 돈을 걸었대. 고블린들을 상대로."

"계속 내가 이기도록 도와주려고 했던 이유가 *그거*였구나!" 해리가 말했다. "뭐, 내가 이겼잖아. 안 그래? 그럼 배그먼이 금화를 돌려줄 수 있겠네!"

"아냐." 조지가 고개를 저으며 말했다. "고블린들도 배그먼만큼 지저분하게 굴거든. 고블린들은 너랑 디고리가 비겼다면서, 배그먼은 네가 완전한 승리를 거두는 쪽에 돈을 건 거라고 말했어. 그래서 배그먼은 목숨 걸고 튀어야 했지. 세 번째 과제가 끝난 직후에 필사적으로 도망치더라."

조지는 깊은 한숨을 내쉬더니 다시 카드를 나눠 주기 시작했다.

나머지 시간은 아주 즐겁게 흘러갔다. 해리는 솔직히 이 시간이 여름 내내 계속되었으면 좋겠다고, 킹스크로스에

절대 도착하지 않았으면 좋겠다고 생각했다……. 하지만 해리가 지난 1년 동안 어렵게 배운 것처럼, 불쾌한 일이 기다리고 있을 때 시간은 결코 느려지지 않는다. 순식간에 9와 4분의 3번 승강장에 도착한 호그와트 급행열차가 속도를 늦췄다. 학생들이 내리기 시작하자 늘 그랬던 것처럼 소란과 소음이 열차 통로를 가득 채웠다. 론과 헤르미온느는 짐 가방을 들고 말포이, 크래브와 고일을 지나가느라 애를 먹었다.

하지만 해리는 일어나지 않았다. "프레드, 조지, 잠깐만."

쌍둥이가 돌아섰다. 해리는 짐 가방을 열고 트라이위저드 상금을 꺼냈다.

"이거 받아." 그가 말하더니 조지의 손에 금화 자루를 밀어 넣었다.

"뭐라고?" 프레드가 어리둥절한 표정으로 물었다.

"가져." 해리가 단호한 목소리로 되풀이했다. "난 갖기 싫어."

"너 미쳤구나." 조지가 돈 자루를 다시 해리 쪽으로 밀어내면서 말했다.

"아니, 난 멀쩡해." 해리가 말했다. "가져. 이걸로 계속 발명해. 장난감 가게를 위해서야."

"진짜 *미쳤네*." 프레드가 놀라다 못해 경이감에 사로잡힌 목소리로 말했다.

"들어 봐." 해리가 단단히 결심한 목소리로 말했다. "두 사람이 안 받겠다면 나는 이걸 하수구에 던져 버릴 거야. 난 이 돈을 갖고 싶지 않아. 필요도 없어. 하지만 웃음은 필요해. 우리 모두에게 웃음이 필요할지도 몰라. 나는 머잖아 어느 때보다도 우리에게 더 많은 웃음이 필요하게 될 것 같은 기분이 들어."

"해리." 조지가 양손으로 돈 자루의 무게를 재 보며 작은 목소리로 말했다. "여기에 1,000갈레온이 들어 있어."

"응." 해리가 씩 웃으며 말했다. "카나리아 크림을 얼마나 많이 만들 수 있을지 생각해 봐."

쌍둥이가 그를 뚫어지게 바라보았다.

"아주머니께는 이 돈이 어디서 났는지 얘기하지 말아 줘……. 이젠 형들이 정부에 취직하길 바라지도 않으시겠지만……."

"해리." 프레드가 입을 열었지만 해리는 마법 지팡이를 꺼냈다.

"봐." 해리가 단호하게 말했다. "가져가. 안 그러면 공격 마법을 걸 거야. 이제는 몇 가지 괜찮은 주문들을 알거든.

그냥 부탁만 하나 들어줘. 알았지? 론한테 새 정장 로브를 사 주고, 형들이 산 거라고 말해 줘."

그는 쌍둥이가 다른 말을 할 겨를을 주지 않고, 아직도 공격 마법이 남긴 흔적으로 뒤덮인 채 바닥에 드러누워 있는 말포이, 크래브, 고일을 타 넘으면서 객실을 나갔다.

9와 4분의 3 승강장 벽 너머에서 버넌 이모부가 그를 기다리고 있었다. 그 근처에 위즐리 부인이 있었다. 해리를 본 그녀가 그를 꼭 끌어안더니 귀에 대고 속삭였다. "내 생각엔 덤블도어 교수님이 네가 늦여름쯤 우리 집에 오도록 해 주실 것 같다. 계속 연락하자꾸나, 해리."

"나중에 봐, 해리." 론이 해리의 등을 탁 치며 말했다.

"잘 가, 해리!" 헤르미온느가 말하더니 전에는 한 번도 한 적이 없는 행동을 했다. 그의 뺨에 입을 맞춘 것이다.

"해리, 고마워." 조지가 중얼거렸다. 그의 옆에서 프레드가 열정적으로 고개를 끄덕이고 있었다.

해리는 그들에게 눈을 찡긋하고 버넌 이모부 쪽으로 돌아서서 그를 따라 조용히 역을 빠져나갔다. 더즐리네 차 뒷자리에 타면서 해리는 아직은 걱정할 필요가 없다고 스스로를 타일렀다.

해그리드의 말대로, 일어날 일은 일어나게 돼 있다…….

그리고 그 일이 일어나면 해리는 그것을 똑바로 마주해야
할 것이다.

(제5권《해리 포터와 불사조 기사단 1》에서 계속됩니다.)

# ♛ 볼드모트 경 ♛

## ♦ 슬리데린 ♦

**어린 시절** 호그와트의 인기 있는 학생이었던 볼드모트 경은 교만한 야심을 가진 한계가 없는 슬리데린입니다. 그가 한 소름 끼치는 말을 보면, 그의 이름이 모든 마법사의 마음에 두려움을 불어넣는 이유를 떠올리게 됩니다.

"날 짜증 나게 하는 사람들한테 나쁜 일이 일어나도록 만들 수도 있고,
마음만 먹으면 다치게 할 수도 있어."

※

"볼드모트는…… 내 과거이자 현재이자 미래야."

"난 여기 앉아서 네가 죽는 걸 지켜볼 거야, 해리 포터.
천천히 해. 나야 급할 것 없으니까."

※

"이들은 어떻게 내가 다시 일어서지 못할 거라고 믿었단 말인가?
내가 오래전부터 필멸의 죽음으로부터 나 자신을 지키고자
밟아 온 과정들을 아는 그들이?"

※

"나는 용서하지 않는다. 나는 잊지 않는다."

※

"저녁 식사다, 내기니."

VOLDEMORT

볼드모트

# ♕ 호그와트의 그림들 ♕

## ♦ 슬리데린 ♦

**호그와트** 학생들은 성의 미로 같은 복도를 따라 교실로 갈 때면 오래된 돌벽에 걸려 있는 수많은 마법 그림들에게 수난을 당할 수 있습니다. 태피스트리와 조각상 사이에 틀어박혀 있는 그림들은 학교생활에 유쾌한 배경이 되어 주고, 학생들은 액자 속 다양한 인물들이 자기 나름의 생각을 가지고 있다는 사실에 곧 익숙해지죠.

교실에 걸려 있는 그림 중에는 교과 과정에 도움을 주는 것들도 있습니다. 해리가 6학년일 때 세베루스 스네이프의 어둠의 마법 방어법 교실은 어둠의 마법을 상징하는 그늘지고 소름 끼치는 그림들로 장식되어 있었습니다. 슬리데린 담임 교수가 무척 좋아하는 과목을 소개하고, 학생들에게 인페리우스 공격의 위험에 대해 경고할 때 이런 그림은 유용한 교재로 쓰입니다.

마법이 걸리지 않은 머글 세계의 그림들과 달리 이 움직이는 마법사들은 같은 건물 안에 걸려 있는 다른 그림들을 방문할 수 있어서, 액자에서 액자로 돌아다니며 학교에 소문을 빠르게 퍼뜨릴 수 있습니다. 마법 초상화에 그려진 인물들은 마법사 세계 전체에 있는 자신의 초상화도 방문할 수 있습니다. 슬리데린 출신인 교장 피니어스 나이젤러스 블랙은 교장실에 있는 액자와, 자기 선조들의 집에서 벌어지는 일을 지켜볼 수 있는 그리몰드가의 액자 모두에 자주 나타납니다.

호그와트의 예술적인 보물에는 캔버스에 모습을 남긴 또 다른 유명한 마법사들도 포함됩니다. 교장실에 있는 초상화들은 이 학교의 교장이라는 빛나는 역할을 맡았던 실력 있는 마법사들의 기나긴 계보를 보여 주

PHINEAS NIGELLUS BLACK 피니어스 나이젤러스 블랙

며, 후임 교장이 그들의 축적된 지혜를 빌릴 수 있도록 합니다. 덤블도어
는 피니어스 나이젤러스 블랙을 자주 불러서 불사조 기사단의 본부에 메
시지와 의문 사항을 전달합니다. 슬리데린인 피니어스 나이젤러스 블랙
은 때때로 덤블도어의 요청을 거부해서 졸음에 겨운 다른 교장들을 경악
하게 하죠. 이들은 명예를 걸고 호그와트의 현 교장에게 도움을 주어야
하기 때문입니다.

　마법 정부가 몰락한 이후 헤르미온느 그레인저는 현명하게도 피니어
스 나이젤러스의 초상화를 그리몰드가의 벽에서 떼어 내 자기 가방에 안
전하게 보관합니다. 그래야 어둠의 왕이 세운 계획을 막기 위해 지치지
않고 노력하는 해리와 그의 친구들을 피니어스 나이젤러스가 염탐할 수
없을 테니 말이죠.

# ♔ 트라이위저드 대회 ♔

## ♦ 퀴즈 ♦

트라이위저드 대회의 부활로, 4학년이 된 해리 포터에게는 신나고도 위험한 일들이 닥칩니다. 이 퀴즈를 풀며 유럽에서 가장 큰 마법학교들 사이에서 벌어지는 이 전설적 대회에 관해서, 그리고 호그와트가 라이벌인 보바통 및 덤스트랭과 겨룰 때 각 기숙사가 어떤 역할을 했는지에 관해서 얼마나 알고 있는지 알아보세요.

**1. 트라이위저드 대회는 폐지되기 전 몇 년에 한 번씩 열렸나요?**

a. 4년에 한 번

b. 7년에 한 번

c. 5년에 한 번

**2. 1792년의 역사적 대회에서는 어떤 사건이 벌어졌나요?**

a. 켈피가 보바통 대표 선수를 잡아먹었다

b. 대표 선수 둘이 서로를 공격해 불구로 만들었다

c. 코카트리스가 미쳐 날뛰었다

**3. 승자에게 주어지는 상금은 얼마인가요?**

a. 1,000갈레온

b. 1,500갈레온

c. 1,000갈레온 15시클 1크넛

4. 그리핀도르 학생 프레드와 조지 위즐리는 불의 잔 주위에 쳐진 나이 제한선을 넘어가기 위해 어떤 마법을 걸었고, 이들이 실패하자 어떤 결과가 나왔나요?

   a. 투명 마법을 걸었더니 파란 턱수염이 자랐다

   b. 노화 마법약을 먹자 길고 흰 턱수염이 자랐다

   c. 보호색 마법을 걸자 분홍색 콧수염이 자랐다

5. 슬리데린 학생 드레이코 말포이의 '포터는 구려' 배지에 번갈아 나타나는 문구는 무엇인가요?

   a. 호그와트의 진정한 대표 선수 **세드릭 디고리**를 응원합니다!

   b. 유일의 진정한 대표 선수, 세드릭을 응원합니다!

   **c. 포터는 진짜 구려**

6. 리타 스키터를 따라 대회에 온 사진 기자의 이름은 무엇인가요?

   a. 본조

   b. 보조

   c. 알론조

7. 래번클로 퀴디치 선수 중 크리스마스 무도회에 플뢰르 들라쿠르의 파트너로 참가한 사람은 누구인가요?

   a. 래번클로 수색꾼 리처드 데이비스

   b. 래번클로 몰이꾼 루퍼트 데이비스

   c. 래번클로 추격꾼 로저 데이비스

8. 후플푸프 학생 세드릭 디고리는 두 번째 과제의 단서를 해결하는 데 도움이 되도록 해리에게 반장 전용 욕실로 들어가는 암호를 알려줍니다. 암호는 무엇인가요?

   a. 싱그러운 라임

   b. 바닷바람

   c. 싱그러운 솔잎

9. 세 번째 과제 중 트라이위저드 대표 선수 네 명이 미로에서 마주치는 마법 생물은 무엇인가요?

   a. 스핑크스, 디멘터, 애크로맨툴라

   b. 스핑크스, 보가트, 폭발 꼬리 스크루트

   c. 스핑크스, 호클럼프, 폭발 꼬리 스크루트

10. 호그와트에 외국 손님들이 찾아왔을 때 집요정들이 차려 낸 국제적인 음식은 다음 중 무엇일까요?

   a. 굴라시, 부야베스, 블라망주

   b. 치즈 수플레, 굴라시, 부야베스

   c. 프랑스식 양파 수프, 부야베스, 슈니첼

이 페이지 아래 정답이 있습니다.

트라이위저드 대회 퀴즈 정답 : 1. c, 2. c, 3. a, 4. b, 5. a, 6. b, 7. c, 8. c, 9. b, 10. a

**강동혁**은 서울대학교 영문학과와 사회학과를 졸업하고 같은 학교 대학원에서 영문학 석사학위를 받았다. 옮긴 책으로는 《신비한 동물사전 원작 시나리오》, 《일곱 건의 살인에 대한 간략한 역사》, 《레스》, 《이 소년의 삶》 등이 있다.

## 해리 포터와 불의 잔 4(슬리데린 기숙사 에디션)

초판 1쇄 인쇄 2022년 7월 12일
초판 1쇄 발행 2022년 8월 16일

지은이 | J.K. 롤링
옮긴이 | 강동혁
발행인 | 강봉자, 김은경

펴낸곳 | (주)문학수첩
주소 | 경기도 파주시 회동길 503-1(문발동 633-4) 출판문화단지
전화 | 031-955-9088(마케팅부), 9532(편집부)
팩스 | 031-955-9066
등록 | 1991년 11월 27일 제16-482호

홈페이지 | www.moonhak.co.kr
블로그 | blog.naver.com/moonhak91
이메일 | moonhak@moonhak.co.kr

ISBN 978-89-8392-933-4 04840
　　　978-89-8392-901-3 (세트)

＊파본은 구매처에서 바꾸어 드립니다.